dtv
premium

Carol Birch

Die verlorene Schwester

Roman

Deutsch von Mechtild Sandberg-Ciletti

Deutscher Taschenbuch Verlag

Deutsche Erstausgabe
Februar 1999
Deutscher Taschenbuch Verlag GmbH & Co. KG,
München

Titel der englischen Originalausgabe:
›Little Sister‹ (Virago, London)

Umschlagkonzept: Balk & Brumshagen
Umschlagfoto: © Hauke Dressler/LOOK
Satz: Fotosatz Reinhard Amann, Aichstetten
Gesetzt aus der Bembo 10,5/12,25' (QuarkXPress)
Druck und Bindung: Kösel, Kempten
Gedruckt auf säurefreiem, chlorfrei gebleichtem Papier
Printed in Germany · ISBN 3-423-24141-1

I

Ich war bei der Arbeit, im Connor's, unter der Lattendecke voll Trockenblumen. Ich servierte Kaffee und getoasteten Teekuchen, der von dicker, gesalzener Butter troff. Ringsum war Gemurmel, und in der Patacake Alley gingen Leute vorbei, die hinter den kleinen, glotzäugigen Scheiben des schönen Erkerfensters verschwammen. Einen Moment blickte ich auf, ganz wirr im Kopf von allem, und dachte daran, daß es der Monatsletzte war, der Tag, an dem mein Geld auf die Bank kommt, und ich gesagt hatte, ich würde es am nächsten Zahltag tun, wenn bis dahin nichts geschähe, um die Situation zu ändern. Und es war nichts geschehen. Dann rief Mrs. Crowe mich nach hinten und fragte, ob ich mir schon über meine Urlaubspläne Gedanken gemacht hätte, und ich richtete alle Blumen neu, das ist mein Job, ich habe das gelernt, ich kann Sträuße binden, Kränze, Girlanden, Kopfputzgestecke, alles. Ich habe den Blumenschmuck für das Rathaus gemacht. Ich ging durch die alte steinerne Stadt nach Hause, und der frühe Sommerabend senkte sich so sanft über mich wie Schlaf. Ich wußte, daß es Regen geben würde, er lag in der Luft, in homöopathischer Dosis. Ich blieb auf der Brücke stehen und sah den Schwänen auf dem Kanal zu. Auf einem bunten Boot lag ein kleiner Hund im Schlaf zuckend neben einem grünen Metalleimer voll blutroter Geranien. Ich überquerte die Brücke, kam durch die ansteigenden Hinterstraßen, die mit Kopfstein gepflasterten Gassen, wo ein paar Kinder spielten. Der Himmel unter dem Torbogen war wie Perlmutt, und das Bimmeln der Glocke an der Tür des kleinen Ladens schien von sehr weit her zu kommen, wie das Geläut von Kuhglocken auf der anderen Seite eines Berges, und dann war ich in meiner Straße, der langen, gebogenen Häuserreihe, die sich den Hügel hinauf und über ihn hinweg zieht, und meine Nachbarin in ihrer steingrauen wattierten Jacke kam mir entgegen, und ich hatte Todesangst.

»Schön«, sagte sie sehr ernsthaft und nickte. »Ein schöner Abend.«

Sie stand so jäh und überdeutlich vor mir, jede Pore ihrer Haut ein beschatteter Krater, jedes Haar auf ihrem Kopf ein feines Drähtchen.

»Wunderschön!« Ich lächelte strahlend in meiner Todesangst und flüchtete ins Haus, wie jemand sich auf das Floß der Medusa flüchtet.

2

Meine besten Vorstellungen finden immer hinter geschlossenen Türen statt.

Wenn man allein lebt, wird man lächerlich; meine Hände sollten bei diesem hüftschwenkenden Gang durch das Zimmer um ein Weinglas geschlossen sein, ein Becher Tee ist nicht ganz das richtige. Ich hatte das Radio an, aber das machte es auch nicht besser, Bobby Vee und ›Rubber Ball‹, ich meine, also wirklich. Ich legte statt dessen eine alte Blues-Nummer auf, und schon haben wir Bessie Smith, voll schläfriger Sehnsucht:

Once I lived the life of a millionaire,
Spent all my money, I didn't care.
I carried my friends out for a good time,
Buying bootleg liquor, champagne and wine . . .

Manchmal liegt etwas sehr Verlockendes in der Vorstellung, sich dem Wein zu ergeben. Auf eine stilvolle Art natürlich. Das Blanche-DuBois-Syndrom, die Alkoholikerin als schöne Verliererin. Das Eklige dabei würde ich nicht haben wollen, morgens um fünf mit einem Gesicht wie das Leiden Christi über der Kloschüssel hängen. O nein.

Ooh . . . nobody knows you when you're down and out,
Ooh . . . not one penny, and my friends haven't any . . .

Ich nehme Haarnadeln aus dem Kästchen auf dem Kaminsims und beginne, mir das Haar hochzustecken. Ich kann mich bewegen wie eine Edelnutte, ganz träge und geschmeidig, auch wenn Sie das wahrscheinlich nicht ahnen würden, wenn Sie mich da draußen auf der Straße sähen. Ich drehe den Kopf, mustere die Linie meines Kinns, und in der Pause zwischen einem Song und dem nächsten sehe ich, daß es dunkel geworden ist. In dem kühlen Haus sind Geräusche zu hören, feines Ticken und Klicken. Die Rathausuhr schlägt Viertel vor, und ein kalter Schauder kriecht bis in meine Zehen hinunter, ich fröstele, erinnere mich, daß ich etwas tun sollte, woran ich nicht denken will, weil es jetzt, da es hier ist, wie ein Feuer ist, das Eis in mir bekämpft.

Das heisere Blech quäkt sich müde in die nächste Nummer hinein, und ich gehe im Dunkeln nach oben, mache im Badezimmer Licht und lasse mir ein Bad einlaufen. Ich hänge die Handtücher ordentlich über den Heizkörper, ziehe mich aus und werfe meine Kleider in den Flur hinaus. Ich habe hier drinnen einen großen Spiegel, der alle möglichen Geschichten erzählt. Ich schaue meinen Körper gern an, vollbrüstig, weiß, geheimnisvoll im aufsteigenden Dunst. Ich hebe meine Brüste mit meinen Händen an. O ja, denke ich, o ja, sobald ich gebadet habe, werde ich losgehen und mir eine Flasche Wein holen. Nein, werde ich nicht, kann ich nicht. Allein trinken? Den Abend allein vertrinken und ›I Hate to See the Evening Sun Go Down‹ singen, während du nackt vor einem Spiegel stehst und dich armes Ding betrachtest? Na hör mal! Aber es sollte einen Zeugen geben. Was soll das Ganze sonst?

Die kleine Madame von Ch'ing-Chi, das bin ich:

Ihre Tür öffnete sich zum weißen Wasser
Dicht neben der Holzbrücke;
Dort wohnte die kleine Lady
Ganz allein, ohne Geliebten.

Seit sieben Jahren gibt es keinen Mann mehr in meinem Leben, aber das ist nicht der Grund, warum ich mir vorgenommen habe, es zu tun, nein, überhaupt nicht. Am nächsten Zahltag, habe ich mir vorgenommen. Nicht einmal, weil ich besonders unglücklich bin. Na ja, ich habe diese Momente schrecklicher Angst, aber haben wir die nicht alle? Nein? Machen wir kein Drama daraus, im Grunde genommen geht's mir gut, ich habe zu essen, ein Dach über dem Kopf, Arbeit, Freunde. Das alles habe ich. Manches an dem Blatt, das ich bisher gehabt habe, finde ich unfair, aber anderes ist okay. Ich finde, Sylvia Plath hatte die richtige Idee mit dem Gasofen. Ich meine, was gibt's denn schon für Möglichkeiten. Aufhängen könnte ich mich nie; der Gedanke an diesen letzten Moment, wenn die Zunge anfängt, an ihren Wurzeln zu zerren, und man weiß, was man getan hat! Und Tabletten sind so langweilig.

Das Telefon läutet. Ich hätte den Anrufbeantworter einschalten sollen. Es ist wahrscheinlich nur Susannah oder Tim oder Sally Wilcock, die wegen einer Klavierstunde anruft, ich lasse es läuten, aber es hört nicht auf, erst als ich schließlich hinunterlaufe und abhebe, legt am anderen Ende jemand auf. Typisch. Ich warte noch ein Weilchen, falls es von neuem zu läuten anfängt, aber das geschieht nicht, und so gehe ich wieder nach oben und lege mich mit ein paar Tropfen Clary Sage, das ich bei Trish Allgood gekauft habe, ins Wasser, schließe die Augen und lausche der Musik, die von unten heraufweht. Mein altes Haus, das ich liebe, nimmt mich wie eine fürsorgliche Glucke unter seine tröstenden Fittiche. Ich lasse mich treiben. Durch ein kleines Fenster dringt fernes Vogelgezwitscher, sporadisch und unaufdringlich. Ich gleite davon, die langen, düsteren Tunnel hinunter, ich bin halb im Traum, und Blut rinnt glänzend und dunkel in dünnen Fäden herab und tropft auf einen kiesigen, grauen Boden unter meinen Füßen. Ich werde ohnmächtig, sobald ich das Zeug sehe. Sofort bin ich unten, den Kopf zwischen den Knien, versuche mich ans Bewußtsein zu klammern. Plötzlich strömt es, sprudelt geräuschvoll, und es ist nicht mehr dunkel, sondern tomatensoßenrot und strömt wie ein Fluß, und mir wird mit stummem Schrecken bewußt, daß es von mir kommt. Aus meiner Nase? Nein, daher nicht. Ich bin ein kleines Mädchen, ich kann die Quelle nicht finden.

»Was ist es, Mami? Was ist es, Mami?« sage ich.

Aber es ist natürlich niemand da.

Ich reiße die Augen auf. Ich sehe nur den kaputten Korb mit seiner überquellenden Ladung zusammengeknüllter Wäschestücke durch den hellgrauen Wasserdunst, der alles mit einer feinen Schweißschicht überzieht. Es muß alles mal gründlich geputzt werden: die Kacheln voller Flaschen mit diesem oder jenem, der rissige blaue Anstrich der Tür, die fleckigen Spiegel. Morgen werde ich das gute alte Badezimmer mal gründlich saubermachen.

Ja? Werde ich morgen das Bad saubermachen?

In der Badewanne einzuschlafen ist gefährlich.

Ich wasche mir die Haare in der Wanne, steige heraus, um sie im Waschbecken zu spülen, und stehe dort tropfend und dampfend. Ich würde nichts tun, wo Blut fließt. Bloß nicht so eine Sauerei. Das Telefon läutet. Mist. Es läutet und läutet, und aus meinem Haar tropft Wasser brennend in meine Augen. Ich sollte laufen. Es ist alles gutes Geld, ich kann es mir nicht leisten, einen Schüler auszulassen. Ich wickle mir ein Handtuch um den Kopf und renne los, aber das verdammte Ding hat schon wieder aufgehört, und ich steh da.

Horche.

Es fängt an zu regnen. Wisper, wisper.

Jetzt hab ich nasse Haare, damit ist der Fall schon erledigt, ich kann nicht rübergehen und mir den Wein holen. Außerdem ist der Laden sowieso geschlossen. Gerettet. Gerettet vor einem Säuferleben.

In diesem alten Steinhaus wird es leicht kalt, selbst an warmen Abenden. Ich mache im Wohnzimmer Feuer, stell mich in meinem rosa Bademantel, das Handtuch noch um den Kopf geschlungen, in die Küche und knabbere einen Kräcker, während ich darauf warte, daß das Wasser zu kochen anfängt. Ich lege fächerförmig und sehr akkurat ein paar dünne Scheiben Havarti auf meine alte Untertasse mit den dunkelroten Rosen und dem

Goldrand. Die Musik ist zu Ende, aber der Regen pladdert, und ich gehe zum Spülbecken und lehne mich dagegen, um hinauszusehen. Es schüttet jetzt da draußen, schlägt auf das Wellblechdach hinter dem Haus. Ein einsames, sich stetig wiederholendes Tropfen aus der Regenrinne schwillt langsam an, hält zitternd inne und birst, als es durch den Lichtschein der Lampe im Hinterhof fällt. Das Wasser kocht, und der elektrische Kessel schaltet sich selbsttätig aus, mit einem pfeifenden Keuchen wie eine Lunge nach einem Hustenanfall.

Ich schließe die Vorhänge vor dem dunkelnden Abend und bleibe im Dunkeln am Feuer sitzen, den Tee auf dem Kaminvorsprung, öffne mein nasses Haar, frottiere es mit dem Handtuch, kämme es mit den Fingern aus vor den jungen Flammen, die im schön geschwungenen Bogen des offenen Kamins um ihr Leben kämpfen. Rote Rosen blühen hier und dort auf den schwarzen Kacheln. Ich lege noch ein wenig Holz nach, nur um es knistern zu hören, lege dann eine alte Platters-CD aus der Bibliothek auf. Ich brauch jetzt eine richtige Schnulze. Was für die Tränendrüsen. Aber es rührt sich überhaupt nichts da unten im Grabbelsack der Gefühle, absolut nichts, als ich aufstehe und im Zimmer herumlaufe, mein langsam trocknendes Haar schüttle und mich frage, wo der Kamm geblieben ist. *Das* ist der Grund, verstehen Sie, es hat damit zu tun, daß ich innerlich bleischwer bin und nicht mehr fühlen kann wie früher, sondern mich eigentlich nur noch erinnern kann, daß ich vor langer, langer Zeit mal was gefühlt habe, so als hätte ich eine Fähigkeit besessen und sie verloren. Ich hab darüber nachgedacht. Wenn ich ehrlich bin, steckt nicht Schmerz dahinter, sondern eher eine gewaltige Abenteuerlust, weil ich nämlich wirklich glaube, daß es da drüben, auf der anderen Seite, was gibt, und ich da mitten rein springen werde. Ich wollte, ich könnte an nichts glauben, ehrlich, das wäre in so einem Moment eine Hilfe. Was für ein Trost, ein wunderbarer schlafender See, das Vergessen. Zu ihm könnte man um ewigen Frieden beten.

Susannah allerdings hat gesagt (sie ist verrückt, wohlgemerkt!), also sie hat gesagt, es hätte überhaupt keinen Sinn, Selbstmord zu begehen, dem, wovor man davonlaufe, würde man sich ja doch stellen müssen, da könnte man es ebensogut gleich hinter sich bringen. Keine Ausstiegsklausel. Also, ich glaub das alles nicht, daß man rauskriegt, was man reinsteckt. Ich hebe meine Hand und sehe sie an. Fleisch und Blut, meine lebenslangen Gefährten. Am Fenster lupfe ich mit meiner armen kleinen, ahnungslosen Hand den grünen Chenillevorhang und sehe in den einschläfernden Regen hinaus. Nichts ist so romantisch wie eine regennasse Straße. Die Bürgersteige sind schwarze Spiegel, das Licht der Straßenlampen funkelt in zitternden Silbersplittern.

Wie alt ist Veronica Karen jetzt? Fünfunddreißig. Fünfunddreißig, ja, denn ich bin siebenunddreißig.

Als wir klein waren, haben wir auch immer so zum Fenster rausgeschaut, Veronica Karen und ich; ich erzählte ihr dann: Diese kleinen silbernen Pusteln, diese flüchtigen Küsse auf die Pfützen, das sind unsichtbare Feen, die da landen, nur mit einer Fußspitze kurz eintauchen und weiterfliegen. Sie glaubte immer alles, was ich ihr erzählte.

Eine Gestalt in einem langen schwarzen Mantel löst sich aus der Dunkelheit und eilt, die Hände in den Manteltaschen, auf der anderen Straßenseite schnell durch den strömenden Regen. Sie mustert die Hausnummern. Sie überquert die Straße und steuert pfeilgerade auf mich zu, und ich springe erschrocken zurück. Wo bin ich gewesen? Habe mich wieder mal treiben lassen. Der Feuerschein flackert freundlich in meinem gemütlichen kleinen Zimmer, die Kohlen zischen, und ich frage mich, was geschehen ist und warum ich so weit fortgetrieben bin.

Als es draußen läutet, fahre ich zusammen. Es ist niemand, den ich kenne: Es ist der Engel des Todes, er hat mich gehört und nimmt mich jetzt beim Wort; es ist der teuflische Geliebte, oh, wo bist du gewesen, du mein lang, lang Geliebter, wo bist du gewesen in diesen sieben langen Jahren? Es ist Robert, der zurückgekommen ist, sein Leichentuch in Fetzen hinter sich her schleppend, sein Atem kalt wie die Erde.

Ich werde einfach nicht aufmachen.

Ich schleiche auf Zehenspitzen zur Tür und bleibe dort stehen, zwischen Tür und Angel, um zu horchen. Mein Herz rast in keinem Verhältnis zur Situation, als wäre es durch einen gewaltigen Stromstoß aktiviert worden. Ich habe eine furchtsame Phantasie von den vielen Spukgeschichten, die Tante Pearl mir und Veronica Karen einzuträufeln pflegte, als wir klein waren. Nach Tante Pearls Meinung waren ›Das Gespensterschiff‹ oder irgendwas aus den Pan-Gruselbüchern genau die richtige Gutenachtgeschichte für eine Dreijährige.

»Aber nichts Grusliges, Tante Pearl.«

»Nein, nein, diesmal nicht«, sagte sie dann immer und lächelte. Der tiefrote Lippenstift auf dem kleinen Kußmund, ein tiefes Grübchen in jeder vollen, glatten Wange, wenn sie lächelte. »Ich versprech's. Diese hier ist fast gar nicht gruslig.«

Bevor Tante Pearl erblondete und auseinanderging, war ihr Haar hennarot, in üppigen, steifen Wellen aus ihrem runden, gepuderten Gesicht geschwungen. Ihre Stimme war melodisch, heiter, süß wie Sirup. »In *diesem* Haus hier. In *genau* diesem Haus lebte vor langer, langer Zeit einmal ...«

Es läutet wieder. Ich renne beinahe zur Tür und ziehe dabei meinen Bademantel zurecht.

»Cathy?« sagt er unsicher.

»Ja?« antworte ich, schnippisch in meiner Nervosität. »Ja?«

Es ist nicht so, daß ich ihn nicht erkenne; ich erkenne ihn zu schnell und verwerfe den Gedanken. Aber er ist es. Dann kann es nur etwas mit Veronica Karen zu tun haben. Komisch, gerade habe ich an sie gedacht.

Er lächelt zaghaft.

»Mein Gott! Stephen Openshaw«, sage ich verspätet. »Was tust du denn hier?«

»Vor allem werde ich naß.« Er lacht ein wenig albern.

Ich zögere nur eine Sekunde, ehe ich ihn einlasse. Er ist sehr groß, überwältigend in dem schmalen Flur, und er lacht. »Ein Feuer!« ruft er, als ich ihn in das warme, flackernd erleuchtete Zimmer führe. »Ich muß gestorben und in den Himmel gekommen sein.« Und er geht kerzengerade, mit ausgestreckten Armen und langen weißen Nosferatu-Fingern, die den Weg weisen, zum Feuer. Tief erleichtert und so abrupt wie ein Hund läßt er sich in den blauen Korbsessel fallen. »Kein Mensch hat heutzutage mehr ein richtiges Feuer«, sagt er, »jedenfalls fast keiner«, während er sich mit begierigem Blick im Zimmer umsieht, und der Regen aus den Rattenschwänzen tropft, die ihm in die Stirn hängen.

Das ist wie ein Schlag in den Magen.

»Was tust du hier?« frage ich lahm. Ich komme mir blöd vor in meinem rosa Frotteebademantel und mit dem ungekämmten Haar. Ich gehe zum Feuer und bücke mich, um Kohle aus der Kiste zu schaufeln, und halte dabei züchtig den Bademantel an der Stelle zusammen, wo er manchmal auseinanderklafft. »Wie lange haben wir uns nicht gesehen? Acht Jahre? Zehn?« War er nicht einmal mit Veronica Karen vorbeigekommen, als Robert und ich in der Dover Road wohnten? Ich schüttele staunend den Kopf.

»Sieben Jahre und neun Monate«, sagt er prompt und steht auf, um seinen Mantel abzulegen. Darunter trägt er ein zerknittertes dunkles Jackett aus irgendeinem dünnen Stoff. »Ich hab's auf der Fahrt ausgetüftelt. Es war bei der Hochzeit von Andy und Jana, kurz bevor sie nach Australien gegangen sind. Erinnerst du dich?«

»Was für eine Frage!« Ich habe ihnen damals allen die Sträußchen fürs Knopfloch gemacht, die Nelken gefiedert. »Mein Gott!« Ich lege Kohle aufs Feuer, verteile sie sehr präzise hier und dort, nur um etwas zu tun zu haben.

Jahre in London stürmen auf mich ein, ein Schwall von Menschen, Robert und ich, Veronica Karen, Tonto, Andy und Jana und die ganzen Leute. Und er. Warum ist er hier? Warum jetzt? Er war ein komischer Typ, fast schon Familie, der erste feste Freund meiner Schwester, mit dem sie immer Kontakt gehalten hat, ganz gleich, was war. Er gehörte zu den Londoner Jahren, war immer irgendwo in der Nähe. Ich hatte eine kleine Schwäche für ihn, schließlich kannten wir uns seit Ewigkeiten, seit damals, als er immer zum Tee zu uns nach Hause kam und sich mit unserem Dad über Fußball unterhielt, während Veronica Karen sich oben fertigmachte.

Er verschränkt die Finger, und die Ärmel des Jacketts rutschen über seinen Handgelenken zurück. »Ist Veronica Karen hier?« fragt er mit einem munteren Lächeln, ein wenig verlegen, als bemühe er sich allzusehr, unbekümmert zu wirken.

»Veronica Karen? Sie kommt nie hierher.« Ich setze mich und lache kurz. »Nein, nein, ich kann mich nicht mal erinnern, wann ich Veronica Karen zuletzt gesehen habe. Ich dachte, sie wäre in London.«

»Ja, sicher, da war sie auch«, sagt er, und dann folgt so ein schreckliches Schweigen, währenddem er mich irgendwie erwartungsvoll ansieht und ich mich frage, ob ich jetzt etwas Bestimmtes sagen sollte. Aber daß Stephen Openshaw mir hier gegenübersitzt, das kann doch einfach nicht wahr sein. Er war dauernd bei uns zu Hause. Er nahm immer den Zug nach Altrincham, als mein Dad dort arbeitete. Er hat ganz ungewöhnliche Hände, ich erinnere mich jetzt an sie, sehr groß, matt und verlegen in ihren Bewegungen. Manchmal pflegte er sie zart ineinander zu rollen und seinen Kopf auf sie zu stützen. Ich betrachte ihn mit Interesse, gespannt, ob er das jetzt auch tun wird, und plötzlich ist mir das Gesülze der Platters, deren Schmachtgesang etwas zu laut zwischen uns schwingt, peinlich.

»Ich dachte, sie wäre in London«, sage ich noch einmal.

»Da war sie auch. Aber jetzt ist sie nicht mehr dort. Ich vermute, daß sie in Schottland ist, aber ich dachte, sie hätte vielleicht auf der Fahrt hier Station gemacht.«

Natürlich wäre er niemals nur hierher gekommen, um mich zu sehen, oder? Ich habe Veronica Karen das letztemal bei Tante Celias Beerdigung in Shugden gesehen, und das einzige, woran ich mich erinnern kann, ist, wie ich auf dem Treppenflur von Tante Pearls Haus mit ihr zusammengetroffen bin und einen Kicheranfall kriegte. Aus dem Gekicher wurde hysterisches Gelächter, und wir konnten uns beide kaum einkriegen, obwohl wir versuchten, es zu unterdrücken, während unten im Wohnzimmer von Tante Pearl und Onkel Vincent alle herumsaßen. Aber geredet haben wir nicht miteinander. Wann war das gewesen – vor sieben? – acht Jahren? O Gott, ich weiß es nicht. Als ich das letztemal von ihr gehört habe, hat sie in einer Kneipe gearbeitet.

»Schottland?« frage ich. »Was tut sie denn dort?«

Er zuckt mit übertriebener Bewegung die Achseln und lacht spitz. »Wer weiß?«

»Und du?« frage ich ihn. »Bist du jetzt wieder hier oben? Im Norden?«

Er schüttelt den Kopf. »Ich sitz immer noch in Camberwell«, antwortet er. »In derselben Wohnung. Wird allmählich ziemlich langweilig, das verdammte Camberwell. Aber ich war in Amerika. In Chicago.«

»Chicago!«

Ich glaube, damals war sein Haar voller, ja, ganz sicher, an den Seiten weicht es jetzt zurück, Gott, er war sechzehn, als ich ihn das erstemal sah.

»Ja, es war eine Art Studienaufenthalt. Weiß der Himmel, wie ich es geschafft habe, aber irgendwie habe ich mich in ein Forschungsprojekt reingemogelt und war dann sechs Monate drüben. Wir sollten eine neue Unterrichtsmethode für die Kids aus den Slums kennenlernen. Ich bin jeden Tag mit kugelsicherer Weste zur Arbeit gegangen, ha, ha. Jetzt bin ich an so einer fürchterlichen Schule in Hackney, aber nicht mehr lange, hoffentlich. Am Dienstag habe ich ein Vorstellungsgespräch.« Es klingt atemlos und nervös. »Und du? Was treibst du jetzt? Ich höre ja ab und zu von dir. Machst du noch die Kinderbücher? Mit dem alten Ambrose?«

Er springt auf und sieht zu den Bildern an der Wand hinüber.

»Nein«, sage ich nonchalant. »Nein, das mache ich nicht mehr.«

»Nein? Warum denn nicht?«

»Ach, ich mach jetzt andre Sachen.«

Ich nehme seinen Mantel vom Sofa und bringe ihn in den Flur hinaus, um ihn neben meiner roten Jacke und dem alten Wintermantel und der Mütze aufzuhängen. Einen Moment lang erfaßt mich ein Wirbel völliger Desorientierung. Seine Anwesenheit ist ein riesiger Anachronismus. Er gehört nicht nach Moorcop, sein Gesicht paßt zu Manchester und London, die einzigen Orte, in denen ich ihn gekannt habe. Es ist alles aus den Fugen, ich habe irgendeine unheimliche Schwelle übertreten. Jetzt hab ich's getan, denke ich, ich hab's wirklich getan, und jetzt bin ich tot. Das hier ist eine Todeserfahrung. Aber warum ausgerechnet der Jugendfreund meiner Schwester darin eine Rolle spielt, ist mir schleierhaft.

»Tja, und was führt dich hierher?« frage ich mutig, als ich wieder ins Zimmer trete. »Führt sie dich an der Nase rum?«

Er hat sich noch nicht wieder gesetzt, sondern betrachtet im Dunkel eine der Illustrationen von Ambrose dem Kater an der Wand, das Gesicht dicht an dem Bild. Er dreht sich nach mir um, fast erschrocken, mit offenem Mund, und sagt dann sehr ernst: »Du weißt das von Veronica Karen wirklich nicht?«

»Was hat sie angestellt?« frage ich.

Sein Blick wird schärfer; er lacht kurz auf, traurig. »Was soll das heißen?« fragt er dann perplex. »Warum hast du das gesagt? Wieso denken alle immer gleich, wenn es sich um Veronica Karen handelt, sie müsse was angestellt haben? Du weißt es also nicht?«

Herr, erspare mir die Tiraden des Veronica-Karen-Fan-Clubs!

»Was denn?«

»Du weißt nicht, daß es ihr nicht gut geht?«

Sein Ton klingt ungläubig.

»Nein.«

Woher zum Teufel soll ich es wissen? Sie meldet sich nie bei mir. Sie hat sich ausgeklinkt.

Er sinkt in sich zusammen. »Ach, verdammt«, sagt er und setzt sich wieder. »Ich hab gehofft, du wüßtest Bescheid.«

Mit Untermalung der Streicher starrt er ins Feuer. Diese Platters-Schnulze ist wirklich absolut peinlich und unangebracht. Ich muß ihr den Garaus machen, aber wenn ich die Platte jetzt herunternehme, wird das nur um so mehr Aufmerksamkeit auf sie ziehen. Ich stelle die Musik leiser. »Was denn?« frage ich irritiert. »Was?«

»Sie hat AIDS«, sagt er leise ins Feuer.

Seltsam, wie man auf manches reagiert. Ein irres Lächeln breitet sich auf meinem Gesicht aus. »Hat sie nicht«, sage ich.

»Doch. Sie hat es wirklich.«

Ich kämpfe mit dem Lächeln, bemühe mich, es abzuwürgen, ehe er aufblickt, und, welche Freude!, die Musik endet. Es *ist* tatsächlich eine Todeserfahrung. In der Stille denke ich: typisch Veronica Karen. Typisch. Nur sie kann sich so was einfallen lassen. Oh, Veronica Karen! Wenn sie jetzt hier wäre, würde ich sie packen und schütteln, daß ihr Hören und Sehen verginge.

Sie hat es mir nie gesagt.

»Wieso?« frage ich. »Seit wann?«

O schändliche Erregung, Leben, das sich endlich rührt, es geschieht etwas: es stirbt jemand, es stirbt jemand, es stirbt wieder jemand und ich bin es nicht, bin es immer noch nicht.

»Im Januar hat es angefangen«, sagt er, »ich meine, da ist sie richtig krank geworden, kurz bevor ich nach Amerika geflogen bin.« Eine schreckliche Sekunde lang verzieht sich sein Gesicht wie in Wut, und er beugt sich in seinem Sessel vor, dreht die gefalteten Hände von innen nach außen wie zu dem alten Fingerspiel, das wir als Kinder gespielt haben, hier sind die Gabeln und hier sind die Messer und da ist der Tisch. »Aber sie hat es schon seit Jahren«, sagt er klagend, »sie hat den Virus seit Jahren, verstehst du, aber es ging ihr gut – na ja, ganz gut –, ich meine, es *schien* ihr gutzugehen, aber ... ich sehe sie in letzter Zeit kaum. Sie war entsetzlich dünn, ich meine, nein, eigentlich hat es schon vorher angefangen.« Es ist das Schuldgefühl, das seine Augen betrübt. Ich weiß nicht, warum sich alle immer Veronica Karens wegen Vorwürfe machen.

Draußen auf der Straße fährt ein einsames Auto vorbei. Die Räder zischen.

»Ich glaub, ich mach uns eine Kanne Tee«, sage ich.

Sein langer Körper sackt theatralisch in sich zusammen. »Ach, ja, bitte.« Er richtet sich wieder auf. »Stört's dich, wenn ich rauche?«

»Nein, nein.«

Er holt seine Zigaretten heraus und beugt sich vor, um mir eine anzubieten, aber ich schüttle den Kopf und gehe in die Küche. Ich glaube das alles nicht, wirklich nicht. Das ist nur wieder eine von ihren Schaunummern. Ich werkle herum, hole den Tee raus, fahr mir durch die Haare, blicke zu meinen nackten Füßen auf dem kalten schwarzweißen Boden hinunter und ziehe den rosaroten Bademantel zurecht, der dick und wollig ist, ein Schutz, und gieße kochendes Wasser auf die Teebeutel und denke dabei: Das *sollte* Wein sein, warum bin ich nicht losgegangen und hab welchen geholt, und ich sollte in einem eleganten Negligé sein, rieselnde Spitze und alabasterweißer Busen.

»Es tut mir leid.« Er steht rauchend an der Tür, mit einem über den Kopf erhobenen Arm an den Pfosten gelehnt. Sein Jackett hängt schief um seinen Körper. »Es tut mir wirklich leid, daß ich dir das sagen muß.«

»Es ist doch nicht deine Schuld.« In meinem Kopf überschlägt sich alles.

»Ich hätte angerufen«, sagt er, »aber ich hatte deine Nummer nicht, und du stehst ja nicht im Telefonbuch, oder?«

»Woher hast du meine Adresse?«

Er zuckt die Achseln. »Ich weiß nicht, sie steht seit Jahren in meinem Notizbuch. Ich wußte nicht mal, ob ich dich hier antreffen würde, es hätte ja sein können, daß du umgezogen bist. Kann ich irgendwas tun?«

»Hast du Hunger?«

»Wie ein Bär.« Er lacht entschuldigend.

Ich mache Türen auf. Ich habe noch etwas Käse, eine halbe Stange altbackenes französisches Brot, Kräcker, drei Ingwerplätzchen; er kommt näher und bleibt hinter mir stehen, schaut mit Interesse in meinen Vorratsschrank mit den Krümeln und den klebrigen Marmeladeflecken und dem Fläschchen Vanilleessenz, das umgefallen ist.

Er ist, glaube ich, wirklich nicht attraktiv, es liegt nur an mir, an der Situation. Aber er hat sich zweifellos zu seinem Vorteil verändert. Er war nichts Besonderes, nur ein unscheinbarer, ganz netter Junge. Eigenartig, wie die Menschen altern. Es gibt Männer, die als Jungen bildschön waren, und jetzt sind sie nichts; aber bei ihm ist es andersrum gelaufen.

»Ich mach das«, sagt er und langt nach oben. »Hast du einen Aschenbecher?«

Ich drücke ihm das Messer in die Hand, mein gutes, und suche nach einem Aschenbecher.

»Das Brot ist steinhart«, sage ich.

Er legt seine Zigarette auf dem Bord ab und beginnt, das Brot zu schneiden, präzise mit der tödlichen Waffe. »Sie war zweimal im Krankenhaus«, sagt er. »Gleich ziemlich am Anfang.«

Ich wälze in Gedanken alles, was ich über AIDS weiß: nächtliche Schweißausbrüche, Kaposi-Sarkom, Belsen-Knochen, Benetton, Rock Hudson, Freddie Mercury, T-Zellen.

»Aber es war okay, und sie ist wieder rausgekommen.« Er krümelt den weichen weißen Käse mit der Seite der Klinge. »Sie war nur die ganze Zeit unheimlich müde, Cathy.« Er hält inne und starrt mich an. »Sie konnte schlafen ohne Ende. Aber das konnte sie ja immer schon, nicht? Weißt du, was mir wirklich furchtbar zu schaffen macht?«

»Was?«

»Daß ich einfach nach Amerika gegangen bin. Ich mein, woher hätte man wissen sollen, was passieren würde, mir bot sich diese Chance, und es schien ihr ja ganz ordentlich zu gehen, sie hatte einen Grippeanflug, aber wer hatte den um diese Jahreszeit nicht, und ich hab sogar noch zu ihr gesagt, ich flieg nicht, wenn du's nicht willst. Ich mein, woher hätte man es wissen sollen? Sie hat nur gelacht. Mensch, schwing dich, Stephen, sagte sie, du bist nicht meine Mutter. Also bin ich geflogen. Und als ich zurückkam, war sie weg.«

Weg. Tot. Sie ist schon tot.

»Weg?«

»Wie vom Erdboden verschluckt, so sah's jedenfalls zuerst aus.« Er breitet die Arme aus, hebt die Schultern mit großer Geste. Ein messerschwingender Fremder in meiner Küche. Ich lege mein Messer abends immer weg, immer. Er zieht die Augenbrauen hoch, und auf seiner Stirn unter dem glatten braunen Haar zeigt sich eine Wellenlinie. »Hast du zufällig saure Gurken da?« fragt er, und ich reiche das Glas herunter.

»Danke. Na, du kennst ja Veronica Karen. Sie hielt nie auf Ordnung, war nie der Typ, der sich brav hinsetzt und Kärtchen schreibt, um ihre Freunde zu benachrichtigen, daß ihre Adresse sich geändert hat. Bis bald, sagt sie immer. Das könnte heute nachmittag heißen oder übernächstes Jahr. Kurz und gut, ich komm zurück, und seit Ewigkeiten hat kein Mensch sie mehr gesehen. Ich bin mehrmals zu ihr nach Hause gefahren, aber da rührte sich nie was, und das Telefon hat immer nur geläutet – eine scheußliche Bude in Vauxhall war das, in der sie da wohnte, sie hat echt schon in den übelsten Bruchbuden gehaust –, und jedesmal, wenn ich jemanden traf, der sie kannte, hieß es nur – Veronica Karen? Veronica Karen? Ach, die ist weg. Wo? Oh, in Crystal Palace. In Nottinghill. Mensch, die ist auf einem Frachter zur Osterinsel unterwegs. Also wirklich! Kein Mensch wußte was.« Er leckt seinen Daumen ab. »Sie hat alle um sich rum ganz schön runtergezogen, war anscheinend total depressiv.«

Er wirft mir einen schnellen, scharfäugigen Blick zu, schraubt den Deckel wieder auf das Gurkenglas. »Du weißt ja, wie sie ist. Haut einfach ab, wenn sie die Laune packt.«

»O ja. Ich weiß.« Ich gehe ihm voraus zum Feuer zurück, und wir setzen uns dort nieder, jeder auf einer Seite.

»Schließlich hab ich rein zufällig Bobbie getroffen, du erinnerst dich doch an Bobbie? Ausgerechnet auf dem Bahnsteig in Clapham South, eine Chance in einer Million.« Eine überwältigende Sekunde lang stürzt mich der Bahnsteig von Clapham South, grau und schäbig, in tiefes Heimweh. »Sie hat mir erzählt, daß Veronica Karen ihr auf dem Weg zur Bushaltestelle über den Weg gelaufen ist. Sie sagte, sie wolle einen Haufen Leute oben im Norden besuchen und schrieb ihr eine Adresse auf, wo sie eventuell zu erreichen sein würde. Da wird einem erst mal bewußt, wie leicht ein Mensch spurlos verschwinden kann.« Er wendet sein Gesicht ab, das im Feuerschein eingefallen wirkt. »Sie kennt eine Million Leute, und jeder glaubt, sie wär woanders.« Ein leichtes Achselzucken, ein Herabziehen der Mundwinkel. »Sie hatte natürlich ihren Job aufgegeben. Sie war nicht mit einem Typen zusammen. Es war also im Grunde niemand da, dem ihr Verschwinden aufgefallen wäre.« Na und? sagt sein Körper, aber er ist hier und sucht sie.

Es herrscht eine friedliche Stille. Das Feuer knistert. Ich erinnere mich, wie ich von Manchester zur Hochzeit meiner Cousine Sandra nach Shugden raufgefahren bin. Veronica Karen brachte Stephen mit, einen unscheinbaren, schlaksigen Jungen, siebzehn damals, so alt wie ich. Ich erinnere mich, daß Großmama sagte, na, unsere Veronica kann aber wirklich was Besseres kriegen. Von dem halt ich nicht viel. Und dabei blähte sie naserümpfend ihre großen, fleischigen Nüstern. Er trank zuviel und übergab sich auf dem Parkplatz vom Nag's Head, teilweise direkt auf unser Auto. Ein Schwarm buntgekleideter Tanten stürzte heraus, um ihm zu helfen; Veronica Karen, in einem Minirock, drehte sich zur anderen Seite. Sie war mit ihren fünfzehn Jahren ganz schön sexy. Ich hab die alten Hochzeitsfotos noch, wir sind alle drauf – die Tanten und Onkel, die Cousins und Cousinen, Mama in ihrem pinkfarbenen Kostüm, Dad noch mit dunklem Haar, Großmama, der arme alte Onkel Vincent und Tante Pearl. Damals war ich stolz auf Tante Pearl; ich fand, sie sähe echt toll aus mit ihrem großen gelben Hut, obwohl sie natürlich schon damals Ansätze zur fetten alten Matrone zeigte. An dem Abend erlebte ich sie das erstemal richtig albern und betrunken, sie qualmte eine nach der anderen und versuchte, wie die Jungen zu tanzen, prustete verächtlich, schrie rum und fluchte und wollte unbedingt zur Sängerin auf die Bühne rauf. Was soll ich tun? Soll ich Tante Pearl anrufen? Sie fragt immer nach Veronica.

»Ich war noch nie in Moorcop«, sagt er, während er von meiner Rosenuntertasse ißt. »Kaum zu glauben, hm? Es ist hübsch, nicht? Bei dem Regen und der Dunkelheit hab ich allerdings nicht viel gesehen.« Sein Gesicht verändert sich unablässig. An wen erinnert er mich nur? Vielleicht nur an ihn selbst, wie er vor langer Zeit war? »Es kann sein, daß ich einmal im Auto durchgefahren bin«, fügt er hinzu, »mit meinen Eltern, als wir noch Kinder waren und ins Hochmoor raufgefahren sind oder irgendwo anders hin, aber ich weiß mit Sicherheit, daß wir nicht angehalten haben.«

»Wieso bist du so sicher, daß sie jetzt krank ist?« frage ich.

»Es ist ein Gefühl«, antwortet er, und dann sieht er mich wieder auf diese verlegene Art an, beinahe lächelnd, als erwarte er, daß ich etwas sagen oder tun würde, und als müßte ich wissen, was. Tja, ich weiß es nicht. Wenn man mir plötzlich so was auftischt, wie soll ich mich da verhalten? Aber er spricht hastig weiter und schaut weg, sein Blick jetzt ausdruckslos. »Nein, nicht nur ein Gefühl. Es waren ja alle Anzeichen da, sie sah sehr schlecht aus, ihre T-Zellen waren wieder unten, sie hatte ein – sie hatte eine Entzündung in der Mundhöhle. Und diese Erkältung, diese schlimme Erkältung – aber so viele Leute hatten um diese Jahreszeit schlimme Erkältungen. Ich hab's einfach runtergespielt und bin geflogen, obwohl offensichtlich war, daß sie bei meiner Rückkehr vielleicht schon tot sein würde, aber ich wollte es einfach nicht sehen.«

Er greift in seine Tasche, zieht einen Zettel heraus und reicht ihn mir. »Das ist die Adresse, die Bobbie mir gegeben hat.«

Ich lese: 25 Tobin Close, Kilreevy.

»Kilreevy?«

»Ein kleiner Ort in Strathclyde.« Er zündet sich eine Zigarette an. »Kennst du da oben jemanden?«

»Mir fällt niemand ein.«

Ich gebe den Zettel zurück.

»Also, um ganz ehrlich zu sein«, sagt er, während er den Zettel in seine Brusttasche steckt, »ich glaube, daß sie ziemlich schlecht beisammen ist, und ich finde, das mußt du wissen. Ich dachte, offen gesagt, du würdest vielleicht mitkommen wollen, sie zu suchen.«

Ich lache, durchaus heiter.

Einen Moment lang macht er ein gekränktes Gesicht, aber

dann stellt sich eine Art kühler Distanz ein. »Es ist mein Ernst«, sagt er und verfällt wieder in einen dieser Blicke, und jetzt ärgert es mich, denn was ich für Verlegenheit hielt, scheint mir jetzt Dreistigkeit zu sein.

»Das kann nicht dein Ernst sein«, entgegne ich. »Ich kann doch nicht einfach Veronica Karen hinterherlaufen, das würde sie gar nicht wollen, sie weiß, wo ich bin, sie hat nie versucht, Kontakt aufzunehmen, wir haben einander seit Jahren nicht mehr gesehen.«

»Ach, ihr beiden!« Angespannt beugt er sich vor, die Arme auf seinen Knien unbequem ineinander verdreht, während von seiner Zigarette in anmutigem Gekräusel der Rauch aufsteigt. Ich höre den Regen, wie er plötzlich das Fenster attackiert, und eine einsame Windbö. »Sie ist doch deine Schwester, Herrgott noch mal. Alles übrige spielt keine Rolle. Du brauchst überhaupt nicht darüber nachzudenken, sie ist deine Schwester und sie ist krank, und du mußt dich um sie kümmern. Das ist alles. Du brauchst sie nicht mal gern zu haben.«

»Ich kann hier nicht einfach alles stehen- und liegenlassen. Ich muß arbeiten.«

»Arbeiten? Was arbeitest du?«

»Ich bediene. Teilzeit.«

»Meld dich krank«, sagt er.

»Morgen arbeite ich nicht«, sage ich, »aber ich habe versprochen, den Samstag zu übernehmen.«

»Bis dahin sind wir zurück. Außerdem ist es nur ein einziger Tag. Du wärst *auf jeden Fall* am Sonntag zurück.«

»Samstags ist da die Hölle los.« Ich und Annie fluchend in der Küche, während Mrs. Crowe großartig die Bestellungen aufnimmt.

»Meld dich krank.«

»Das kann ich nicht.«

»Meld dich krank. Sag ihnen die Wahrheit, Herrgott noch mal. Deine Schwester ist krank.«

»Das *weißt* du doch gar nicht.«

Seufzend und wütend wendet er sich ab. »Mensch, hilf mir

doch«, sagt er. »Soviel ich weiß, hat sie keinem sonst was gesagt, nur mir, das hat sie jedenfalls behauptet. Sie war ganz besessen davon, daß niemand was erfahren soll. Hast du eine Ahnung, wie das ist, so was ganz allein mit sich rumzuschleppen? Okay, sie ist blöd, okay, sie ist eine Nervensäge, aber ich kenne sie seit einundzwanzig Jahren, und sie muß sehr wahrscheinlich sterben, und ich möchte nicht eines Tages aufwachen und hören, daß sie Hunderte von Kilometern entfernt gestorben ist. Und ich finde, das solltest du auch nicht wollen. Komm schon, Cathy. Sie ist deine Schwester.«

»Ich weiß nicht.« Ich schüttle den Kopf, würde gern lachen, weil das Ganze so lächerlich ist. »Ich weiß nicht.«

»Ich dachte, du würdest wissen, wo Frank und Tilly jetzt leben«, sagt er. »Ich hab mir gedacht, es besteht eine gute Chance, daß sie zu ihnen gefahren ist. Und wenn sie nicht dort ist, könnten wir nach Kilreevy rauf stechen und sehen, was es mit dieser Adresse auf sich hat. Wir können im Auto schlafen, die Rückbank kann man runterklappen, du könntest sie für dich haben, und ich würde vorn schlafen. Ich hab Schlafsäcke, ehrlich, ich hab das schon ausprobiert, es ist gar nicht so übel.«

Im Auto schlafen, er und ich, ach Gott, diese Zeiten, diese Zeiten, als man noch im Auto nächtigte, sind wirklich vorbei. Ich würde morgens beim Erwachen schauderhaft aussehen. Man braucht es sich nur vorzustellen. Zerknautscht. Verschmierte Augen. Nicht einmal die Jugend auf meiner Seite. Die Zeiten sind vorbei. Nichts als Ärger. Das war immer so. Ganz gleich, was es ist, wenn es mit Veronica Karen zu tun hat, bringt es Ärger, darauf kann man wetten: miese Wohnungen, mysteriöse Adressen, Rumzigeunern im ganzen Land, alles ziemlich typisch. Und jetzt ist sie dabei, ihre größte Schau überhaupt abzuziehen, sie wird tatsächlich sterben.

»Also, ich werd ganz einfach einen allgemeinen Rundruf machen«, sage ich. »Irgend jemand wird schon wissen, wo sie ist. Im übrigen ist sie ein freier Mensch. Ich meine, sie kann immer noch selbst entscheiden, und sie ist offensichtlich nicht besonders scharf darauf, uns beide zu sehen.«

Er schnippt den Zigarettenstummel ins Feuer.

»Ja«, sagt er ruhig, »da hast du wahrscheinlich recht. Aber trotzdem.«

Der arme Kerl. Der arme vernarrte Kerl, nach all den Jahren. Der Regen rauscht friedlich. Er blickt ins Feuer und hebt [illegible] eine große Hand, um seinen Hals zu umfassen. Sanftes Rauschen, diese alten, alten Zeiten, Autos, die leise rauschend an unserem Fenster vorbeifahren, und die gedämpften Lichter, die auf die Regentropfen auf dem Glas scheinen, Scheinwerferstrahlen, die langsam über die Decke gleiten. Schschsch ... Mrs. Jolly schüttet das Spülwasser raus, gießt es über die Steinplatten im Hof. Sie hatte Angst vor Gewittern, diesen grell leuchtenden Gewittern in Shugden. Ich erzählte ihr von der Familie oben im Himmel, den Jollys, einer Bagage mit einem Hang zur Tolpatschigkeit, die ständig Möbel rückte und Sicherungen durchknallen ließ. Grummel, grummel, krach! Da sind sie schon wieder am Werk. Bumperum! Da saust ein Schrank die Treppe runter. Blitz! Knister! Albert hat wieder die Sicherung durchbrennen lassen.

»Bis zu Frank und Tilly komm ich mit«, sage ich. »Das ist gleich hinter dem Hochmoor. Aber weiter nicht.«

Bin ich verrückt geworden? Frank und Tilly! Die Leute, die ich am wenigsten sehen will!

Er atmet sichtbar auf. »Ruf sie an!« sagt er.

»Soll das ein Witz sein? Die haben seit Jahren kein Telefon, sie zahlen nie ihre Rechnungen. Aber ich weiß, wo sie wohnen.«

Er lächelt. »Und«, sagt er, »wie weit ist es? Eine Dreiviertelstunde Fahrt? Was hast du zu verlieren?«

Frieden.

»Ich zieh die Bettcouch aus«, sage ich.

»Nein, nein, mach dir bitte keine Mühe, mir reicht der Boden auch, ich hab Schlafsäcke im Wagen. Ich geh schnell und hol meine Sachen, ja? Ich hab gleich oben am Hügel geparkt.«

»Sei nicht albern. Ich zieh die Couch aus.«

Er beugt sich plötzlich weit vor und sagt: »Das ist alles so verrückt. Du siehst eigentlich gar nicht soviel anders aus. Das Haar ist anders. Ich möcht nicht wissen, wie ich für dich aussehe, ich kann's mir nicht vorstellen.« Er drückt sein Gesicht einen Moment in seine Hände, dann sieht er auf und lacht. Wir lachen beide, leise und ungläubig, denn es ist ja auch zum Lachen, daß wir hier sitzen und Tee trinken und irgendwo da draußen Veronica Karen im Sterben liegt.

Dann steht er auf, holt seinen Mantel aus dem Flur und geht. Die Haustür läßt er einen Spalt offen, so daß der frische feuchte Nachtgeruch, die angenehme sommerliche Kühle, das leise, geschäftige Wispern des fallenden Regens ins Haus können. Ich stehe auf, mache Musik an und setze Kaffee auf, richtigen Kaffee, damit ein guter Duft sich im Haus ausbreiten kann. Sehe nach, ob Milch da ist, ja, genug. Laufe an den Ambrose-Drucken im Treppenflur vorbei nach oben, mach in meinem Arbeitszimmer die Heizung an, ziehe die kleine Bettcouch aus und krame ein Federbett raus. Rieche daran. Ein kleines bißchen muffig, aber nicht allzu schlimm. Wie wird er das hier drinnen finden, mein Chaos, meine alten Bücher, meinen vorsintflutlichen Computer, mein Klavier mit den Stapeln zerfledderter Noten obendrauf?

Warum bin ich nervös?

Dies hier ändert nichts. Ich habe mir etwas vorgenommen, das ich tun muß, das ich immer noch tun muß, ich muß die Kontrolle behalten, bei meinem Entschluß bleiben. Ich hatte endlich ein Ziel, oder nicht? Ich war praktisch schon auf dem Weg. Ja, vielleicht wäre jetzt schon alles vorbei, wenn er nicht gekommen wäre.

Wie hat sie es bekommen? Bei wem hat sie sich angesteckt? In Gedanken blättere ich zurück, aber sie hatte so viele Liebhaber, die hübschen Knaben und die Junkies und die Arbeiter mit den schwieligen Händen. Ich habe nur einige wenige gekannt. So viele Menschen in ihrem Leben, und an seinem Anfang und Ende Stephen Openshaw, der ihr noch immer die Treue hält.

Blaß spukt er im oberen Flur herum.

»Das Badezimmer ist da«, sage ich.

»Mhm.« Er blickt auf, die Arme verschränkt. »Du hast ein hübsches kleines Haus«, sagt er. »Sind die von Robert?«

»Ja.«

Robert und seine Kamera. Aus der Hüfte schießend.

»Das sind tolle Aufnahmen.« Seine Tasche in den Armen steht er da und sieht sich die alten Schwarzweißfotografien an, die ich habe rahmen lassen – das Ribblehead-Viadukt und Chesil Beach, Früher Morgen und Austernfänger. Veronica Karen hatte die Austernfänger in ihrer Wohnung am Parkway an der Wand.

»Vermißt du ihn noch?« fragt er.

»Manchmal«, antworte ich.

Wirklich? Ja, in manchen Augenblicken sehr. Wie man die Vergangenheit vermißt, das alte Kinderbett.

Er tritt zu meinen Ambrose-Drucken. Ich weiß nicht, sind sie jetzt vielleicht eine Spur manieriert? Ich liebe sie immer noch. Ich finde, ich war eine ziemlich talentierte Illustratorin.

»Ich liebe diese Zeichnungen«, sagt er. »Sie rufen viele Erinnerungen wach. Bei uns flogen immer ein paar Bücher von Ambrose dem Kater im Haus rum. An das hier erinnere ich mich genau.«

Es zeigt die Edle Doolily, wie sie aus ihrer Tür in der Wand heraustritt, sie sieht aus wie eine reizende alte Dame, aber sie ist die personifizierte Bosheit. Und da ist Lorna Lamorna mit ihrer verschwenderischen roten Haarpracht.

»Ich erinnere mich an das hier«, sagt er, »und das und ...« Er lächelt. »Hast du wirklich ganz damit aufgehört, Cathy? Das ist jammerschade.«

»Es ist schwer, sich damit sein Leben zu verdienen.«

Es ist überhaupt schwer, sich sein Leben zu verdienen. Ich denke an die vielen Jobs, die ich gemacht habe, seit ich mit dem Studium fertig war und die ganze Clique kennenlernte und mich einfach treiben ließ. Ich habe unendlich viele Dinge gemacht. Ich habe in Fabriken, Läden, Büros, Cafés gearbeitet; ich habe geputzt, ich habe Kinder gehütet; ich habe Touristen durch englische Herrenhäuser geführt, in einem Krankenhaus Listen geschrieben, in einer Bibliothek Bücher gestempelt, in einem Pub

Bier gezapft, arme geduldige Esel mit Kindern auf dem Rücken an einem Strand auf und ab geführt.

Er geht in die Knie und mustert die alten Taschenbücher auf dem unteren Bücherbord, die Robert aus Dorset mitgebracht hat: alte Lehrbücher von der Uni, Englisch, europäische Geschichte, Science Fiction, Homöopathie, Lyrik.

»Ah – Ambrose!« Er zieht ein Buch heraus und richtet sich auf, während er es aufschlägt. Ein Ausdruck der Erheiterung tritt in seine Augen.

Es gibt hundert Ambrose-Bücher, die sich überall herumtreiben. Ja, sie treiben sich wirklich herum, das liegt in ihrer Natur. Sie stützen Stuhlbeine, halten Türen offen. ›Ambrose der Kater und die silberne Stadt‹; ›Ambrose der Kater und die hölzerne Ziege‹, ›Ambrose und Jem‹, ›Ambrose der Kater und Wolke 49‹. Ambrose der Kater war ein Troubadour der Straße, der wie der Lone Ranger plötzlich im Leben der Leute auftauchte und wieder verschwand und alle möglichen magischen Abenteuer erlebte. Er konnte eines Tages im Regen vor der Tür stehen, und schon war die Hölle los. Die Geschichten durchzog eine Art weltlicher Mystizismus und eine gewisse Sinnlichkeit. Heute liest niemand mehr Ambrose. Manchmal, äußerst selten, stößt man in einem Pappkarton auf einem Flohmarkt auf eines der Bücher, vollgekritzelt, mit Essensflecken, ohne Rücken, ziemlich eklig anzufassen.

Stephen blättert lächelnd um. »Weißt du, ich fand's immer ganz toll, wenn ich sagen konnte, daß ich dich kenne«, bemerkt er, mich ansehend. »Mein Lieblingsbuch war ›Die hölzerne Ziege‹. Ich war richtig vernarrt in das Buch, ich weiß noch, daß ich es eine Zeitlang immer mit mir rumtrug.«

Darüber muß ich lachen.

»Natürlich erinnere ich mich an den echten Ambrose.« Er klappt das Buch zu und läßt es auf seiner offenen Hand liegen, als wolle er sein Gewicht prüfen. »Ambrose war ein genialer Kater.«

»Ich hatte schon eine Idee für ein neues Buch«, sage ich auf dem Weg ins Arbeitszimmer, »aber sie waren nicht daran interessiert.«

Er folgt mir, stellt seine Tasche neben der Tür nieder und legt das Buch auf die bezogene Bettcouch.

»So geht's eben.« Ich lächle, um zu zeigen, wie unwichtig es ist.

Als er das Klavier bemerkt, geht er schnurstracks darauf zu und streicht mit Wonne mit beiden Händen darüber.

»Spielst du?« frage ich.

»Nicht eine Note.« Er wirft mir lächelnd einen flüchtigen Blick zu.

Ich ziehe meinen rosaroten Bademantel zurecht. An der Tür drehe ich mich um. »Wie hat sie es bekommen?« frage ich.

Er setzt sich auf den Klavierschemel, verschränkt die Arme und streckt seine Beine aus. »Von einem Typen namens Charles«, sagt er müde. »Ich weiß nicht, was aus ihm geworden ist. Vielleicht ist er schon tot.«

»Ich kann es nicht glauben«, sage ich aufrichtig, während ich in mir wie eine Blinde, die ein Gesicht abtastet, umherspüre, um zu erkunden, was ich fühle.

»Ich hab ihn einmal kurz kennengelernt, vor Jahren. Auf einer Party. Sie war auch dort. Ich hatte sie bestimmt zwei Jahre nicht mehr gesehen und fand das Ganze ziemlich deprimierend. Ich meine, die ganze Party war irgendwie deprimierend, es war ein ödes Fest, lauter traurige alte Übriggebliebene aus den Sechzigern, ich hab nur gedacht, raus hier, nichts wie raus, und da hab ich sie plötzlich in einem der Zimmer sitzen sehen, mit einer großen braunen Papiertüte voll Gras, ganz in schwarzer Spitze, du weißt ja, wie sie sich zurechtmachen konnte, wie aus einem, ach, ich weiß nicht, einem alten Cowboy-Film, eine spanische Witwe oder so was. Also, mir hat dieser Charles gar nicht gefallen, er hatte eine Lederjacke an, die zu neu war. Ich hielt ihn ehrlich gesagt für einen ziemlichen Schwachkopf. Aber ich kann mich nicht an Einzelheiten erinnern.«

Veronica Karen hat diesen Tick, diese Riesenangst, dieses O-Gott-hoffentlich-hab-ich's-nicht-ich-kann-doch-nicht-niemals-o-nein, und was ist der Grund? Ein Typ namens Charles, der Engel des Todes, ein armer Schwachkopf in einer allzu neuen Lederjacke.

»Eins muß ich sagen, sie hat nie geweint oder groß gejammert«, sagt Stephen. »Sie ist ganz schön tapfer.«

Tapfer. Veronica Karen tapfer. Sie war niemals tapfer, sie hatte Angst vor der Dunkelheit, hat mich nachts wachgerüttelt und gesagt, Cath, ich hab solche Angst, daß mir mitten in der Nacht jemand den Kopf abschneidet. Aber das gibt's doch nicht, oder? Das gibt's doch wirklich nicht, oder?

Shugden. Die schwarze Mitternacht.

Aber klar gibt's das, hab ich gesagt. So was passiert dauernd.

Nein, Cath, das gibt's nicht.

Oft rief ich mit Geisterstimme auf der Treppe: »Veronica! Veronica!« Und manchmal, um den dramatischen Effekt zu erhöhen, »Veronica Karen! Veronica Karen!« Aber damals hieß sie nur Veronica, nur Veronica, bis sie dreizehn wurde und auf dem vollen Zungenbrecher bestand und auf was andres einfach nicht reagierte. Für wen hat sie sich eigentlich gehalten? Peggy Sue, Mary Lou, Barbara Ann, eine, der ein Schlager gewidmet sein sollte? Hallo, hallo, Veronica Karen, lebwohl, mein Herz. Das plätschert nicht gerade leicht über die Zunge.

»Horch!« Sein Blick schwenkt seitwärts. »Draußen gießt es in Strömen.«

Trommelt auf das Dach, die Straße, die Boote auf dem Kanal. Die ganze Stadt wird funkeln.

Er blättert träge in ›Walzerspielen leicht gemacht‹, gähnt, bewegt gemächlich die Schultern, wie eine Katze, die es sich bequem macht. »Schön, sich vorzustellen«, sagt er, »wie da unten langsam und allein das Feuer ausgeht.«

3

Im Bett lausche ich auf Geräusche von jenseits der Wand, von Stephen. Er ist da drüben, meinen ganzen Krempel um sich herum, die Bücher, die Bilder, die alten Klamotten, die Fotos, die immer noch nicht geordnet sind. Ich habe Schmetterlinge im Bauch. Der Schlaf ist weit weg.

Tja, das wär's dann wohl, oder? Mit ihm im Haus kann ich's nicht tun. Na ja, ich könnte vielleicht, es gibt ja auch leise Arten, und morgen früh könnte alles vorbei sein. Aber dann würde er mich finden. Oh, das ist viel zu intim; da müßte ich hübsch angezogen sein, mein Gesicht bleich und schön auf dem Kissen, umrahmt vom ausgebreiteten Haar. Er würde sich mit gesenktem Kopf niedersetzen und meiner als junges Mädchen gedenken.

Eigenartig, daß er sich an Ambrose erinnert hat.

Ambrose haben wir immer gehabt.

Er war nie ein verspieltes Kätzchen, immer ein großes, stolzes, aristokratisches Geschöpf, allweise und allwissend, das warm und pulsierend auf dem Kaminvorsprung, der Treppe, dem Läufer vor dem Feuer, irgendwo auf einem Fensterbrett zu liegen pflegte. Er war der Große Radscha auf seinem Thron, und sie war die Prinzessin Verona. Die Prinzessin Verona mußte dem großen Herrscher Geschenke bringen, dem mächtigen weißen Ambrose, der ausgestreckt auf dem Fensterbrett auf dem Speicher lag, dem düsteren Raum mit der schrägen Decke und der nur einen halben Meter hohen Wand, wo ich den Schatten eines

Mannes mit einem Zylinder sah. Ich war Jem, der Zigeunerjunge, und Lorna Lamorna und die boshafte Edle Doolily und der Riese Killyloo. Sie war Tabitha, Annabel, Little Girl Green. Ich war Mamie, sie war Rowena. Mamie und Rowena waren Waisen, die durch die Welt zogen und Konzerte gaben und Unrecht wiedergutmachten. Wir sangen:

Rote Segel im Abendrot
Über dem Meer die Sterne
Ach, bring meinen Liebsten mir
Heil zurück aus der Ferne.

Wir tanzten in Formation, die Hände in den Hüften:

Sie trägt rote Federn und einen Hula-Hula-Rock,
Sie trägt rote Federn und einen Hula-Hula-Rock . . .

Ich war schon siebzehn, als Ambrose starb. Wir nahmen ihn von Shugden nach Manchester mit, als wir umzogen. Ich erinnere mich, wie er, kurz bevor er starb, ganz leicht wurde. Er war ein großer Kater, nein, ein riesiger Kater, fast ganz weiß, nur hier und dort mit einem kleinen schwarzen Tupfer, und eines Tages hob ich ihn hoch, und er war leicht wie eine Feder, als wären alle seine Knochen voll Luft. Er schnurrte in meinen Armen und sah mich an, und der Eiter rann ihm aus den alten, stoischen Augen. Am nächsten Tag starb er im Schlaf. Er war fünfzehn, sehr alt für eine Katze. Ich habe ein Foto von Veronica Karen mit Ambrose in den Armen auf einer der Holzbänke hinten in unserem Garten in Sale. Sie hält den Kopf leicht schräg geneigt, kokett, macht große Augen und hat die Lippen geöffnet. Ich weiß, ich war mit Robin McGeeney, mit dem ich damals befreundet war, im Garten und wurde reingerufen, um Veronicas Freund zu begrüßen. Ihren ersten; ein großer Anlaß. Sie hatte ihn im Twisted Wheel kennengelernt. Sie war erst vierzehn, er war sechzehn wie ich. Wir waren beide hübsch, aber sie war hübscher. Robin McGeeney trug eine Brille und war ein sehr netter Junge. Er arbeitete im Gewerbegebiet in Old Trafford, von wo all die widerlichen Gerüche kamen, ich, Veronica Karen und Stephen waren noch auf der Schule. Wir gingen alle vier hinaus und setzten uns auf die Bank und sahen den Spatzen zu, die sich vor dem Vogelhäuschen zankten.

Ambrose ist in diesem Garten begraben. Es macht mich traurig, mir vorzustellen, daß er immer noch in einem Garten in Manchester liegt, ganz allein, mit fremden Menschen im Haus, während wir alle längst fort sind.

Natürlich mußte sie mir mal wieder die Schau stehlen. Sterben, daß ich nicht lache! Nichts als Theater wahrscheinlich. Sterben um des dramatischen Effekts willen. Sie brächte es fertig.

Sie hat mir keinen Ton gesagt.

Zeit, die erschreckend und ohne Wiederkehr über ein Wehr herabfällt, ein Gefühl, das mich krank macht. Beinahe wäre ich mit ihr gefallen, aber dann wurde dieses Fleisch verschont. Ich stand schon oben unter dem Galgen und blickte in die Menge, bereit, meine letzten Worte zu sprechen:

»Oh, Henker, Henker, halt ein ...«, als der Aufschub kam, als der Reiter über den Hügel preschte, daß seinem Pferd fast die Augen aus dem Kopf sprangen, blutunterlaufen.

Ja, ich tu's, ich fahre mit ihm, es ist wieder ein Abenteuer, ich tu's. Ich fahre mit.

Und das Mädchen trat vom Galgen herunter.

4

Anstatt wie irgendeine Schlampe im Nachthemd runterzuschlurfen, um schon mal Wasser aufzusetzen, muß ich mich nun sorgfältig ankleiden, überkritisch in den Schubladen kramen, Kleidungsstücke verwerfen, um mich schließlich für blaue Seide zu entscheiden, glänzend, knapp um die Taille, und für meine guten Jeans, die wirklich passen; muß ins Badezimmer schleichen und ein bißchen an meinem Aussehen arbeiten. Ich creme energisch mein Gesicht, schminke mir die Augen, dezent, rubble meine Lippen, bürste kräftig mein Haar und lockere es dann mit den Fingern. Gar nicht übel, denke ich, bei nahem Hinsehen. Jedenfalls nicht für frisch aus dem Bett. Hab's schon schlimmer gesehen.

Unten ist es kalt und dunkel, riecht nach der Asche des Feuers vom vergangenen Abend und dem kalten Rauch seiner Zigaretten. Ich ziehe die Vorhänge auf, räume eilig auf, fege Krümel weg, mach den Kamin sauber und hoffe, er kommt nicht runter, bevor ich fertig bin. Ich mache Toast und Tee. Oben rührt sich nichts, ich frühstücke also allein, trinke noch etwas mehr Tee und packe dann ein paar Sachen, Schminkzeug, Zahnbürste, nur für den Fall, wer weiß, kann ja sein, daß ich mir's anders überlege, wenn wir erst mal unterwegs sind. Auf, auf nach Schottland. Frank und Tilly, mein Gott, wie lang ist es her? Ich wette, sie sind noch genau wie früher. Tilly war auf meiner Schule. Mit ihrer Schwester Jennifer zusammen hab ich den Unterricht geschwänzt. Jemand von der Schulbehörde kam zu uns nach

Hause, und es war furchtbar. Ein Mann stand auf der Treppe vor der Haustür und sprach sehr ernst mit meiner Mutter, während ich auf einem harten Stuhl in der Küche saß und mit dem Kopf in den Händen schluchzte und am liebsten gestorben wäre. Veronica kam zu mir und legte den Arm um mich und sagte: »Es ist doch nicht so schlimm, Cath, es wird schon wieder gut, es wird bestimmt wieder gut, Cath.« Und das machte alles sehr würdevoll und feierlich, weil sie so was normalerweise nicht tat. Sie war elf. Schon damals verstanden wir uns nicht.

Tilly ist sehr dick, ich meine, unglaublich dick, nicht so eine gutmütige, nette Dicke, wie man sie sich gern vorstellt. Die Pullovers wurden sie in der Schule genannt, wegen ihres Namens, Paluva oder Palova oder so ähnlich. Und Frank sang immer ›Murder Mystery‹ von Velvet Underground und hat alle damit wahnsinnig gemacht. Denk an all die Menschen aus der Vergangenheit, die du lieber sehen würdest, all die Menschen, die du gekannt hast und all die, die du jetzt nicht mehr siehst, weil sie in alle Winde verstreut sind. Weihnachten schicken wir einander immer Karten und versichern, daß wir eines Tages zusammenkommen werden. Bleiche Gespenster, Macbeths Parade von Königen, so ziehen sie vorüber, Andy und Jana in Australien, Lettie in Irland, mal sehen, Bobbie, Simon, Patch, Tonto, und die Toten, Eamonn, Angela, Jimmy, und die anderen, und so weiter, endlos, alles vergangen, vergangen.

Ich muß mich einen Moment setzen, die Hand über den Augen, und vor dem Abgrund zurückweichen, diesem schrecklichen Abgrund, an den ich manchmal gerate und in dessen Tiefen sich die Wellen an nadelspitzen Felsen brechen.

Gestern abend wäre ich beinahe gesprungen.

»O Gott«, flüstere ich. »O Gott.«

Wie dem auch sei, dort ist sie bestimmt nicht. Sie hat sich doch mit ihnen zerstritten, soviel ich weiß. Ich suche in meinem Adreßbuch nach Leuten, die sie kennen könnten, aber wir haben jetzt nur noch so wenige gemeinsame Bekannte, abgesehen von den Leuten, bei denen er es schon versucht hat. Aber natürlich! Russell und Patti in Penrith, bei denen wird sie sein. Sie ist da früher schon manchmal hingefahren, wenn ihr alles zuviel wurde. Freie Kost. Ein bequemes Bett für eine Weile. Ein schöner Blick aus dem Fenster. Sie sind so eine Art Ersatzeltern, Tante und Onkel, nette, gemütliche Menschen, auf die man in Notzeiten zurückgreifen kann. Ich werde sie anrufen und diese Geschichte klären.

Ich denke an Veronica Karen, während ich wähle, was für eine fürchterliche Nervensäge sie zu Hause in Manchester war, wie sie mir immer alles klaute, Geld, Kleider, Schminkzeug, sich einbildete, alles stünde ihr zu, wie sie stritt, wie sie mit ihrer Schultasche und ihrem übellaunigen Blick auf der Treppe stand und aufgeblasen sagte: »Ich weiß genau, wer ich bin.« Immer war sie überzeugt, sie wüßte alles. Ich denke, wenn es wirklich wahr ist, was nicht sein kann, daß sie stirbt, dann muß ich sie sehen.

Das Telefon läutet und läutet dort oben in Russells und Pattis schöner umgebauter alter Kapelle bei Penrith. Ich versuche, mir vorzustellen, ich hörte, daß sie tot ist, nachdem ich sie so lange nicht gesehen habe. Niemand meldet sich. Ich gehe ins vordere Zimmer und schau zum Fenster raus auf meine ganz gewöhnliche, alltägliche Straße, wippe mit dem Fuß. Was soll ich jetzt tun? Was sollte ich heute eigentlich tun? Welchen Sinn hat es, irgendwas anzufangen, wo er da oben ist und jeden Moment runterkommt? Wenn er nicht aufgekreuzt wäre, hätte ich einen langen Spaziergang am Kanal machen können, bis rauf zum Ende der Häuser, wo die Wiesen anfangen, oder ich hätte ins Hochmoor rauffahren oder ein, zwei Stunden Klavier spielen, oder meine Bücher in die Bibliothek zurückbringen und mich in ein Café setzen können, und vielleicht hätte ich jemanden getroffen, den ich kenne, oder ich hätte auf dem Rückweg bei Susannah vorbeischauen können. Oder ich hätte einfach gelesen. Aber mit ihm hier im Haus kann ich gar nichts tun. Warum ist er gekommen und hat alles verändert, sogar das vertraute Gesicht meiner alten Straße? Kommt er überhaupt noch runter? Weshalb soll ich mitfahren? Sie weiß schließlich, wo ich bin. Sie hat sich nicht einmal blicken lassen, als unser Dad im Sterben lag. Wenn sie mich nicht sehen will, was gibt mir dann das Recht, mich aufzudrängen? Ach, wäre ihr das nicht die reine Wonne, dieses Aufheben um sie?

Er schläft bis in die Puppen wie ein Teenager.

Ich gehe rauf und lausche still im Flur draußen vor seiner angelehnten Tür. Er schläft tief und fest, das kann ich an seinen Atemgeräuschen erkennen. Er muß sich geborgen fühlen, wenn er so lange schlafen kann, wie eine Katze. Ich schlafe schlecht in fremden Häusern. Ich erwache zu den komischsten Zeiten, und ganz gleich, wie gern ich es täte, ich kann nicht ausschlafen. Irgendein Peinlichkeitsgen schüttelt mich immer wieder wach und ruft mir zu: Schnell! Steh auf! Die werden dich alle für ein faules Stück halten. Es war gräßlich, wenn Roberts Eltern zu Besuch kamen; so sehr ich mich auch bemühte, immer wenn ich runter kam, waren sie schon mit dem Frühstück fertig und hatten mir eine vorwurfsvolle kleine Müslischale samt Löffel mitten auf den sauber gewischten Tisch gestellt.

Um elf erscheint er ohne jede Vorwarnung wie ein Geist am Fuß der Treppe, das Haar streng nach hinten gekämmt, ein dunkelblaues T-Shirt unter dem dunklen Jackett. Schlafflippig und verquollen bleibt er etwas verschämt an der Küchentür stehen.

»Hallo«, sage ich. »Möchtest du frühstücken? Müsli? Toast?«

»Toast bitte«, sagt er. »Ich mach ihn mir selbst. Stört's dich, wenn ich mir einen Kaffee koche? Ich brauch morgens Kaffee, um auf Touren zu kommen. So eine Art Kickstart.«

»Ich tu dir welchen in den Filter«, sage ich.

»Instantkaffee tut's auch.«

»Nein, nein.«

Er steckt das Brot in den Toaster. Er sagt, in Amerika haben sie Brotlaibe, die sind so künstlich, daß man sie in der Hand zu einer Kugel zusammendrücken kann und die trotzdem sofort wieder in die perfekte Form zurückspringen, wenn man losläßt. »Da ist unser Weißbrot im Vergleich Naturkost«, sagt er, während er sich mit einer langfingrigen Hand durchs Haar streicht. Er hat geschickte Hände, die die Dinge mit Respekt behandeln: Löffel,

Wasserkessel, den Deckel des Marmeladenglases. Sein Gesicht ist sehr blaß.

»Besonders braun geworden bist du nicht in Amerika«, bemerke ich.

Er lacht, eine Art Glucksen, setzt sich an den Tisch und schlägt die Beine übereinander. Mir gefallen die kleinen Grübchen, die unter seinen Wangenknochen erscheinen.

»Weißt du noch, Cath«, sagt er plötzlich, seinen Toast kauend, »als wir damals alle nach Daisy Nook gefahren sind? Es war die totale Katastrophe. Du und ich und Veronica Karen haben den Bus zurück genommen. Wir steckten stundenlang im Nebel fest und trafen diesen Widerling Alexander.«

Alexander. Sogar jetzt noch, nach so langer Zeit, gibt es mir einen kleinen Stich. Es gibt immer den Einen, nicht? Den unvermeidlichen Einen. Der Nebel war dicht. Wir verloren ein paar Leute. Im Bus hielt Stephen Veronica Karen im Arm, und Alexander war da. Stephen kannte ihn, weil er mit ihm zur selben Schule ging. Alexander drehte sich herum und begann, mit uns zu reden, und als wir aus dem Bus stiegen, begleitete er uns. Er hatte langes, helles Haar und eine braune Lederjacke, und er sah Veronica Karen kein einziges Mal an. Immer wenn er lächelte, flog sein blaßblauer Blick zu mir.

»Alexander war kein Widerling«, sage ich.

»Entschuldige!« sagt Stephen kalt und trinkt seinen Kaffee. »Aber einer, der das tut, was er getan hat!«

Sinnlos, dieses Thema weiterzuverfolgen.

»Kann ich mal telefonieren?« fragt er.

»Bitte.«

»Es ist aber ein Ferngespräch. Nach London«, sagt er. »Ich geb dir das Geld. Ich möchte es nur noch einmal bei Veronica Karen versuchen.«

»Ist schon gut. Mach nur.«

Das Telefon ist nebenan. Ich höre ihn auf die Knöpfe tippen und denke daran, wie Alexander und ich früher kreuz und quer durch die Gegend getrampt sind. Als er dann seine Norton hatte, sind wir weit, weit aufs Land rausgefahren. Alexander konnte alles zeichnen, was er sah, mit jedem Mittel, schnell. Er wollte auf die Kunstakademie. Er war sehr gut in Kunst.

Er sang ›Peggy Gordon‹, während wir auf einer Brücke in Wales standen und zusahen, wie der Fluß unter ihr davonströmte. Ja, so war er.

Alexander der Große.

Veronica Karen ist nicht da. Ich höre durch zwei Türen die Stille von Veronica Karens Abwesenheit. Vielleicht ist sie tot. In diesem Moment.

»Nein«, sagt er zurückkehrend. »Immer noch nicht da.« Er schaut auf seine Uhr, sieht dann mich an. »Also«, sagt er, »hast du drüber geschlafen? Bist du noch dabei?«

»Weiß der Himmel, warum«, sage ich. »Ich möchte mich ihr nicht aufdrängen.«

»Das brauchst du ja auch nicht«, entgegnet er. »Sag einfach hallo. Das ist alles. Hallo und tschüs.« Er zuckt die Achseln.

Wenn ich nicht mitkomme, ihn allein zur Tür hinausgehen lasse, wird nichts andres bleiben, als zu gestern zurückzukehren, in den Regen hinauszublicken, die ganze Geschichte von vorn anzufangen, aber unruhig, aufgewühlt, irgendwie nicht mehr in Stimmung.

»Wir sollten uns auf die Socken machen«, sagt er. »Wirklich.«

»Ja, wahrscheinlich. Ich meine –«, ich mache eine Bewegung mit meinem Mund, breite meine Hände aus, »– zu sterben – das ist schon was von Bedeutung, nicht?«

Er lächelt. »Ja«, sagt er leichthin. Die Hände auf dem Rücken, neigt er sich mir ein wenig zu. »Ja, das kann man wohl sagen, denke ich, daß das was von Bedeutung ist.«

5

Ich beobachte eine Krähe auf einem Telegrafenmasten. Totenstill und schwarz sitzt sie vor dem weißen Himmel, wie ein Totem auf einem Pfahl. Plötzlich, als hätte jemand ihren Namen gerufen, dreht sie den Kopf. Als ich klein war, hielt ich immer nach dem Vogel Rock Ausschau, dem gewaltigen Vogel aus ›Tausendundeine Nacht‹, nach einem Wunder. Ich sah sein stolzes wildes Auge und seinen mächtigen Schnabel, das Spiel seiner riesigen knotigen Klauen, die wie die Klauen eines jungen Hahns waren, aber mit gebogenen Sarazenenklingen an den Enden. Im Geist sah ich ihn aus weiter Ferne heranschweben, seine gewaltigen Schwingen schlugen die schwere Luft, sein massiger Leib verdeckte die Sonne und tauchte in Sekundenschnelle alles in Zwielicht. Ich hörte seine grauenvollen Schreie beim Massaker seines Jungen und stellte mir vor, wie es wäre, sich, während er schlief, an sein baumdickes Bein zu fesseln und davongetragen zu werden wie Sindbad. Ich dachte immer über den Rock nach, wenn ich krank im Bett lag oder auch nur faulenzte, ich schaute hoch und sah ihn dann am weißen Himmel, wie er massig auf dem Kamin des Daches gegenüber landete. Dann zwinkerte ich, und es war nichts weiter als eine Möwe oder Krähe.

Seinem Bild am nächsten kam ein Reiher, den ich einmal sah. Alexander und ich gingen eine kleine Landstraße in der Nähe von Coniston hinunter, und er flog mit großem Flügelschlag und einem heiseren, empörten Schrei direkt vor uns auf, glitt tief über unseren Köpfen über die Straße hinweg. Die Zeit zog sich.

Wo bleibt er so lang? Das ist ja genau wie bei Veronica Karen, die einen Ewigkeiten warten lassen konnte, als wäre einzig ihre Zeit wichtig und die aller anderen Nebensache. Er wollte sich Zigaretten holen, ich warte im Wagen. Wir haben einen kultivierten Streit darüber gehabt, in wessen Wagen wir zu Frank und Tilly fahren sollen. Seiner ist besser als meiner, aber ich bin eine ängstliche Beifahrerin seit dem schweren Unfall, obwohl da Autos gar keine Rolle spielten. Ich muß selbst fahren, das Steuer in der Hand haben, um mich sicher fühlen zu können. Er lachte, als er meinen kleinen orangeroten Mini sah, betrachtete ihn eine Weile mit einem verständnislosen Lächeln und schüttelte den Kopf, als hätte ich von ihm verlangt, in einer Badewanne auf Amerika Kurs zu nehmen.

Ich öffne die Fenster, überlege, wie es wäre, nach so langer Zeit wieder eine Zigarette zu rauchen, gräßlich wahrscheinlich. Mit den Fingern trommle ich aufs Lenkrad, und das Flattern in meinem Magen wird stärker. Ich denke an Alexander und singe leise:

Oh Peggy Gordon, you are my darling
Come sit you down upon my knee
And tell to me the very reason
Why I am slighted so by thee.

Alexander habe ich wirklich geliebt.

Noch jetzt bleibt mir manchmal die Luft weg, wenn ich an ihn denke. Er war so schön, sehr sanft und groß und völlig egozentrisch, mit klaren blauen, unergründlichen Augen und blondem Haar, das ihm in nachlässigen, ungewaschenen Locken um das Gesicht hing. Als er sehr jung war, hatte er Anfälle. Ich habe früher Gedichte über ihn geschrieben, grauenvolles Zeug. Ich erinnere mich noch wortwörtlich an sie.

Alleine weinend in meinem Zimmer.

Ach, es ist zu erbärmlich.

Im Grunde war er ein solcher Mistkerl; nicht daß er mich nicht geliebt hätte, aber er liebte mich nicht so charmant. Natürlich ist mir heute klar, daß es bei so vielem, was er tat, nur um die Wirkung ging, sogar beim Eintritt in ein Zimmer, geradeso wie das letztemal, als er mit ihr kam. Oh, wo bist du gewesen, mein lang, lang Geliebter, in diesen sieben langen Jahren? Na ja, es waren vielleicht keine sieben. Ich weiß nicht, wie lang es her ist, Jahre jedenfalls, daß er sich wie beiläufig von mir entfernte, voll guten Willens und Beteuerungen, daß ich ihm wirklich was bedeutet hätte. Ich konnte es nicht glauben, als sie mit ihm zur Tür hereinkam. Ich war mit Robert zusammen. Wir waren bei Frank und Tilly, und Tonto war auch da. Niemand sonst wußte von mir und Alexander, nur sie. »Rat mal, wer!« rief sie, als sie hereinstürmte, ihrer Trophäe vorauseilend, und mir voll ins Gesicht lächelte. »Rat mal, wer!« und da kam er, und es traf mich wie ein Schlag in den Magen. Mir wurde regelrecht übel, und das Herz schlug mir bis zum Hals, genau wie immer in den Schlagern: O Herzschlag, warum setzt du aus, wenn mein Baby mich küßt?

»Stell dir das vor«, quäkte sie. »Ich hab ihn auf dem Kirchenbasar getroffen. *Stell* dir das *vor!*«

Es war das letzte Mal, daß ich ihn gesehen habe.

Und es war das Jahr, in dem der Tod manchmal mitten am Tag mit seinen langen Fingern leise, ganz leise ans Glas zu klopfen begann.

Die Krähe fliegt davon.

Ich dachte immer, wenn ich nur lange genug in den Himmel starrte, würde der Rock schon kommen, oder wenn nicht er, dann was andres. Ich wußte nicht, was, nur daß es etwas Unmögliches sein mußte. Ich würde einen Schrank öffnen, einen Deckel heben, eine Stimme hören, einen eigenartigen Stein finden, und das Wunder würde geschehen.

Stephen tritt aus dem Laden, greift prüfend in seine Taschen, während er die Straße hinunterschaut. Aber natürlich, laß dir ruhig Zeit, mein Schatz, unbedingt. Er kommt gemächlich herüber, manövriert sich mit Sorgfalt auf den Mitfahrersitz, die Knie stoßen gegen das Armaturenbrett, er lacht grimmig. »Ich komm mir vor wie in einem der Spielzeugautos, wie sie immer vor den Kaufhäusern stehen«, sagt er.

Ich fahre. Er kurbelt das Fenster herunter, raucht und schaut auf die düsteren Fassaden von Moorcop hinaus. »Ich hatte ganz vergessen, wie schön es hier oben ist«, sagt er sinnierend.

Wir fahren am Connor's vorüber. Annie, die aussieht wie eine üppige Señorita, ist gerade dabei, draußen die Tische zu richten, eine kleine Vase mit Nelken in der einen Hand, ein Tischtuch in der anderen. Die Blumen heben sich leuchtend von ihrer grellblauen Bluse ab. Ein Stück weiter halte ich an der Ampel, und wer überquert da gerade mit einem Haufen Tüten und vollbeladenem Einkaufswagen die Straße? Trish Allgood, die an den Wochenenden im Cornucopia arbeitet. Sie winkt mir im Vorübergehen lächelnd zu, tief gebeugt, in einer Haltung, als schöbe sie eine schwere Last vor sich her, so wie man es auf den alten Bildern von Kindern in Kohlenbergwerken sieht. Wird sie erzählen, daß ich in Begleitung eines fremden Mannes aus der Stadt hinausgefahren bin? Ist es ihr aufgefallen? Findet sie ihn interessant? Ich bin bekannt dafür, daß ich niemanden habe, das ist Teil meines Images.

»Ich finde es wunderbar hier oben«, sage ich. »Ja, wirklich, ich bin gern so nah am Moor.«

»Dann bist du also froh, daß du zurückgekommen bist?«

»O ja!«

Eine Weile unterhalten wir uns über London in den alten Kifferzeiten und all die Leute, die wir gemeinsam kannten. Er sagt, daß er Lettie hin und wieder sieht, wenn sie aus Irland rüberkommt. Patch hat er vor ungefähr drei Wochen einmal vom Oberdeck eines Busses aus gesehen, der die Walworth Road runterfuhr. Und ich? Ach, ich habe seit Ewigkeiten keinen von ihnen gesehen, nicht einmal Frank und Tilly, die nur einen Katzensprung entfernt wohnen. Mit denen könnte ich nichts anfangen. Ein ruhiges Leben ist mit diesen beiden, Frank und Tilly, unmöglich. Oh, sicher nicht, ein ruhiges Leben mit Frank und Tilly, ausgeschlossen.

Amerika habe ihm gefallen, sagt er. Er hätte nichts dagegen, mal eine Weile dort zu leben, aber es müßte schon die richtige Gegend sein. Jedenfalls nicht Chicago. Und nicht Kalifornien, weil ihm der Regen fehlen würde.

»Ich schau mich um«, sagt er.

»In Amerika?«

Er zuckt die Achseln. Ich werfe ihm einen kurzen Blick zu, eine Momentaufnahme seiner hohen weißen Stirn, seiner Schultern, die in den Sitz zurückgelehnt sind.

»Ich weiß nicht«, sagt er. »Ich schau mich einfach nur um.«

Seine Beine sind ihm im Weg, sie sind einfach zu lang für dieses Auto. Tuck, tuck, tuck, zuckelt es munter dahin, und mich kneift das Gewissen, weil ich ihm solche Unbequemlichkeit zumute. Moorcop bleibt zurück. Schade, daß man nicht so fahren kann wie im Kino, wo sie minutenlang den Blick von der Straße wenden, um sich mit jemandem zu unterhalten. Am großen Kreisverkehr kommen wir am Wegweiser nach Shugden vorüber. Robert und ich haben diese Abzweigung immer genommen, wenn wir zu meinem Dad gefahren sind.

»Ach, Shugden!« sagt Stephen. »Ich erinnere mich gut.« Er lächelt zum Fenster hinaus, ein spitzbübisches Lächeln der Erinnerung.

»Warst du nur das eine Mal da?« frage ich.

»Shugden, die Kloake«, sagt er, sich mir zuwendend. »Shugden, das Stinkloch. Ich erinnere mich an deine Tante Pearl, sie war ein richtiger Feger.«

Shugden, wo ich geboren bin. 16 Shaw Road, Shugden 2, wo der Ruß dick auf den Fensterbrettern liegt. Tante Pearl lebt heute noch in Shugden, und ebenso die Cousinen. Ein Wrack jetzt, Pearl. Das letztemal, als ich sie sah, hatte sie ein großes, übelriechendes Furunkel am Bein, und Sandra mußte es verbinden.

»Veronica Karen hat Shugden geliebt«, sagt er. »Der Glanz der Kindheit, sollte man wohl sagen. Sie hat's mit ihrer Kindheit.«

»Shugden war langweilig.« Er sieht mich an. Ich frage mich, ob mein Kinn von der Seite diese scheußliche gerade herabfallende Linie zeigt, die ich manchmal flüchtig in Spiegeln entdecke. »Moorcop ist schöner.«

Das offene Land breitet sich aus, grün und bewaldet, von Tälern durchzogen. Bald fängt das Hochmoor an.

»Hat es Robert hier oben gefallen?« Er wirft seine Zigarette zum Fenster hinaus und verschränkt die Arme.

»Moorcop hat ihm gefallen«, sage ich. »Er sagte, es wäre gerade schäbig genug, um nicht schmuck zu sein.«

Wir schweigen.

Wir befinden uns auf dem Hochland. Die Schafe bewegen sich schwerfällig und langsam von der Straße. Es geschieht etwas, es geschieht etwas, endlich geschieht etwas. Auf der Fahrt durch die Hochmoore, von denen ich glaubte, ich würde sie nie wiedersehen, durchzuckt mich ein Nadelstich reiner Emotion, Freude oder Schmerz oder etwas Ähnliches. Kalt pfeift es durch mich hindurch, als wäre ein Nerv bloßgelegt worden. Ich fühle mich frei, ein plötzliches, schwindelerregendes, berauschendes Gefühl, als hätte ich einen Riesensprung hinaus ins Freie getan, wo kein Land mehr ist, sondern nur der grenzenlose Horizont, ein Gefühl, das den unvermeidbaren Absturz wert ist. Als würde ich sterben. Das ist ein Teil des Prozesses, der sich noch vom vergangenen Abend fortsetzt, denke ich. Die Heide blüht, die Moore, die Berge und die schmutzigen alten Städte, ich liebe den Norden. Als wir klein waren, sind wir hier oben gewandert, wir sind mit belegten Broten in Shugden losgezogen, nach Moorcop gewandert und mit dem Zug zurückgefahren. Damals ließ man Kinder noch so frei herumspazieren; wir müssen noch sehr jung gewesen sein, denn ich war erst zwölf, als wir nach Manchester umzogen. Immer wenn wir in der Schule

Hills of the north, rejoice,
Valley and lowland sing –

sangen, habe ich das Hochland hinter Moorcop vor mir gesehen und die gewaltigen, weiten Hochmoore jenseits davon. Shugden fehlte mir nicht, aber die Moore fehlten mir und die Fahrten im Zug, wenn Veronica und ich allein in einem Wagen mit unnatürlich kolorierten Bildern von Malham Tarn und Blackpool Tower an den Wänden saßen und sangen, und die Eisenbahnräder ra-tata, ra-tata, ra-tata hämmerten, und die Lokomotive schrill pfiff, bevor sie in einen Tunnel einfuhr.

In eighteen hundred and forty-one
Me corduroy britches I put on,
Me corduroy britches I put on
To work upon the railway, the railway,
I'm weary of the railway,
Poor Paddy works on the railway.

Unser Vater war Eisenbahner, zuerst in Shugden, dann in Manchester. Später, im Ruhestand, kehrte er hierher zurück. Manchmal war er da, wenn wir aus dem Zug stiegen, in seiner dunklen Uniform mit der Mütze ging er auf dem kleinen Bahnsteig mit den Blumenbeeten auf und ab, als wäre der sein Wohnzimmer, was er ja in gewisser Weise auch war.

Ich könnte jetzt mit keinem Zug mehr fahren. Ich bin seit dem schweren Unfall nicht mehr in einen Zug gestiegen.

»In Gedanken verloren«, sagt Stephen. Er streckt seinen Kopf vor, um sich eine Zigarette anzuzünden.

»Bitte?«

»Du«, sagt er und schiebt sein Haar mit den Fingern nach hinten. »In Gedanken verloren. Das kenne ich noch von dir. Du konntest in einem Raum voller Menschen sein und in Gedanken ganz für dich, weit, weit weg. Oder du hast gelesen. Oft, wenn ich bei euch war, ging's im Haus drunter und drüber, der Fernseher lief, der Hund bellte, deine Eltern rannten rum und alles, und du hast mittendrin gesessen und gelesen, eine Bombe hätte explodieren können, und du hättest es nicht gemerkt.«

Die Sonne blitzt auf der Wasserfläche eines einsamen Stausees. Die Lämmer sind nicht mehr die makellosen, übermütig herumspringenden kleinen Zicklein von vor zwei Monaten, sie sind dick und schmutzig, folgen immer noch ihren Müttern.

»Es war wie Fernsehen«, sagt er.

»Was?«

»Du«, antwortet er. »Du warst ungefähr genauso unbeteiligt wie der Fernseher, wenn man in ihn reinschaut.«

Da muß ich wirklich lachen. Er hat mich nie eines Blickes gewürdigt. Ich sehe ihn kurz an, aber er schaut zum Fenster raus und ist gerade damit beschäftigt, mit viel Mühe seine langen Beine übereinanderzuschlagen.

»Ich habe eben dran gedacht, wie ich mit zwölf nach Manchester gekommen bin«, sage ich, »und wie mir diese Moorlandschaft gefehlt hat.«

»Sie ist wie das Meer.« Er bläst Rauch in die Luft.

»Ich wollte immer ein Haus ganz hoch oben im Hochmoor«, sage ich. »Ich wünschte mir Top Withens. Ich wünschte mir ein Pferd.«

Ich wünschte mir, wie Catherine Linton in ›Sturmhöhe‹ zu sein und auf Minnie nach Penistone Crags zu reiten. Ich wünschte mir, auf dem Rückweg auf dramatische Weise dem Geliebten meines Lebens zu begegnen, ihn nicht gleich zu erkennen, sondern erst zu verachten, damit das Sich-Finden am Ende des steinigen Wegs um so wonniger werden würde. Als ich Robert kennenlernte, war es natürlich überhaupt nicht so, wir mochten uns einfach auf den ersten Blick. Es war übrigens bei Frank, in Notting Hill Gate. Ich glaube, ich war auf Zimmersuche. Ich hatte ein langes rotes Kleid an, das über dem Busen gesmokt war, und trank eine Tasse Tee. Frank zeigte mir gerade seine Bilder, seine ganze Fotoausrüstung lag auf dem alten Sofa ausgebreitet. Er hatte einen dieser engen kleinen Pullis an, wie die Männer sie damals trugen, ein schmächtiger kleiner Mann mit eingefallener Brust und einem spitzen gelben Gesicht, umgeben von einer kreisrunden Wolke schwarzer Afrolocken, die aussahen wie mit dem Kompaß ausgerichtet. Dann kam Robert. Robert war aus Guildford. Er machte zu der Zeit die Beleuchtung für eine Show im Roundhouse und hatte oben ein Zimmer. Er kam seitwärts im Krebsgang herein, torkelnd unter einer gewaltigen Last auf seinem Rücken. Ich erinnere mich seiner dunklen, lachenden Augen und des großen Mundes. Ich war damals fünfundzwanzig, machte gerade Ambrose Nummer vier und arbeitete im Prima Vera.

Unsere Liebe Frau von den Blumen nannte er mich.

»Du solltest wieder was schreiben«, sagt Stephen.

Ich wünschte, die Leute würden das nicht dauernd sagen.

»Ich hatte ja eine Idee«, erwidere ich, »aber sie hat ihnen nicht gefallen.«

»Na und?« Er kurbelt das Fenster hoch. »Dann laß dir was andres einfallen.«

Wir lassen das offene Land hinter uns, fahren durch Vorstädte und Wohnsiedlungen und Gewerbegebiete. Es ist jetzt nicht mehr allzu weit. Tiefer und tiefer dringen wir in die schmutzigen Straßen ein. Das alles hier ist nur endlos ausuferndes Manchester. Natürlich verfahren wir uns, und er kurbelt wieder das Fenster runter und ruft Leuten auf dem Bürgersteig zu, um sie nach dem Weg zu fragen. Er ist sehr höflich. Er hat den Arm angewinkelt im offenen Fenster liegen und achtet genau auf die Straßennamen. Mir dämmert langsam, daß wir uns nun einem Ziel nähern, daß dort Menschen sein werden, daß vielleicht Veronica Karen dort sein wird. Ich denke an Frank, wie er immer ›The Murder Mystery‹ gesungen und alle zum Wahnsinn getrieben hat. Er begann immer am Anfang und ahmte sämtliche Gitarrenpassagen nach, dann die wimmernde Orgel, dann den plötzlichen Gesang. Es war tödlich. Das ging ungefähr drei Stunden so, und nichts konnte ihn bremsen. Er konnte beide Vokalstränge, konnte sie beide Wort für Wort auswendig, und manchmal, wenn er mit dem einen fertig war, ging er direkt in den nächsten über und machte weiter, bis ernsthafte Drohungen von Gewalt laut wurden.

Wir hatten mal eine Wette laufen, zu welchem Album es gehörte. Ich sagte, ›The Velvet Underground‹, er sagte, ›White Light, White Heat‹.

Wir finden das Haus auf seltsamen, geheimnisvollen Wegen, indem wir wie hypnotisiert durch Straßen fahren, die alle gleich aussehen, immer im Kreis, und es bald mit dieser, bald mit jener Abzweigung versuchen, bis wir durch Zufall auf eine kleine Straße stoßen, die am Tor eines Schrottplatzes endet. Die klapprigen alten Torflügel hängen aneinander wie zwei Betrunkene, die sich gegenseitig stützen, um nicht zu fallen. Auf der einen Seite der Straße ist eine lange Backsteinmauer, bis auf Kopfhöhe mit kunstvollen Graffiti bedeckt, auf der anderen ist die flachbrüstige Häuserzeile aus kaffeefarbenem Stein, in der Frank und Tilly wohnen. Kleine Fleckchen vergilbten Rasens strecken sich vor den Häusern bis zum Bürgersteig wie aufgemalt, Torbögen führen nach hinten. Wir fahren langsam die Reihe geparkter Autos ab.

Das Haus von Frank und Tilly kann man auf meilenweite Entfernung erkennen. Es ist das, vor dem der angerostete silberne Wohnwagen mit dem platten Reifen geparkt ist und das Häufchen vierzehnjähriger Jungen in Schlabberhosen mit zusammengekniffenen Lippen rauchend herumlungert.

Ich parke vor einem Jeep mit Frontschutzbügeln ein. Der Motor schaltet dankbar aus.

»Isaac«, sagt Stephen gedankenvoll, »der mit der roten Mütze.« Er pfeift leise. »Ist es nicht merkwürdig, wenn Kinder erwachsen werden?«

Aber ich erkenne keines von ihnen. Frank und Tilly bekamen dauernd Kinder, ich erinnere mich an dieses oder jenes von früher, aber für mich sahen sie alle gleich aus. Das ist bei Babys so.

Wir steigen aus und gehen nebeneinander her. Er ist ein ganzes Stück größer als ich. Die Jungen machen uns Platz. »Hallo«, sagt einer von ihnen freundlich.

»Ist jemand da?« fragt Stephen.

Die Jungen brummen bejahend, und wir marschieren direkt über den kahlen Rasen und klopfen an die leuchtend gelbe Haustür. Eine Meute Hunde bellt dumpf wie aus den Tiefen eines gotischen Verlieses. Er lächelt mich plötzlich strahlend an, als wisse er, wie nervös ich bin. O Gott, bete ich im stillen, o Gott, laß sie nicht hier sein, ich will Veronica Karen nicht hier treffen, auf ihrem Territorium. Die Tür wird geöffnet. Ich erkenne Frank sofort wieder, das hohlwangige gelbe Gesicht ist faltiger als früher, die Afrowolke zottiger.

»Cath!« ruft er sofort nach Luft schnappend und nimmt die Selbstgedrehte von einer Hand in die andere. »Cath Cath Cath! Und Stevie! So eine Überraschung!« Er schüttelt uns beiden nacheinander sehr herzlich die Hand, packt uns mit festem Griff bei den Schultern. »Kommt rein!« Er winkt uns aufgeregt, nach hinten zu kommen, und tänzelt wie ein kleines Kind vor uns her in ein Zimmer auf der rechten Seite, aus dem grauenvolle Geräusche kommen, als würde die Meute von bärenstarken Hundeführern zurückgehalten und wäre drauf und dran, sich an ihren Stachelhalsbändern zu erdrosseln. Eine dicke Perserkatze mit irren Augen starrt empört auf den Treppenläufer mit dem spiraligen Muster.

Das Zimmer ist klein und düster und rappelvoll. An der Wand steht ein altmodischer Resopalküchenschrank, auf dessen Ausziehplatte Krümel und Essensreste und ein tödlich aussehendes Messer herumliegen. Ein kleiner Junge sitzt weinend und sich das Ohr haltend mitten im Zimmer auf dem Töpfchen, und ein kleines braunhäutiges Mädchen kippelt unsicher auf regenbogenbunten Rollerskates. Zwei große Hunde stürmen uns entgegen und beschnuppern uns mit langen begierigen Nasen zwischen den Beinen; eine unbestimmbare Zahl von jungen Hunden wuselt in einem Zustand unaufhörlicher Neurose überall herum; finster brütende Männer in Mänteln lauern in den Ecken. Eine dampfende Pfeife macht die Runde. Trotz der offenen Tür zum Garten hängt ein durchdringender Geruch im ganzen Zimmer, von der Pfeife und vom spitzen kleinen Hinterteil eines Säuglings, dessen Pobacken aussehen wie zwei mit Schokolade überzogene Paranüsse, und der gerade von einem jungen Mädchen in einem Minirock und mit einem Smaragd in der Nase auf dem Tisch gewickelt wird.

Tilly Pullover hockt auf dem Boden vor einem Bücherregal, das von zerfledderten Schmökern überquillt. Sie ist so dick, daß es dem Auge ergeht wie vor einem schwindelerregenden Abgrund: es vermag nicht gleich, sie zu fassen. Sie sieht hochschwanger aus, aber ob sie es wirklich ist, ist schwer zu sagen, da sie ja normalerweise schon so unförmig ist. Auf jedem ihrer mächtigen Schenkel thront wie eine Bauchrednerpuppe ein kleines Kind.

Franks verhutzeltes kleines Gesicht wendet sich mir in der Düsternis zu. »Schau, wer da ist!« ruft er. »Ist das nicht ein Zufall? Wir haben gerade von dir gesprochen. Stimmt's, Till, stimmt's?«

Eigentlich habe ich sie so gut gar nicht gekannt.

»Hallo, Stephen!« Tillys Ton ist kurz, ihr Blick hart und finster und mißtrauisch, sehr scharf und glänzend wie der eines kleinen Nagetiers. Sie leckt sich die Lippen, ein sonderbares, beleidigendes Zeichen der Geringschätzung. »Hallo, Cathy.«

Ich setze mich auf das Sofa neben eine rothaarige Frau, deren Gesicht bis auf zwei tiefschwarze Augen fast ganz von einem dicken Verband bedeckt ist. Eine Weile ergehen wir uns in den üblichen Begrüßungsfloskeln, hallo, hallo und wie geht es soundso. Tillys Schwester Jennifer, mit der zusammen ich eine Woche lang die Schule geschwänzt habe, arbeitet immer noch beim Elektrizitätswerk in Northampton; ihr Mann hat einen Nervenzusammenbruch gehabt und ihr Sohn hätte eigentlich studieren sollen, hat's aber nicht getan. Irgendwas Lautes und Aggressives dröhnt aus einer schwarzen Anlage; geschmeidige, dünne, rauchblaue Welpen drängen warm an meine Beine und balgen sich fiepend. Frank läßt sich in einen Sessel sinken, als strecke er sich wieder in seinem Bett aus. Auf der breiten Armlehne steht ein Riesenblechbecher mit Tee oder Kaffee, daneben ein Teller mit drei Kräckern, einem süßen, glasierten Brötchen, einer großen Ecke Käse und Perlzwiebeln.

Ein kleines graues Kaninchen mümmelt unter einem Heizkörper vor sich hin.

Stephen setzt sich auf einen Küchenstuhl am Kopfende des Babys und betrachtet das runde Köpfchen mit dem weichen rötlichen Flaum mit unverhohlener Neugier. »Wir wollten euch fragen, ob ihr Veronica Karen in letzter Zeit mal gesehen habt«, sagt er.

Es tritt eine kurze, gespannte Pause ein, als hätten wir nach dem Weg zum Schloß von Graf Dracula gefragt.

»Veronica Karen?« wiederholt Frank. Er nimmt sich einen

Kräcker und betrachtet ihn stirnrunzelnd. »Ich hab Veronica Karen seit – ach, bestimmt zwei Jahren nicht mehr gesehen. Richtig, Till? Zwei Jahre, oder?«

»Schon möglich.« Sie tauschen einen schnellen, harten Blick.

Über Franks Kopf befindet sich ein Bord mit seiner ganzen Fotoausrüstung. Die Schlinge eines Tragriemens hängt aus einer Leinentasche herunter, die Beine eines Stativs schauen hinter einem Entwicklertank hervor. Es gibt mir einen Stich, die vertrauten schwarzen Zylinder mit den rot-weißen Deckeln zu sehen. Robert bewahrte seine Sachen alle in einem großen Karton in dem Arbeitszimmer auf, in dem jetzt mein Klavier steht. Das kleine schwarze Mädchen, ein wunderschönes Kind mit einem Mund wie eine Blüte, klettert auf Franks Schoß und schlingt einen Arm um seinen Hals. Ihre Rollerskates baumeln in der Luft, ein silberner Stern glitzert an einem Knöchel. Mir fällt ein, was Veronica Karen mir einmal erzählt hat, wie Frank eines Tages, als sie zu Besuch war und allein im Wohnzimmer saß, reinkam, sich hinter ihren Sessel stellte, seine Hose runterzog und anfing, ihr mit seinem Schwanz auf den Kopf zu trommeln. Ich sehe ihre Gesten, ihr Lachen, als sie die Arme hochwirft. Ich höre ihre Piepsstimme:

»Ich sagte, heiliger Strohsack, Frank! Sei nicht albern.«

Wir lachten Tränen.

Die rothaarige Frau neben mir reicht mir die Pfeife. Ich mußte immer husten bei den Dingern. Dieser Zug explodiert in meiner Brust, aber ich huste nichts heraus. Gut gemacht!, denke ich, ausgezeichnet sogar, wenn man bedenkt. Es ist Jahre her. Das Zeug wird mir schnurstracks in den Kopf steigen.

»Wie nennt man dieses Ding hier?« fragt Stephen. »Dieses kleine Loch, das rauf und runter geht.« Er zeigt mit dem Finger.

»Fontanelle«, sage ich. »Das ist die Fontanelle.«

Ich hatte einmal ein Baby. Es hieß Johnny.

Dieses hier ist meiner Schätzung nach ungefähr drei Monate alt, kräftig und gesund. Seine Arme und Beine bewegen sich lautlos in Zeitlupe. Seine Augen, weit nach hinten gerollt, blicken nach oben, mustern Stephen ohne ein Zwinkern. Stephen seinerseits mustert das Kind. »Sie sind schon komische kleine Dinger, nicht?« sagt er.

»Fontanellen oder Babys?« fragt Tilly.

»Beide.«

Johnny hatte ein so kleines Köpfchen. Die Fontanelle war mit glattem, nassen, schwarzen Haar bedeckt.

Draußen vor der Hintertür glitzert die Sonne auf einem Berg Plastikflaschen, dick aufgeschwollenen Schläuchen, die an einer Mauer aufgehäuft sind. Ein großes weißes Kaninchen hoppelt an ihnen vorbei und hüpft zur Tür herein. Die ganze Musik besteht daraus, daß einer unablässig »Fuck!« brüllt. Ich muß an die Hochzeit von Andy und Jana denken, zuerst auf dem Standesamt in Brixton, dann in einer Schulaula. Franks Eltern und Großmutter waren da, und mittendrin legte jemand ›New Boots and Panties‹ auf, und plötzlich ging's los: »Arschlöcher, Schweine, beschissene Fotzen und Schwänze.« Seine Eltern und seine Großmutter taten natürlich so, als hätten sie nichts gehört. Als sie uns später die Fotos zeigten, war Robert auf jedem einzelnen mit drauf, grinste überall wie Alfred E. Neumann über irgend jemands Schulter. Robert war immer überall mit dabei. Sogar auf den Familienfotos war er drauf. Irgendwo habe ich das große Gruppenbild mit uns allen: Andy und Jana und Lettie, Frank und Tilly und Tonto, Stephen und Veronica Karen und . . . Vergangen und entschwunden. Alle entschwunden in die Welt des Lichts, jung und schön wie er. Aber er ist natürlich gar nicht schön und besonders jung ist er auch nicht mehr. Niemand würde Stephen Openshaw schön nennen.

»Du hattest wirklich Erfolg«, sagt Frank anklagend. »Du hast Kinderbücher gemacht. Machst du das immer noch?«

»Nein.«

»Nein? Warum nicht?«

»Mir ist irgendwie der Dampf ausgegangen.«

»Ach, schade. Sie hat kein Wort davon gesagt, nicht?« wendet er sich an Tilly. »Sie hat uns nie erzählt, daß du aufgehört hast. Irgendwie wartet man immer auf ein neues, weißt du, aber es kommt nichts.«

Nein, natürlich nicht. Und daß *sie* nichts davon sagen würde, war klar. Das war auch so ein Ding von Veronica Karen, niemals hat sie auch nur ein Wort über Ambrose den Kater verloren, ob nun gut oder schlecht. Sie sagte nie was über die Bücher. Es war, als gäbe es sie gar nicht, als wären sie etwas viel zu Peinliches, um darüber zu reden. Vielleicht war's ihr nicht recht, daß ich Jem den Zigeunerjungen und Lorna Lamorna und den Riesen Killyloo und Doolily und all die anderen eingearbeitet habe. Vielleicht war sie aber auch nur sauer auf mich, weil ich Anerkennung bekam und Erfolg hatte.

»Was machst du dann jetzt?«

»Ich geb Klavierstunden. Und arbeite in einem Café.«

»Ehrlich? Du gibst Klavierstunden? Das ist gut.« Frank lacht und klimpert mit den Fingern in der Luft. »Trotzdem schade um die Bücher.«

Frank ist London. Seine Stimme, alles. Frank ist früher.

»Tja, du weißt ja«, sage ich, »die Dinge kommen und gehen.«

»Schade.«

»Müßte ich Sie kennen?« fragt die rothaarige Frau mit dem bandagierten Gesicht.

»Ich denke nicht.«

»Ich bin Maida«, sagt sie mit kleiner krächzender Stimme.

»Ihr seid also auf der Suche nach Veronica Karen?« Frank schaut sein glasiertes süßes Brötchen an und schüttelt den Kopf wie ein Automechaniker, der einen Motor inspiziert.

»Sie hat sich unerlaubt von der Truppe entfernt«, sage ich, das weiße Kaninchen beobachtend, das vergnügt durchs Zimmer hoppelt.

Frank lacht. »Sie entfernt sich immer unerlaubt von der Truppe.«

Tilly schnaubt verächtlich und rutscht auf ihrem ausladenden Gesäß hin und her wie auf einem Sitzkissen. »Veronica Karen! Veronica Karen!« ruft sie. »Komm raus, komm raus, wo immer du bist.« Ihr fällt plötzlich die Ähnlichkeit ihrer Worte mit der ersten Zeile des Munchkins-Songs aus ›Der Zauberer von Oz‹ auf, sie reißt die Augen auf und singt, Glinda, die gute Hexe, perfekt nachahmend, noch einmal »Komm raus, komm raus, wo immer du bist«, wobei sie die beiden Kleinen auf ihren Schenkeln auf und nieder hüpfen läßt. Der weinende kleine Junge auf dem Töpfchen, der nur ein Hemd anhat, wendet ihr sein verzerrtes Gesicht zu und sieht sie finster an.

»Er hat Ohrenweh«, erklärt sie, während sie einen Arm hebt, um die Massen ihres krausen schwarzen Haars zu ordnen, und dabei eines der Kinder aus dem Gleichgewicht bringt, das rückwärts von ihrem Schenkel fällt, mit dem Kopf krachend auf dem Boden aufschlägt und sofort zu schreien anfängt. Sie achtet nicht darauf. »Veronica Karen hat massenhaft Bekannte«, sagt sie kurz. Geschickt steckt sie die Kämme in ihrem Haar fester und bewegt ihren Kopf dabei wie Nofretete. »Sie wird bestimmt bald wieder auftauchen.«

»Sie ist sicher bei Russell und Patti«, sage ich.

Stephen sieht mich an.

»Warum sucht ihr sie?« fragt Tilly.

Keiner von uns sagt was.

»Oho«, sagt Frank, »das große Geheimnis«, pafft wie ein Profi, produziert Wolken, einen Sandsturm, der seinen Kopf verdunkelt. Als er sich lichtet, zeigt sich sein wiedererscheinendes Gesicht klein, braun und vollkommen gerundet wie das des Kindes, das sich an seinen Hals schmiegt, allerdings nur einen Moment lang.

»Jetzt geh mal runter, meine Süße«, sagt er, schon aufstehend, und das kleine Mädchen macht einen großen Satz, landet lässig auf den Zehenspitzen und versetzt den Perlenvorhang in Bewegung, durch den man ins Nebenzimmer, vermutlich die Küche, gelangt. Anmutig hüpft sie zur Hintertür. Ein Geräusch trifft mich wie ein Schlag, das knirschende Klirren des Perlenvorhangs, wie Kiesel, die von einer langsam steigenden Flut an den Strand geworfen werden. Das Mädchen hält sich am Türrahmen fest und beugt sich auf seinen Rollerskates vor. Frank schwankt mit der Schulter voraus durch den Vorhang: wieder das Knirschen und Klirren. Ich wußte nicht, daß ich mich an dieses Geräusch erinnere, aber schon beim ersten wispernden Ton erkenne ich es augenblicklich. Veronica Karen hat diesen Vorhang gemacht, aus alten Tonpfeifenstielen vom Ufer der Themse bei der Blackfriars-Brücke, wo sie zu Millionen liegen, alle in Scherben. Sie ging immer dort hinunter, um sie zu sammeln, und brachte dann Stunden damit zu, sie einzuweichen, zu spülen, den Themseschlamm aus ihnen herauszustochern. Es ist ein Wunder, daß sie sich nicht irgendeine scheußliche Krankheit holte. Sie war ganz hingerissen von den Dingern. Auf manchen waren Namen, erhabene Schriftzeichen, kleine Bilder. Samuel Pepys könnte so einen weggeworfen haben, sagte sie.

Sie hat bestimmt an die sieben Jahre gebraucht, um den Vorhang zu machen.

Tja, so verrückte Sachen hat sie gemacht. Mit vierzehn las sie ein Buch von Thor Heyerdahl über die Kon-Tiki-Expedition und bastelte aus Pappe eine Osterinsel-Landschaft, die eine ganze Seite ihres Zimmers einnahm, komplett mit einer Familie grotesker Kopfskulpturen aus regenbogenbuntem Plastilin. Monatelang standen sie da in Reih und Glied und sanken unter der Last der Zeit langsam in sich zusammen, bis sie nur noch wie formlose Klumpen aussahen.

»Den hat Veronica Karen gemacht«, sage ich eifrig und deute auf den Vorhang.

Tillys dunkle Augen folgen meiner Bewegung. »Ach den«, sagt sie ausdruckslos. »Ja, den hat sie gemacht.«

Es war der nutzloseste Vorhang der Welt. Er war zu schwer. Robert mimte immer höchste Anstrengung, wenn er durch ihn hindurchging, zog ihn auseinander, als wäre er aus Blei gemacht. Er hing nie richtig, dieser Vorhang. Die einzelnen Schnüre sind alle voller Knicke.

»Wir haben ihn als Zahlung bekommen«, sagt Tilly kurz.

Sie sollten ihn nicht haben. Nein, sie nicht. Ich beuge mich hinunter, um ein schwarzweißes Kaninchen zu streicheln. Das Mädchen mit dem Smaragd in der Nase hebt das saubere, trokkene Baby hoch, dessen rosige Beinchen mit den makellosen eingerollten kleinen Zehen wie Krebsscheren von seinem Körper abstehen. Das Baby tief in ihre spindeldürren Arme einhüllend, wiegt sie sich hin und her und hält mit ihren langen beringten Fingern das weiche Köpfchen. Ach, Kleines. Die Dinge lassen einen nicht los. Sie kommen immer wieder zurück. Der Rock, der um sein getötetes Junges schreit. Ihr Minirock rutscht V-förmig über ihren Beinen hoch, die milchweißen Schenkel darunter sind wie die eines Kindes. Die Beine gekreuzt, sich eine Zigarette anzündend, starrt Stephen unverwandt auf den Perlenvorhang. Er teilt sich widerstrebend, und Frank bringt den Tee und ein großes Stück Halva auf einem Tablett herein, das er in der Mitte des Zimmers auf den Boden stellt. »Weg! Weg da!« pfeift er die Hunde an. »Wartet noch einen Moment«, meint er freundlich und läßt sich wieder in seinen Sessel sinken. Aus irgendeinem zweckmäßigen Gewahrsam in seiner Nähe holt er einen Handspiegel, eine Rasierklinge und ein Holzkästchen, nimmt das weiße Pulver heraus und fängt an, auf dem Spiegel zu hacken, wie meine Mutter früher immer Petersilie für Petersiliensuppe gehackt hat. Er legt das Pulver routiniert in Linien, mit einem flinken kleinen Schnippen des Handgelenks, das jede am Ende mit einem kleinen Schnörkel versieht. Wir sniffen abwechselnd mit dem aufgerollten Fünfer.

Na ja. Mitgehangen. Aber Stephen nimmt ja auch.

Wir stopfen uns mit Halva voll und trinken Tee. Nach einer Weile wird meine Nase gefühllos.

Maida, wie in Maida Vale, vermute ich, fängt plötzlich an, mit mir zu reden. Sie dreht sich herum und holt tief Luft, bevor sie mit zirpender Stimme sagt: »Hallo, Veronica Karens Schwester.«

Ich fahre zusammen.

»Hallo«, sage ich.

Das ist doch Vergangenheit. Was tue ich hier? Was tue ich? Ich habe alles Zeitgefühl verloren, blicke auf, um mich zu orientieren. Stephen unterhält sich mit Frank über die Vor- und Nachteile von Manchester und London.

»Wie heißt du?« fragt Maida. »Müßtest du mir bekannt sein? Was für Sachen schreibst du? Bist du berühmt?«

»Cathy Wren«, antworte ich. »Nein, berühmt bin ich nicht.«

Sie schüttelt den Kopf mit einem netten, entschuldigenden Lächeln, wie mir scheint, aber bei dem dicken Verband ist es nicht leicht zu erkennen. »Nein«, sagt sie gedehnt. »Sagt mir nichts.«

»Kennst du Veronica Karen schon lange?« frage ich sie.

»Ach, du meine Güte, Jahre. Jahre, Jahre, Jahre!« sagt sie mit einem brüchigen, mädchenhaften Lachen, als wäre das ungeheuer komisch. »Sie ist nach der Abtreibung hierher gekommen.«

Nach der Abtreibung? Was für einer Abtreibung?

»Ach ja? Wann war das?«

»Oh, keine Ahnung. Irgendwann vor Jahren? Es ging ihr schon wieder besser.«

Tilly lacht ohne Erheiterung. »Ausgerechnet hier Erholung zu suchen«, sagt sie unfreundlich.

Nach allem, was ich von ihr weiß, kann sie ein Dutzend Abtreibungen gemacht haben.

Ich habe den Eindruck, daß Maida durchaus attraktiv ist unter den Verbänden und Blutergüssen, die so offenkundig sind, daß ich überlege, ob ich sie danach fragen soll; aber da sonst niemand was sagt, lasse auch ich es. Vielleicht hat jemand sie ins Gesicht geschlagen. Aber da sagt sie laut und belustigt, den Finger auf die Mitte ihres Gesichts gerichtet: »Weißt du, was das ist?«

»Was ist passiert?« frage ich.

»Keine Nase.« Sie kichert. »Ich hab sie abgeschnitten.«

»*Was* hast du getan?«

Sie steht auf, rauscht durch das Zimmer, um auf dem Kaminsims nach Zigaretten zu suchen, und rauscht zurück. Sie ist groß, besitzt die Haltung und Figur eines Models. Üppiges rotes Haar wie Lorna Lamornas wippt auf ihrem Rücken, und ein langes flaschengrünes Kleid fällt mittelalterlich raschelnd um ihre Knie, als sie neben mir niedersinkt.

»Ich hab sie abgeschnitten«, erklärt sie vergnügt. »Aber eigentlich nur die Spitze.« Sie hat einen Stift, sie zeichnet eine Illustration auf eine Streichholzschachtel.

»Nur ein Scheibchen«, sagt sie, als wäre alles ein großer Witz. »Da. Ich hab mir die Nase korrigieren lassen.«

Das Sonnenlicht, das von den schmutzigen Flaschen gespiegelt schräg durch die Hintertür fällt, ist rein und hell; ein Frühlingsduft von draußen hat das Zimmer erobert, und das Baby gluckst leise in den Armen seiner Mutter. Von einer Seite zur anderen wiegt sich das junge Mädchen, ein Lächeln auf dem Gesicht. Stephen steht auf und geht zur Hintertür. Er bleibt einen Moment stehen und sieht hinaus, ehe er verschwindet.

»Du und deine blöde Nase«, sagt Frank verdrossen. »Du und deine gottverdammte Nase, Maida. Mensch, so ein Fiasko!«

»Ich wollte auch mal ein Kinderbuch schreiben, weißt du«, sagt sie zu mir.

Ein Mann erscheint an der Hintertür, verdunkelt den Sonnenschein. »Na so was!« ruft er und schlägt sich mit der Hand vor die Stirn. »Na so was! Cathy! Na so was!«

Er kommt ins Zimmer, und es ist Tonto, sehr gealtert, mit demselben warmen, verwundeten Blick in den von Fältchen umgebenen Augen. Er strahlt wie ein Clown und sieht aus wie ein Spieler in der schwarzseidenen Weste und dem zerknitterten, schwarzweiß gestreiften Hemd mit den bis zu den Ellbogen aufgekrempelten Ärmeln. Ich springe auf und gebe ihm einen Kuß, und er zieht mich keuchend, nach schalem Wein riechend, in seine Arme. Immer noch ein Säufer von Gottes Gnaden offensichtlich. Er stammt aus ihrer kretischen Phase. Immer hauten sie ab, um dort in irgendwelchen Höhlen zu leben, brachten Bilder von den Leuten mit, denen sie begegnet waren, Bilder von Veronica Karen nackt auf einem Felsen, das Abbild einer Seejungfrau mit ihrem langen, von der Sonne gebleichten Haar. Sie besuchten Robert und mich einmal für zwei oder drei Tage, brausten mit einem Motorrad an. Veronica Karen war ganz in schwarzem Leder mit langen Ponyfransen, die ihr dauernd ins Gesicht fielen. Sie legte sich rücklings mitten auf den Boden und schlief ein, oder tat jedenfalls so, die Schenkel gespreizt, den Kopf zurückgeworfen, mit einem Arm über den Augen – eine verhalten aggressiv wirkende, entschieden erotische Skulptur, um die wir alle herumgehen mußten. Zwei Tage lang beschäftigten sie sich praktisch nonstop mit I Ging. Ich weiß das alles noch gut, der erhabene Mann, der das große Wasser überquert, und das alles, und ich erinnere mich an Roberts altes Tao-te-ching mit den blaßgrauen Fotografien und an die Marmeladenbrote und die Joints zum Frühstück.

Tonto war damals jung und schüchtern, ein großer, markanter, gutaussehender Bursche mit einem kantigen Kinn und empfindsamem Blick, schon in der unabänderlichen Rolle seines Lebens zu Hause: der des sanftmütigen, tolpatschigen Alkoholikers.

»Wie *geht* es dir, Cathy?« fragt er, schüttelt mich bei den Schultern und faßt mich dann bei den Händen. »Diese Frau –«, er wendet sich allen im Zimmer zu, »diese Frau ist eine phantastische Frau ...«

Er konnte einen immer in Verlegenheit bringen.

»... Mensch, Cathy, Menschenskind! Wie lange kennen wir uns?«

»Hunderte von Jahren!«

Ich lache.

Seine Wangen haben eine neue, schwere Schlaffheit, seine Augen einen engen, geschundenen Blick.

»Ich mein, als ich eben den alten Stevie draußen sah, da dachte ich ...«

»Sie haben nach Veronica Karen gefragt«, bemerkt Tilly.

Ein Ausdruck schrecklicher Gespanntheit, beinahe Furcht, tritt in sein Gesicht. »Veronica Karen?« ruft er. »Veronica Karen? Was? Sie ist hier?« Er scheint in Panik.

»Nein, nein«, sage ich schnell. »Sie ist nicht hier. Wir wissen nicht, wo sie ist.«

»Abhanden gekommen«, sagt Tilly auf eine leicht beleidigende Art und macht Anstalten aufzustehen, ein gewichtiger, eindrucksvoller und beinahe majestätischer Prozeß, wie wenn sich ein Elefant erhebt. Ja, sie ist schwanger, denke ich, obwohl Schwangerschaften bei ihr untergehen. Sie muß unten rum so einen Umfang haben, und sie hat schon so viele zur Welt gebracht, daß sie wahrscheinlich rausflutschen, wie lachende Kinder eine Rutschbahn runtersausen. Als ich schwanger war, war ich diejenige, die unterging. Ich war ein hilfloser Kopf auf einer in Besitz genommenen Kugel.

»Was soll das heißen? Es geht ihr doch gut, oder? Es geht ihr doch gut?«

»Es geht ihr gut«, sage ich. »Du weißt doch, wie sie ist. Sie ist einfach untergetaucht. Sie ist nach Schottland gefahren.«

»Sie war mal auf Holy Island«, sagt Frank. »Weißt du noch?«

Aber ich werde nicht an Holy Island denken. Auf keinen Fall.

Das ist alles schon viel zu weit gegangen, ich will nach Hause.

Tonto läßt mich los, fällt vor dem Tablett auf die Knie und gießt sich lauwarmen Tee ein. Er umfaßt die Tasse mit beiden Händen, während er trinkt und mich über ihren Rand hinweg mit seinem flirtenden Blick ansieht; den hat er immer noch; die Jahre haben ihm diesen schmachtenden Schokoladenschmelz verliehen, der bei Hunden so gut wirkt. Er übte diesen Blick immer an mir, in Pubs über Tische hinweg, quer durch Zimmer voll Bekiffter. Erst der lange, intensive, sehnsuchtsvolle Blick und dann, ja, da kommt es schon, das Zwinkern, träge und schläfrig.

»Wir müssen reden, Cath«, sagt er respektvoll, »wir müssen reden.«

»Ja, das müssen wir, Tonto«, erwidere ich. Ich neige mich ihm zu und lege meine Hand auf seine Wange. »Es ist so schön, dich zu sehen.«

Er kriecht in den freien Raum neben meinem Knie.

»Machst du immer noch die Bücher, Cath?«

»Nein«, sage ich, »nicht mehr.«

»Ach, wirklich? Warum denn nicht?«

Herr im Himmel, wie oft muß ich das noch erklären!

»Ihre Zeit ist vorbei«, sage ich. »So ist das Leben.«

»C'est la vie, c'est la vie«, sagt er, meine Finger küssend. »Mm, ich könnte dich fressen.«

Einen schrecklichen Moment lang denke ich, ich werde weinen. Ich schiebe ihn sachte zur Seite, gehe in den Flur hinaus, steige zum ersten Stock hinauf, wo hinter der offenstehenden Badezimmertür ein Chaos von schmutziger Wäsche, Spielsachen und Windelpaketen wartet. Franks Bilder ziehen sich die ganze Treppe hinauf, wie Roberts, glänzende Schwarzweißaufnahmen von Pfützen und alten Stühlen auf Müllhalden und interessant geformten Holzstücken. Jeder macht immer das gleiche. Im Bad lehne ich mich mit hämmerndem Herzen an die Tür, in meinen Augen dieses trockene Brennen, aber es kommt nichts dabei heraus. Die Tränen bleiben weg. Ich weiß nicht, woran es liegt, es hat wohl mit Johnny zu tun und Ambrose dem Kater und Veronica Karen, die mit Alexander nach Holy Island durchbrannte, und damit, daß Alexander danach unterging wie die Titanic. Rosa-weiß mit Marmoreffekt dominiert im Badezimmer. Ein Turm von dicht behangenen Wäscheständern ragt zum Himmel auf. In meinem Hirn rast es. Ich trinke Wasser, weil mein Mund wie ausgedörrt ist, und vergesse, als ich den Kopf über den Hahn neige, einen Moment, wo ich bin und warum ich unglücklich bin und warum aufgeregt. Der Wasserhahn ist wahrscheinlich nicht sehr sauber, aber das kann ich nicht ändern. Ich muß im Jetzt leben, das sollte man doch, nicht wahr? Ja, ja, im Jetzt leben. Die Tür hat kein Schloß, und das Klo ist zu weit weg, um sie im Sitzen zuhalten zu können. Ich hasse diese Leute, die keine Schlösser an ihren Klotüren haben. Egal, ich muß trotzdem. Jetzt im Augenblick, hier bin ich, beim Pinkeln im Haus von Frank und Tilly, Gott weiß, warum. Eigentlich sollte ich jetzt ganz woanders sein, aber irgendwie bin ich vom Weg abgekommen. Mein Gleichmut wiederhergestellt, gehe ich wieder in den Flur hinaus und sehe durch eine offene Tür kleine Kinderbetten und selbstgebaute Stockbetten, es ist der reinste Schlafsaal. Schmutzige Spielsachen liegen in Mengen überall herum wie die Toten auf einem Schlachtfeld. Spiderman springt über die Wand. Das Mobile, das vor dem Fenster hängt, zieht mich an, ich gehe auf Zehenspitzen durch das Zimmer, an den schmutzigsten Bettlaken vorüber, die ich je gesehen habe, und bringe die kleinen Fische in der Luft zum Tanzen, langsam im Kreis herum. Wir hatten ein Fischmobile über dem Kinderbett, blau, silber und rot, das mit dem Glanz von Christbaumkugeln blitzte. Ich schaue hinaus und sehe einen langen, abfallenden Garten, grasbewachsen und verwildert, mit einem Schuppen am hinteren Ende, und Kaninchen und Hunde und Stephen Openshaw mit seinen Spinnenbeinen, der mit zwei schmutzigen kleinen Jungen in voller Manchester-United-Montur Fußball spielt. Sechs oder sieben sind sie, so alt wie Johnny jetzt wäre.

»Komm mit«, sagt Tonto, der gerade mit einer Handvoll kleiner runder Käsebiskuits, die zwischen seinen dicken Fingern hindurchdrängen, aus der Küche tritt. »Komm mit und schau dir meine kleine Hütte an.«

Ich folge ihm in den Garten hinaus. Ein Hund bekommt vor lauter Freude über unser Näherkommen das große Zittern. Stephen läßt die kleinen Jungen stehen und gesellt sich zu uns, lächelt mir zu, gibt einem kleinen goldbraunen Windhund einen sachten Klaps auf die feuchte Nase und die knabbernden, nadelspitzen Zähne.

»Möchtest du einen Hund?« fragt Tonto. »Der da ist ein guter Hund. Achtzig Pfund.«

»Ich nicht«, antwortet Stephen, den Blick auf die Tiere gerichtet, »ich hab keinen Platz für einen Hund.«

Ich spiele mit dem Gedanken, mir einen anzuschaffen, diesen kleinen goldbraunen Kerl mit den irren Augen vielleicht, aber ich habe keine achtzig Pfund.

Eine Spur von Krümeln legend, führt Tonto uns zu seiner Hütte, dem Schuppen hinten im Garten. Er ist vielleicht fünf Quadratmeter groß, aus geteertem Holz, mit einem dunklen Wellblechdach und einem einzigen, winzigen Fenster. Drinnen liegt eine schmale Matratze auf einem niedrigen Sockel, und zwischen einem kleinen Sessel und einem rostbraunen Autositz steht ein niedriger Tisch mit Rauchutensilien, Bechern und Gläsern und eine Weinflasche mit irgendeiner sehr trüben Flüssigkeit. Wir klettern auf Knien von Stuhl zu Stuhl.

»Hier wohnst du?« frage ich.

»Ja.« Er steht gebeugt unter der Decke an der Tür, kratzt sich den Kopf, lacht dann spitzbübisch. »Nur vorübergehend, zum

Trockenwerden, aber es klappt nicht recht. Ich hab einen Haufen Pastinakenwein gemacht, weißt du, es wär ja jammerschade gewesen, die ganzen Pastinaken einfach verkommen zu lassen. Irgendein Nachbar hatte sie aus seinem Garten rübergebracht. Aber da die anderen keine richtigen Trinker sind, mußte ich alles allein trinken. Wollt ihr mal versuchen? Das Zeug ist in Ordnung. Ich hab nur noch zwei Flaschen übrig.«

»Es sieht aus wie Flüssigpastinake«, sage ich.

Stephen fängt an zu lachen. Ich habe mir den kleinen Sessel geschnappt, und er hockt wie ein Grashüpfer auf dem Autositz, schlägt die Beine mal so, mal so übereinander, dreht sie erst zur einen Seite, dann zur anderen.

»Sitzt du da einigermaßen?« frage ich ihn. »Es sieht ein bißchen unbequem aus.«

»Ach, das ist ganz normal.« Er lächelt. Netter Kerl. Ich erinnere mich, wie unsere Mutter, während sie ein Stück Backsteinkäse abschnitt, mit einem affektierten Lachen sagte: »Ein netter Kerl, nicht wahr? Ein netter Kerl.«

»Nimm einen Schluck Pastinakenwein, Stevie.« Tonto entkorkt die Flasche mit lautem Knall und gießt von dem Wein in ein leeres Glas auf dem Tisch. Stephen nimmt es, führt es an die Lippen und trinkt mit Erheiterung im Blick. Tonto will auch mir einschenken, aber ich bremse ihn. »Ich muß Auto fahren«, sage ich.

Er streckt seinen langen, dick gewordenen Körper auf der Matratze aus. »Also«, sagt er. »Wie geht es Veronica Karen?«

Schweigen.

»Es geht ihr gut«, sagt Stephen.

»Ich habe sie seit sieben oder acht Jahren nicht mehr gesehen«, sage ich.

»Ja, du«, sagt Tonto leise, »du bist eine richtige kleine Einsiedlerin geworden, Darling«, und er greift nach unten und zieht eine kleine Fotografie aus einer Brieftasche, die offen auf dem Boden liegt. »Ach ja«, sagt er, den Blick auf das Foto gerichtet, »sie ist schon verdammt schön, Veronica Karen.« Er reicht mir das Bild. Veronica Karen in den alten Zeiten. Blitzende Zähne und fliegendes Haar, steht sie lachend, von oben herab schauend mit einem anderen Mädchen zusammen auf einem Bett. Sie hat ein dunkelrotes T-Shirt an und einen langen, schwarzen Rock. Ihr Gesicht glänzt. Sie ist offensichtlich betrunken, amüsiert sich königlich auf irgendeiner Party. Ein Bild des schönen jungen Narziß umgeben von Nymphen hängt an der Wand hinter ihr. Sie ist so jung.

»Veronica Karen«, sage ich und gebe das Foto an Stephen weiter. Er betrachtet es ernst.

»Sie war einmalig«, sagt Tonto vehement. »Veronica Karen war absolut einmalig. Sie war – na ja –, sie war einer dieser Menschen, versteht ihr, die man nie vergißt. Ein Original. Veronica Karen, wow! Ach, Veronica Karen.«

Peinlich berührt greife ich nach Stephens Glas, trinke einen Schluck daraus, verschlucke mich, stelle es wieder nieder.

Stephen gibt ihm das Foto zurück und trinkt seinen scheußlichen Wein, ohne den ernsten Blick seiner schwerlidrigen Augen von Tontos tragischer Miene zu wenden. Diese beiden hatten nie viel für einander übrig. Eifersucht, vermute ich. Ist Stephen immer noch eifersüchtig? Nach all den Jahren und den vielen anderen, all diesen Arbeitern mit den schwieligen Händen, diesen kernigen, ungehobelten Burschen mit Muskeln und Fäusten in runtergekommenen Apartments, wo raffinierte Dessous über dem Badewannenrand hingen, die Zeiten, wo sie ›Die Schöne und das Tier‹ gespielt hat, trifft ihn das immer noch? Er sah wie ein Halbwüchsiger aus neben ihnen.

Tonto steckt das Bild wieder in seine Brieftasche und läßt sie zu Boden fallen. Er richtet sich auf und sieht mich mit einem entwaffnenden Lächeln an. »Dieses Mädchen«, sagt er zu Stephen und deutet dabei auf mich, »dieses Mädchen ist so phantastisch.«

»Ich weiß«, sagt Stephen.

Wir lachen alle drei.

»Tonto«, sage ich, »du machst mich verlegen.«

»Wir kennen uns schon so lange, dieses Mädchen und ich«, sagt Tonto. Seine Stimme wechselt das Register, wird bedenklich weich und flattrig und bedeutungsschwer. »Sie hat viel von dir gehalten, weißt du. Ja, wirklich. Veronica Karen hat große Stücke auf dich gehalten. Was sie mir alles von dir erzählt hat! Sie hat mir oft davon erzählt, wie es war, als ihr noch klein wart, wie du immer auf sie aufgepaßt hast, wie du sie bei der Hand genommen hast, wenn sie beim Einschlafen Angst bekam, mit ihr ins Bett gekrochen bist und ihr Geschichten erzählt hast. Und von den Spielen, die ihr gespielt habt. Sie sagte, du hättest für ihre Entwicklung entscheidende Bedeutung gehabt. Du hättest ihre Phantasie geformt. Sie sagte, sie hätte dich immer wahnsinnig bewundert, in deinem Kopf, sagte sie, hätte es immer gewimmelt von Ideen, und sie wären nur so rausgesprudelt. O ja, sie hat sehr, sehr viel von dir gehalten.«

Bockmist.

Es folgt ein langes Schweigen.

Stephen hievt seine Beine rüber auf die andere Seite des Autositzes, dann wieder zurück, setzt sich schließlich rittlings wie auf ein Pferd und klappt die Beine nach hinten.

»Geht das so, Kumpel?« fragt Tonto.

»Ja, ja.« Er lacht. »Geht gut.«

Wieder lachen wir alle drei.

»Noch ein Täßchen Tee, Herr Pfarrer?« fragt Tonto und kippt die Flasche mit dem Pastinakenwein. Er hat Tränen in den Augen. Das Aussehen des Weins erinnert mich an ein süßes Getränk, das ein Mädchen namens Bernice jeden Tag in einer kleinen Flasche in die Schule mitbrachte. Sie goß den Saft in ein Glas, wenn wir mit unseren Pausebroten im Speisesaal saßen. Veronica war zwei Tische entfernt. Dieses Getränk faszinierte mich, bei uns zu Hause gab es nie so was. Ich wußte nicht, was es war. Ich stellte mir vor, es würde köstlich schmecken, aromatisch, exotisch, wie Honig, Ananas, Pfirsiche, wie Nektar, was auch immer das sein mochte. Ich kannte Bernice nicht sehr gut, aber eines Tages hielt ich es einfach nicht mehr aus und fragte, ob ich mal kosten dürfe. Sie zog ein wenig überrascht die Augenbrauen hoch, schob mir die Flasche hin und wandte sich ab. Ich goß einen Tropfen in mein Glas und gab die Flasche zurück. Ich kostete den Moment dieser ersten und einzigen Kostprobe voll aus. Das Getränk war ganz gut. Zitronig, ein bißchen säuerlich. Nichts Besonderes.

»Ich habe sie so lange nicht mehr gesehen«, sagt Tonto, und die Tränen fließen über.

Ich nehme seine Hand.

»Wenn ihr sie findet«, sagt er, sich die Nase wischend, »wenn ihr sie findet, dann gebt mir Bescheid, ja?«

Er hält meine Hand fest umfaßt und sieht mich mit alten, hoffnungslosen Augen an. »Damit ich – ihr den – gottverdammten – Hals – umdrehen kann«, sagt er. Mit jedem Wort packt er fester zu, und ein frostiger Schauder durchläuft mich und löst sich gleich wieder. Plötzlich erinnere ich mich an das Geräusch, als er ihre Kleider zerriß, unbeirrbar und methodisch, nachdem sie mit Alexander auf und davon gegangen war.

Sie hat ein Talent dafür, solche Seiten bei ihren Mitmenschen zum Vorschein zu bringen.

Er starrt mich an, während er verwirrt den imposanten Kopf schüttelt. Tonto hätte als Model arbeiten können. Ich sehe den Jüngeren, der mich, nach dem letzten Schrei gekleidet, aus Fenstern in der Stadt anstarrt.

Irgendwo entfernt sind laute Stimmen zu hören, ein Krachen, wiederholtes Türenknallen. Langsam schaltet mein Hirn wieder um. Die Dinge treten wieder in Perspektive.

»Jesus Christus«, flüstert Tonto.

Stephen sieht mich an.

»Was denn?« sage ich. »Was ist?«

Tonto springt über den Tisch und schießt zur Tür hinaus, die krachend gegen die Gartenmauer schlägt und dann überraschend langsam, im Zeitlupentempo, in ihre ursprüngliche Lage zurückkehrt.

»Ein gottverdammtes Tollhaus«, sagt Stephen. Mit gereizter Miene steht er auf und putzt sich ab.

Auf dem Weg zur Tür in diesem engen, kleinen Raum geraten wir dicht aneinander. Irgend etwas geschieht zwischen uns, etwas Unvermeidbares, Hochansteckendes, das wir ausgelöst haben, schnell, schluck Vitamin C oder irgendwas, mach ihm den

Garaus. Bloß nicht Stephen Openshaw, um Gottes willen, viel zu schwierig. Er ist sachte erheitert, weicht meinem Blick aus. Wir schwanken ein wenig in unserer Verwirrung. Dann sind wir draußen im leuchtenden silbernen Licht eines Nachmittags, der Regen verheißt, ein Hund springt an mir hoch, und mir hängt plötzlich der Magen durch von bis dahin ungespürtem Hunger, ich habe ja seit dem Frühstück nichts gegessen außer einem Stück Halva. Er geht mir voraus durch den Garten, sein Jackett ist hinten ganz zerknittert, den Tumultgeräuschen entgegen, die aus dem Haus dringen.

Die Tür steht offen, und ein struppiger Junge steht dort, die Hände auf dem Rücken, und tritt mit philosophischer Ruhe von einem Fuß auf den anderen. Das Zimmer ist dunkel, voll tobender Gespenster.

»Doch, hast du schon! Hast du schon!« kreischt Tilly. »Du hast richtig gesabbert nach ihr!«

»Du leidest ja an Verfolgungswahn!« brüllt Frank aus der Küche.

Mein Blick wird klar. Frank tritt heldenhaft hinter Veronica Karens Perlenvorhang hervor. Tilly springt auf, überraschend behende für eine so dicke Person, umklammert ihn mit ihren massigen Armen und beißt ihn in die Wange. Er heult auf wie ein Nebelhorn. Sie läßt ihn los und fliegt durch die klirrenden Tonpfeifenstiele, als wiege sie nichts. Das Rote Meer teilt sich. Und dann kracht donnernd eine Flutwelle nach der anderen herab, schepperndes Porzellan, das in Scherben geht, und ihre tiefe, schreiende Stimme: »Splitternackt. Splitternackt. Splitterfasernackt rennt sie in meinem Haus rum.«

»Du gottverdammt Wahnsinnige! Du blödes Luder, Till!« brüllt Frank. »Diesmal hast du's wirklich geschafft! O ja! Du kannst dich auf eine Scheidung gefaßt machen.«

Tilly lacht hysterisch. »Kunstfotografien!« donnert sie. »Beschissene Kunstfotografien!«

Das ist ja alles so typisch für Veronica Karens Freunde.

Maida steht vor dem Spiegel und kämmt sich träumerisch das Haar. Kinder laufen raus und rein. Tonto weint im Flur.

»Ich denke, es ist Zeit, daß wir fahren«, sagt Stephen mitten in eine unerwartete, plötzliche Stille hinein.

Tilly schießt aus der Küche, daß der Perlenvorhang scheppert.

»Hör zu, Cathy«, sagt sie wütend und beherrscht, zitternd vor Zorn, die dunklen Augen wie Schrotkörner, »gegen dich hab ich nichts, aber es ist wahrscheinlich am besten, wenn du jetzt gehst. Wir sind hier im Moment nicht sehr scharf auf Veronica Karen.« Sie fletscht die Zähne und spricht jedes Wort in übertriebener Manier aus. »Wenn du's ganz genau wissen willst, sie ist ein hinterhältiges, falsches Luder, und ich scheiß auf sie.« Sie beugt sich vor und schiebt ihr Gesicht so dicht an meines heran, daß ich die glänzenden Poren ihrer Nase sehen kann. »Ich bete ihn an«, zischt sie. »Und das nimmt mir keiner. Ich war in der Klinik. Ich bekam gerade unser sechstes Kind. Und sie ist in meinem Haus und intrigiert gegen mich. Kaum war ich weg, war sie da. Verstehst du, was ich meine? Schau nicht weg, wenn ich mit dir rede.«

Ich bin müde. Was habe ich mit diesen Leuten, diesen lächerlichen Leuten zu schaffen? Was zum Teufel habe ich mit Veronica Karen zu schaffen?

»Du bist ja verrückt!« schreit Frank und wirft sich in einen Sessel. »Du bist total übergeschnappt, Till. Ach, Tilly, Till, Baby, tu mir das nicht an.«

»Hört auf, ihr zwei«, sagt eines der Kinder.

Stephen tritt hinter mich, legt seine Hand auf meinen Arm. Ich bin nicht verrückt, soll das heißen. Wir sitzen im selben Boot. »Komm, Cathy«, murmelt er.

Frank springt auf, stößt Tilly weg und tritt vor mich hin. Tillys Speichel glänzt auf seiner Wange, ihre kleinen Zähne haben Male hinterlassen. Er wedelt wild mit den Händen. »Zwischen Veronica Karen und mir war nie was«, sagt er mit überschnappender Stimme. »Da war nie was. Ich schwör's beim Grab meiner Mutter.«

»Mach dich nicht lächerlich, Frank«, sagt Maida belustigt, während sie sich eine Zigarette anzündet. »Deine Mutter ist doch gar nicht tot.«

Er stöhnt. »Es waren rein künstlerische Aufnahmen.«

Eine Kanne voll Tee fliegt an die Wand. Der Deckel fällt runter, und der Tee spritzt nach allen Seiten. Kleine, kalte Tropfen sprühen mir ins Gesicht.

»Komm schon, Cathy«, sagt Stephen dicht an meinem Ohr. »Es hat doch keinen Sinn, hier rumzuhängen.«

Tontos verzerrtes Gesicht empfängt uns an der Tür. »Ja, ihr verzieht euch am besten«, sagt er bekümmert. »Macht euch unauffällig dünn.«

Wir gehen. Im Flur trete ich in Karnickelkot. Auf der Treppe sitzt einer der kleinen Jungen in Manchester-United-Montur und kaut Toffee. Drollig verdreht er die Augen.

»Damit kommen wir nie bis Schottland.« Provozierend, die Hände in die Hüften gestemmt, steht Stephen da und mustert mein Auto mit mitleidigem Blick, als wäre es ein häßlicher Köter.

»Wir fahren ja auch nicht nach Schottland.«

»*Ich* schon«, entgegnet er und seufzt, als ich die Türen öffne. »Jetzt muß ich den ganzen Weg zurückfahren, um meinen Wagen zu holen.« Er wirft mir einen finsteren Blick zu.

Wir setzen uns in den Wagen und starren das klapprige Tor des Schrottplatzes an.

»Ach, Mensch, komm, Cathy«, sagt er ungeduldig, »komm schon, wir tanken voll und hoffen das Beste, es wär doch Quatsch, jetzt wieder zurückzufahren. Komm schon.«

»Ach, hör auf.« Mein Hirn rast.

»Ich hab Kopfschmerzen«, sagt er in vorwurfsvollem Ton. »Ich brauch Paracetamol. Hast du Paracetamol da?«

»Nein.«

»Mist! Ich hab Paracetamol im Handschuhfach in meinem Wagen. Ach, verdammt. Diese schwachsinnigen Idioten.«

Ich prüfe den Spiegel, straffe meine Schultern.

»Sie hätte doch nicht mit Frank geschlafen, oder?« sage ich ungläubig.

»Woher zum Teufel soll ich das wissen?« Er drückt sich mürrisch in seinen Sitz.

»Bestimmt nicht!«

Ich meine, *niemand* schläft mit Frank.

Ich erinnere mich, daß er mich und Robert in London einmal, in den Nebeln der Vergangenheit, in seinem Wagen mitgenommen hat. Ich erinnere mich, daß wir an der Ampel neben einem Auto anhielten, das einen Arztaufkleber hatte. Alle Fenster waren offen, weil es heiß war, und Frank beugte sich hinaus und fragte den Fahrer, ob der Aufkleber berechtigt sei. Der Arzt nickte. »Ach, gehen Sie weg.« Frank lachte. »Das ist eine klasse Masche, Mann.« Ich erinnere mich, wie ich ihn auf den Kopf geschlagen habe, als er wieder mal ›Murder Mystery‹ sang, und wie nett er immer zu mir war, ganz im Gegensatz zu dem, was alle über ihn redeten. Robert mochte ihn. Er mochte jeden, der irgendwie aus dem Rahmen fiel oder daneben war. So was imponierte ihm.

»Traurig«, sage ich. »Es ist einfach traurig.«

»Traurig? Es ist nicht traurig, es ist erbärmlich.«

»Überleg mal«, sage ich. »Bei denen ist das Chaos ausgebrochen, nur weil ihr Name genannt wurde.«

»Blödsinn.« Er verschränkt die Arme, dreht seine Beine zur Seite. »Die machen die ganze Zeit so ein Theater.«

Ich möchte nach Hause. Das ist idiotisch, ich kann so nicht fahren.

»Ich brauch einen Kaffee«, erklärt er grimmig und richtet sich wieder auf. »Ich brauch einen Kaffee und ein Paracetamol.«

Ich lasse den Motor an. »Suchen wir uns was.«

»Dieses ganze Gerede, daß er ihr den Hals umdrehen will«, bemerkt er in schroffem Ton. »Bißchen viel. Geschmacklos im Grunde, wenn man bedenkt, was tatsächlich passiert ist.«

»Sie fordert es heraus«, sage ich.

»Warum sollte irgend jemand Veronica Karen den Hals umdrehen wollen?«

Darüber muß ich lachen. »Oh, keine Ahnung«, erwidere ich und steuere den Wagen auf die leere Straße hinaus. »Aber ich kann's mir vorstellen.«

6

Ich bin eine Cafégängerin. Ich kann stundenlang im Café sitzen, endlos Kaffee trinken, die Zeitung lesen, ein Buch lesen. Ich habe allein in Schmuddelcafés und schäbigen kleinen Teestuben gesessen, in aufgemotzten Kaffeebars und eleganten Cafés, wo im Hintergrund klassische Musik rieselte. Ich liebe es. Ich fühle mich wohl hier in diesem verschlafenen Teehaus inmitten einer Reihe anonymer Geschäfte, einem dezenten, adretten kleinen Lokal mit rosafarbenen gerüschten Vorhängen und netten matronenhaften Bedienungen, die viel lächeln. Der Kaffee ist so heiß, daß man ihn nicht trinken kann, die Teekuchen sind gut, aber nicht zu essen, weil ich immer noch auf Speed bin und nicht essen kann. Stephen sieht blaß und hager aus, seine Augen wirken groß und seelenvoll. Die Vertiefung an seinem Hals ist ein gefiederter Schatten über seinem blauen T-Shirt.

»Penrith«, sage ich.

»Ganz egal, wohin. Ich finde, ich sollte das nicht allein auf mich nehmen müssen. Du solltest mitkommen.«

Ich sehe auf meine Uhr. Es ist zehn vor drei.

»Ist doch klar«, sage ich, »es liegt auf dem Weg.«

»Ich kenn die Leute nicht mal.« Brummig zerkrümelt er seinen Teekuchen.

»Ach, Russell und Patti sind in Ordnung«, sage ich. »Ich ruf sie für dich an. Kann natürlich sein, daß sie gar nicht da sind.« Ich schaue zwischen den gerüschten Vorhängen zum Fenster raus und lecke mir die trockenen Lippen. Über der Straße sind drei

Telefonzellen vor dem Fenster eines Wettbüros voll großer Farbfotos von Windhunden mit fanatischen Gesichtern.

Er seufzt tief und stützt sein Kinn auf seine gefalteten Hände.

»Sie wohnen in einer alten Kirche«, sage ich. »Ein unglaubliches Haus, rundherum nur Land. Sie haben einen Bio-Bauernhof.«

»Ach was, ich fahr direkt nach Kilreevy rauf.« Er richtet einen vorsichtig feindseligen Blick auf mich. »Ruf sie an, wenn du willst. Vielleicht wissen sie was.«

Wir sehen einander einen Moment lang an. Sein Blick, bedrückt und kalt zuerst, wird kaum merklich intim. Ich sehe weg, ich will diesen Blickkontakt nicht, es hat keinen Sinn. Ich will das nie wieder. Es ist so, wie wenn einem der Hund stirbt, man will sich das nicht noch mal antun.

»Ich hab eigens die weite Fahrt gemacht«, sagt er, »und es tut wirklich gut, dich zu sehen.«

Dann sind seine Augen wieder kalt, ein merkwürdiges helles, klares Braun, wie Eicheln, und er beugt sich über den Tisch, tief und vertraulich. »Ich renne hier nicht irgendeiner dummen romantischen Illusion hinterher«, sagt er ruhig, »einem verlorenen Glück. Sie ist einfach eine sehr alte Freundin. Ich tu's um meiner Sünden willen.«

Ich frage mich, ob sie das gleiche für ihn tun würde. Oder würde sie alle Gedanken an ihn irgendwo wegpacken und weitermachen wie immer, bis die Nachricht sie erreichte: Stephen Openshaw, du erinnerst dich doch an ihn? Er ist gestorben, der arme Kerl. Dann würde sie ein paar Tränen vergießen, ein wenig in Erinnerungen kramen, sich ein paar Gedanken über die Vergänglichkeit des Lebens machen, zum Blumenladen runterlaufen und das Beste schicken, was sie sich leisten konnte.

Jedesmal hat sie Blumen geschickt, immer so schöne Blumen, daß alles andere daneben verblaßte.

»Ich rufe jetzt Russell und Patti an«, sage ich.

Ich lasse ihn am Tisch sitzen und gehe hinaus, bleibe einen Moment blinzelnd im grellen Regenglanz stehen, bevor ich über die Straße laufe und die letzte Telefonzelle in der Reihe betrete. Ich hole mein Adreßbuch heraus, und während ich wähle und warte, blicke ich hinüber zu den rosaroten gerüschten Vorhängen und dem Fenster mit dem großen beschlagenen Fleck, hinter dem sein unergründlich beobachtendes Gesicht verschwimmt. Sie wissen bestimmt was; sie meldet sich bei ihnen, als wären sie ihre Eltern. Sie war auch jenes grauenvolle Weihnachten dort, das erste nach dem Unfall, als mein Dad so krank war.

Russells kultivierte Stimme leiert routiniert die Nummer herunter.

»Russell?«

»Ja, am Apparat.« Kurz und bündig.

»Hier spricht Cathy.«

Es tritt eine kleine Pause ein, während im Hintergrund ein freundliches Gespräch plätschert, vielleicht im Fernsehen oder Radio.

»Cathy Wren.«

»Du *meine Güte*! Du *meine Güte*! Ich kann's nicht glauben.«

»Doch, doch, ich bin's.«

»Lieber Gott, ich mag gar nicht dran denken, wie lange es her ist. Patti, du wirst es nicht glauben.«

»Ich habe euch heute morgen schon angerufen«, sage ich.

»Ach, wie dumm, wir waren drüben in Carlisle. Patti, es ist Cathy Wren. Wie *geht* es dir, sag?«

»Gut. Und euch?«

»Uns geht es sehr gut.« Er hat den ernsthaften, liebenswürdigen Ton eines altmodischen Gentlemans. »Weißt du, ich habe erst neulich an dich gedacht – was treibst du denn so? Rufst du von Moorcop aus an?«

»Nein, ich bin in der Nähe von Frank und Tilly. Erinnerst du dich an Frank und Tilly? Nein? Ach, macht nichts. Hör mal, ich hab nicht so viel Kleingeld. Habt ihr in letzter Zeit was von Veronica Karen gehört?«

»Sie hat uns eine Nachricht auf dem Anrufbeantworter hinterlassen, als wir in Thailand waren. Vor sechs Monaten. Nein, fünf.«

»Hat sie was von Schottland gesagt?«

»Ja, das hat sie tatsächlich. Sie hat uns zweimal angerufen. Sie sagte, sie wolle erst nach Schottland und dann auf die Osterinsel.«

»Auf die Osterinsel!«

»Osterinsel«, wiederholt er mit Entschiedenheit, dann lacht er. »Sie ist schon eine Marke, nicht?«

Stephens aufmerksames Gesicht ist reglos. Es fängt an zu piepsen, und ich werfe weitere Münzen von meinem kleinen Häufchen ein. Die Zeit läuft. Ich möchte nicht von Russell abgeschnitten werden, im Hintergrund spricht Patti, ich habe die beiden so lange nicht gesehen, daß ich sie gar nicht mehr kenne. »Hör zu«, babble ich wild drauflos, »ich bin mit Stephen Openshaw unterwegs, erinnerst du dich an ihn?«

»Ich glaube nicht, daß ich –«

Ich will nicht umkehren, ich will weiterfahren, weiter nach Norden. Nicht ihretwegen, sondern meinetwegen, der Straße wegen, die das weite grüne Hügelland des Nordens durchschneidet. Ein letztes Mal.

»Könnten wir bei euch übernachten? Nur für eine Nacht? Wir sind auf dem Weg nach Schottland. Ich dachte, ihr wißt vielleicht, was Veronica Karen in Schottland tut.«

»Ist etwas nicht in Ordnung?« fragt er ernst.

»Nein, nein, es ist alles in Ordnung.«

»Es ist nur dein Ton, Cathy, ja, natürlich, kommt gleich her. Wir haben auch eine Karte von ihr bekommen. Aber nicht aus Schottland, glaube ich. Warte mal, von wo war sie, es war irgend so ein komischer Ort wie Dewsbury oder Grimsby, eine dieser komischen Städte. Sie liegt wahrscheinlich immer noch irgendwo herum, in diesem Haus wird nie etwas weggeworfen, das ist hier wie die Sargasso-See, ein riesiges Sammelbecken des gesamten materiellen Universums. Wir ertrinken darin.«

Gleich ist das Geld zu Ende.

»Es geht ihr nicht gut«, platze ich heraus.

Es fängt an zu piepsen.

»Patti sagt, sie hat vielleicht –«

Er ist weg.

Warum habe ich das alles gesagt? Ich trete aus der Zelle. Was habe ich getan? Was soll das alles mit der Osterinsel? Hat Stephen sie nicht auch erwähnt? Sie ist verrückt. Diese gräßlichen Plastilinköpfe, früher einmal regenbogenbunt, jetzt grau, auf dem Papphügel im hinteren Zimmer in Manchester aufgereiht. Scheußliche, formlose, windschiefe Dinger. »Rühr sie nicht an!« sagte sie. »Die Götter haben sie da hingestellt.«

Als ich ihm sage, daß ich mitkomme, lächelt er, lächelt mich voll an, mit allem, was er in sich hat; diesmal ist es nicht eines dieser raschen, verstohlenen kleinen Dinger, mit denen er bisher um sich geworfen hat. Es bannt uns in einen Kreis der Komplizität. Wenn er so lächelt, muß er wirklich wünschen, daß ich mitkomme, denke ich. Er zündet sich eine Zigarette an und lehnt sich mit nach oben angewinkeltem Arm zurück, raucht behaglich, während ich meinen kühler werdenden, allzu milchigen Kaffee trinke und wünsche, ich hätte einen Cappuccino bestellt wie er. Ist das nun alles, was dahintersteckt, ein bißchen Spaß mit einem netten Mann zur Abwechslung? Oder tue ich es für Veronica Karen, die irgendwo mit dem Tod ringt?

»Wir könnten natürlich auch einfach umkehren und nach Hause fahren und das Ganze vergessen«, sage ich.

Er lächelt wieder und berührt flüchtig, elektrisierend mit einer Fingerspitze meine Hand. »Bild dir das nicht ein«, sagt er einfach. »Du weißt, daß das nicht geht. Aber dein Wagen. Bist du wirklich ganz sicher, daß er das schafft?«

»Aber natürlich!« Ich weiß nicht, warum alle immer diese Verdächtigungen gegen mein Auto hegen, es bringt mich immer da hin, wo ich hin will.

»Na ja, wird mir wahrscheinlich ganz gut tun«, meint er nachdenklich, während er die Platten mit Kuchen und Gebäck betrachtet, die auf einem langen Büfett unter Frischhaltefolie angerichtet sind. »Dein Auto«, erklärt er. »Eine Lektion in standhaft ertragenem Leiden.«

Käsekuchen, Zitronenschnitten, Schokoladenschnitten, Kirschteilchen. Verdammt schade, daß man nichts essen kann. »Hast du je erlebt, daß Veronica Karen jemandem hinterhergelaufen ist, wie wir jetzt hinter ihr herlaufen?« frage ich.

»Hm.« Er schaut zum Fenster raus. Leute gehen nichtssagend an den Hunden mit den irren Augen vorüber. »Das ist eine interessante Frage.«

Niemals würde sie ihren freien Geist so was Unerfreulichem wie der Pflege eines kranken Vaters oder einer kranken Mutter unterwerfen. Sie behauptet, sie hätte nicht gewußt, wie schlecht es unserem Vater ging, aber sie hat es genau gewußt.

»An eine Sache erinnere ich mich«, sagt er. »Sie hatte mal irgendwo so einen Straßenköter aufgelesen und ist ungefähr vier Tage lang von Pontius zu Pilatus gerannt, um einen Platz für ihn zu finden. Es war kein sehr netter Hund, und niemand wollte ihn haben. Sie selbst konnte ihn in ihrer Wohnung nicht behalten. Sag mal, würde dich nicht so ein Stück Kuchen reizen?«

»Ich könnte keinen Bissen runterkriegen. Du?«

Er macht ein nachdenkliches Gesicht. »Du wirst's nicht glauben, aber ich glaube, ich könnte.«

»Du hast doch vorhin erst das ganze Halva gegessen«, sage ich. »Was ist aus dem Hund geworden?«

»Er hat durchgedreht. Am Ende standen wir zu viert oder fünft draußen im Korridor, und jedesmal, wenn einer versuchte, die Tür aufzumachen, um ihn rauszulassen, hat er sich mit Schaum vor dem Mund und verdrehten Augen gegen die Tür geschmissen. Wir haben beim Tierschutzverein angerufen, und die sagten, wir sollten ihm einen Maulkorb anlegen. Ha! Als wollte man der Katze die Schelle umhängen. Am Ende kam der Hauswirt, der hat nur die Tür aufgemacht, und der Hund kam lammfromm rausmarschiert und trottete mit wedelndem Schwanz davon, die Straße runter.«

Er rührt in seinem letzten Rest Kaffee. Dann sagt er: »Ich glaub, ich nehm das große mit dem Pudding. Willst du wirklich nichts, Cathy?«

Ich wedle abwehrend mit der Hand. Er steht auf, langsam

seinen Körper entfaltend, und geht, um bei der Kellnerin zu bestellen.

Die Blumen hier sehen ein wenig traurig aus. Sie brauchen mich. Veronica Karen schickte jedesmal Blumen, wunderschöne Kränze, bei deren Anblick alle innehielten und schauten und riefen: Was für herrliche Blumen! Und auf der Karte war ihre unscheinbare Handschrift: ›Gute Nacht, Gott mit Dir, Dad, in Liebe, Veronica Karen‹. Warum der ganze verdammte Zungenbrecher? Hätte Veronica nicht gereicht? Für ihn ist sie immer nur Veronica gewesen. Veronica Karen! Und ich Idiotin hab ihr blödes Getue mitgemacht. ›In tiefster Anteilnahme, Veronica Karen‹. Aber gekommen ist sie nie. Er war so glücklich über ihre Briefe. Ich fand sie alle in einem Kasten, als ich nach seinem Tod das Haus ausräumte, säuberlich gestapelt, nach Datum geordnet, bis zurück zu der Zeit, als Mama noch lebte. Dem Ende zu hat sie kaum noch geschrieben. Mir schickte sie mal eine alberne, überhebliche Postkarte, einen miesen schwarzweißen Beardsley-Abklatsch. ›Ein Freund von mir hat das gemacht‹, hatte sie hinten draufgeschrieben. Na und? Armer Dad. Ich erinnere mich an seine Furcht in seinen trüb gewordenen Augen. Er hatte ein kleines Bild von ihr auf dem Fernseher stehen. Ich sehe Tante Pearl, wie sie den Nachtstuhl rausträgt, silberblondes Haar, Doppelkinn, dicke Beine in rosafarbenen Strümpfen und beigebraunen Schuhen. So wie er dünner wurde, wurde sie dicker; wogender Busen und Jabot und Pudergeruch, das war sie damals.

Schau dir Stephen an, wie er da ganz unbefangen mit der Kellnerin plauscht und sie zum Lächeln bringt.

»Ich bring's Ihnen gleich«, höre ich sie sagen.

»Ich hab noch mal Kaffee bestellt«, sagt er, als er sich wieder setzt. »Was ich sagen wollte, ist, daß sie die ganze Nacht um diesen Hund geweint hat. Und sich darüber Gedanken gemacht hat, was aus ihm geworden ist.«

»Ich meinte Menschen«, sage ich. »Hast du mal erlebt, daß sie sich so um einen Menschen gekümmert hat?«

Sein Mund verzieht sich zu einem spröden Lächeln; er deckt

es mit zurückgebogener Hand zu und schaut zum Fenster hinaus, butterweiche Zärtlichkeit im glasigen Blick.

Klar, sie ist ja so eine tolle Frau. Egoismus ist so bewundernswert. Ich öffne den Mund, um etwas zu sagen, aber die hochsteigende Bitterkeit brennt zu sehr. Die Kellnerin bringt zwei Tassen Kaffee und für Stephen eine Schnecke von der Größe eines Frisbees mit Pudding und Rosinen und großen Zuckerkristallen in der Mitte.

»Cathy«, sagt er, ohne das Gebäck zu beachten, »was ist los?«

Ich möchte, daß er es versteht, daß er Bescheid weiß. »Wenn es schwierig wurde«, sage ich klar, »war sie nie da. Daß jemand so geschmacklos sein konnte, krank zu werden oder zu sterben oder so was, das konnte sie nicht aushalten. Sie war dann jedesmal unerreichbar. Im Urlaub. Mitten im Umzug. Nicht abkömmlich. Sie war nie da, wenn's drauf ankam.«

Ein riesiger, gieriger Schlund, der Unfall, gähnt unter mir. Robert und ich waren mit dem Zug auf der Heimfahrt von Shugden nach Moorcop. Er war zur Bar gegangen, um sich ein Brötchen zu holen. Bei dem Unfall wurden ein Mensch getötet und fünf verletzt, Robert war der eine. Ich war im achten Monat schwanger. Ich kam drüber weg, aber nicht der kleine Johnny, obwohl ich ihn voll austrug.

»Nach dem Unfall«, sage ich, »hat sie mir einen unbeholfenen Brief geschrieben. Na ja, das ist ja in Ordnung, man erwartet eine gewisse Unbeholfenheit, aber man hätte doch meinen sollen, sie würde irgendwie erwähnen, daß sie wußte, daß was passiert war. Sie war in Weymouth. Sie war ewig in Weymouth. Bis bald, schrieb sie am Ende des Briefs, als wäre nichts geschehen. Aber das sagte sie ja immer, bis bald, nur war es niemals bald. Ich hab von dir mehr bekommen, du hast mir eine sehr liebe Karte geschickt.«

»Ach, Cathy!« sagt er, sich über die Schläfen streichend, und legt so viel müde Aufrichtigkeit in diese beiden Worte, daß mir der Wind aus den Segeln genommen ist. Und dann streckt er mir mit einer langsamen, dramatischen Gebärde beide Arme ausgebreitet über den Tisch entgegen, wie die Glucke, die ihre Hühnchen zu sich ruft.

»Es ist Angst«, sagt er, sich augenblicklich zurücknehmend und wieder kühl werdend. »Du bist viel stärker als sie. Sie blendet die Dinge einfach aus, wenn es ihr zuviel wird. Selbstschutz um jeden Preis. Das ist eine Schwäche, eine Unfähigkeit, mit den Dingen umzugehen, so war sie immer.« Er nimmt sich seine Puddingschnecke vor. »Aber wie dem auch sei, ich will sie gar nicht verteidigen. Sie ist nicht vollkommen, das sind wir alle nicht. Natürlich ist sie ein egoistisches Luder. Das war sie immer. Glaubst du, ich weiß das nicht?« Er macht weit die Augen auf. »An mir hat sie *geübt*, verdammt noch mal!« Er lacht.

Als ich nicht reagiere, rührt er seinen Kaffee um und sagt leise: »Ich finde einfach, wir müssen das tun, weißt du.«

Soviel Treue.

»Sie kann nicht einfach ohne Abschied gehen«, sagt er. »Diesmal nicht.«

Er bekreuzigt sich lachend, bevor er in den Wagen steigt.

Eine Zeitlang fahren wir nur, auf dem Weg zum Motorway.

Er kramt im Handschuhfach in den Kassetten, legt Bluegrass Heaven, Ladysmith Black Mambazo, P. J. Harvey, die Staple Singers, ›Magic and Loss‹ und ›The Humours of Clare‹ beiseite. Er wählt die Mozart-Klaviersonaten.

»Was macht dein Kopf?« frage ich.

»Ganz gut. Das Paracetamol fängt an zu wirken. Gott sei Dank.« Er schließt die Augen und lehnt sich zurück, seine Knie ragen spitz in die Höhe.

Bald werden wir in den Feierabendverkehr geraten. Freitag, alle Welt auf dem Weg ins Wochenende. Als wir den Motorway erreichen, erzählt er mir eine Geschichte, wie er als kleiner Junge in Morecamb am Meer war und Schimpfe bekam, weil er mit Socken ins Wasser ging. Und weiter unterhält er mich nervös mit Anekdoten aus Butlins Pwllheli, Rhyl in der Nachsaison und Blackpool bei mehrtägigem Sturm Stärke neun, der zwei Menschen und einen Hund wegfegte. »Mein Vater hat im Pub immer gesungen, und wir haben uns gewunden vor Verlegenheit«, erinnert er sich.

»Wenn ein Mikrofon da war, war er schon oben, es war furchtbar. Er sang immer ›You Were Meant For Me‹, völlig falsch. ›You Were Meant For Me‹ und ›You, You're Driving Me Crazy‹.«

Mein Blick ist auf die Straße gerichtet. Ich nehme wahr, daß er sich träge ans Seitenfenster lehnt. Er schaut zu mir, aber vielleicht nicht direkt in mein Gesicht, vielleicht schaut er auf den Tacho oder so.

»You, you're driving me crazy«, singt er arglos. *»What did I do? Oh, what did I do?«*

Meine Kinnlinie ist so scheußlich im Profil, und ich kann's nicht ändern. Das heißt, ich hab mir angewöhnt, ein Schlucken ungefähr auf halbem Weg anzuhalten, das sieht dann ein bißchen besser aus, aber auf die Dauer kann man das leider nicht durchhalten.

»Der Wagen macht ziemlich merkwürdige Geräusche«, sagt er vorsichtig.

»Ach, das macht nichts, das tut er immer.« Ich konzentriere mich auf meinen Hals. Ich finde, der Wagen klingt ziemlich gut. Er ist nicht gerade das, was man einen Flitzer für den Motorway nennen würde, aber wir zuckeln ganz nett dahin, der Motor tuckert gemütlich, und alle überholen uns. Wie seh ich wohl aus? Die Frau mit dem zuckenden Hals.

»Worüber lachst du?« fragt er. Ich glaube, ein Lächeln in seiner Stimme zu hören.

»Nichts.« Ich schüttle den Kopf.

»Irgendwie verrückt, nicht?« sagt er. »Du und ich auf großer Fahrt.«

Gegen Abend wird es heller. Der ›Bolero‹ treibt uns weiter nach Norden voran. Die Landschaft wird wild und hügelig, ein großes grünes Tal wie Avalon, das der Motorway durchschneidet. Ich wäre beinahe erstickt in Franks Haus, erstickt in der Vergangenheit. Weit entfernt lehnen kleine graue Häuser weise sinnierend an zeitlosen Hängen, die glücklichen Heime von Menschen, die ich mir nur vorstellen kann. Wenn die Nacht kommt, wird buttergelbes Licht aus ihren Fenstern unter dem weiten Blauschwarz des heulenden Universums sickern.

Wir fahren vom Motorway ab und folgen eine Weile ruhigen Straßen, dann kleinen Landstraßen mit wuchernden Hecken und dem blassen Gerank wilder Blumen an den Rändern, dann geht es hinunter in ein Tal, das schrittweise tief und tiefer führt, in einen richtigen alten Laubwald mit knorrigen Stämmen und giftigen Pilzen und Stechpalme und Efeu und Moos so dick, daß man einen Mantel daraus machen könnte.

»Das ist ja wunderschön«, sagt er begeistert und kurbelt sein Fenster runter, so weit es geht.

Wir gleiten durch von Bäumen beschattete Tunnel. Wir sind fast da. Ich erinnere mich. Robert und ich sind ein paarmal aus London hier heraufgekommen, Veronica Karen auch. Einmal waren wir alle drei im Winter hier und machten eine lange, lange Wanderung im Schnee durch den Wald und die Hügel hinauf zu einem Gasthaus mitten im Nichts. Veronica Karen hatte Acid genommen, und es fing im Wald an zu wirken. Sie sagte, es wäre wie Narnia, mit Bäumen voller Schnee und zwitschernden Vögeln. Wir hatten einen Joint mitgenommen, den wir unterwegs rauchen wollten, aber stellten dann fest, daß wir die Streichhölzer vergessen hatten. Wir versuchten, mit zwei Stöckchen, die etwas weniger naß waren als die anderen, Feuer zu machen, aber das klappte natürlich nicht. Wir hatten alle Jeans an. »Die Jeans-Kids«, sagte Robert kichernd, und wir stellten uns untergehakt in einer Reihe auf und lachten über uns selbst. Sie muß damals gerade ohne Mann gewesen sein. Ich wußte nicht, als wir da lachend nebeneinander standen, daß der nächste Alexander sein würde.

Ein kleiner Bach fließt neben der Straße. Die späte Sonne glänzt auf geschliffenen Steinen. Ein Schaf und sein Lamm laufen von der Straße weg, durchqueren den Bach, flüchten den Hang hinauf und lösen unter der Herde eine halbherzige Massenflucht aus. Wir kommen an einer kleinen Kirche und einem Bauernhof vorüber, überqueren eine Brücke, so bucklig, daß unsere Mägen Purzelbäume schlagen, biegen nach links in das lange Sträßchen zum Haus von Russell und Patti ab und halten in einer Parkbucht an. Auf dem Schild, grüne und goldene Lettern auf einem weißen

Brett, steht Pearl Organics. Ein Kiesweg führt vom schmiedeeisernen Tor in langgezogenem Bogen zum tiefen Torbogen der Haustür. Stephen mustert die kleine graue Kirche unter den immergrünen Bäumen, den Zauntritt, der über eine alte Steinmauer in eine Obstpflanzung führt, wo die schwarzen arthritischen Finger der Bäume einander greifen und umschlingen.

»Ein schönes Fleckchen«, sagt er mit weltverdrossener Miene, am Rand des Sträßchens stehenbleibend.

Er folgt mir den Weg hinauf. Rechts, in einiger Entfernung, sind lange, niedrige Gebäude, Treibhäuser, hinter deren Scheiben blasse Blätter gegen das Glas drücken, Felder mit Kohl, Broccoli, Bohnen, Karotten. Nicht weit lehnt ein großes rotes Motorrad an der Wand eines windschiefen Schuppens.

»Schönes Motorrad«, sagt er.

Wir bleiben stehen und sehen es uns an. Im Haus spielt jemand Klavier, eine stoische Version von ›Greensleeves‹.

»Ich hatte auch mal eine Motorradphase«, sage ich.

Sie war so kurz, daß sie nur in flüchtigen Momentaufnahmen, gefrorenen Bildern ohne Zusammenhang gegenwärtig ist. Rote und gelbe Tupfen auf der bauchigen Brust einer Norton. Angst und Wonne, als wir flogen, uns in die Kurven legten, dem Tod so nahe wie der gewundenen Straße.

»War das, als du mit Alexander zusammen warst?« fragt er.

Ich nicke.

»Sie hatte auch eine Motorradphase, Veronica Karen, meine ich«, sage ich. »Sie hat sich die volle Montur gekauft.« Wir gehen durch den knirschenden Kies. »Schwarzes Leder. Lederhose, Lederjacke, massenhaft Reißverschlüsse.«

Sie nahm ihren Helm immer mit Schwung ab und schüttelte ihr dickes Haar aus, als machte sie für ein Shampoo Reklame. Wer ist das Mädchen mit dem prachtvollen Haar? Daran denke ich, als ich läute. Das Klavierspiel hört auf. Tief drinnen in dem Kirchenhaus sind Stimmen zu hören und das Knarren von Bodendielen. Als die Tür sich öffnet, packt Russell mich sofort und drückt mich an sich, ehe ich ihn überhaupt richtig ansehen kann.

»Cathy, wie schön«, sagt er und läßt mich los. Sein Gesicht ist stärker gerötet als früher, eine Art immerwährendes Ziegelrot. Am Hals hat er Falten.

»Du siehst großartig aus. Du siehst einfach toll aus, hinreißend wie immer.«

Russell traf ich das erstemal in einem Seminar über ›Ulysses‹. Wir sind alle älter geworden, aber Russell sah selbst damals schon wie ein Erwachsener unter einem Haufen Halbwüchsiger aus. Er ist so auf die Welt gekommen, mit seinem soliden Haarschnitt und seinen soliden Flanellhosen, ums Gesäß herum lose und kurz über den Knöcheln.

»Das ist Stephen«, sage ich. »Stephen Openshaw.«

»Veronica Karens Freund, natürlich, natürlich.« Ein rascher Händedruck. »Kommt rein, kommt rein, alle beide, Patti ist schon in heller Aufregung.«

Er ist einer dieser großen, sehnigen Männer mit dickem Hintern. Gebeugt und vogelköpfig stakt er durch den Steinkorridor wie ein merkwürdiger, ungraziöser Stelzvogel.

»Hier sind sie, Patti.« Wir folgen ihm durch eine schwere Eichentür in einen Raum, der wie ein großer, exklusiver und sehr überladener Antiquitätenladen aussieht.

»Du treulose Tomate!« Patti geht mir mit männlichem Gang und schwingenden Armen entgegen. Sie trägt eine lachsfarbene Cordhose und einen cremefarbenen Pulli, ihr kräftiges, volles braunes Haar ist graugesprenkelt. »Du meldest dich nie. Du bist fürchterlich, wirklich. Was hast du denn die ganze Zeit getrieben?« Sie ist breiter geworden, stramm und hartleibig.

Neue Fenster schauen über ein grünes Tal hinweg zu schäumenden grünen Wäldern; hoch oben in der hinteren Wand sind drei Bogenfenster mit dem originalen Kirchenfensterglas, ein goldenes Agnus Dei in der Mitte. Das Zimmer ist vollgestopft mit Büchern, Spielzeug, Pflanzen, Bildern, Tischen, Sofas, Zierstücken und Trödel wie Gartenzwergen, alten Waagen und eigenartig geformten großen Steinen. Da sie viel Geld haben, schaut das Durcheinander nicht aus wie eine Müllhalde, sondern vielmehr herausfordernd und interessant und lädt zum Herumstöbern ein.

»Umwerfend«, sagt Stephen, als er Patti die Hand gibt.

Sie hat ein quiekendes Lachen. »Unsere kleine Sammlung«, sagt sie.

Wir setzen uns, jeder auf ein anderes Sofa. Russell bleibt stehen. »Also, das Wichtigste zuerst«, sagt er jovial und reibt sich die Hände. »Was kann ich euch anbieten? Tee? Kaffee? Etwas Stärkeres? Cathy?«

»Ich hätte gern einen Kaffee.« Das Sofa, weich wie Gelatine, zieht mich in sich hinein, und meine Füße verlieren den Boden.

»Ja, ich nehme auch einen Kaffee.« Stephen hat das kleine Modell einer grauen Dampfwalze ergriffen und dreht es in seinen Händen hin und her.

»Im ersten Moment dachte ich, ihr brächtet Veronica Karen mit«, sagt Russell aufgekratzt. Er lächelt mit breitem, schmalen Mund, ein wenig schief. »Wir haben sie so lange nicht gesehen. Eine Ewigkeit, nicht, Patti? Du kennst sie ja, sie meldet sich nie. Genau wie du.«

»Oh, ich weiß, es ist schrecklich. Mein ganzer Kopf steckt voll ungeschriebener Briefe«, babble ich.

»Also gut dann. Erst mal Kaffee.«

Er geht hinaus, und man kann ihn in der Küche pfeifen hören, irgendeine Jazzmelodie. Auf einem alten Spitzendeckchen auf dem Tisch neben mir sind verschiedene Gegenstände: ein kleiner silberner Schwan, das Mundstück einer Posaune, ein verliebter Schäfer, der seine Phyllida umwirbt, ein Bronzereiher und etwas, das ein Navajo-Kopfschmuck auf einem antiken braunen Globus sein könnte. Stephen blickt zu der hohen freischwebenden Decke hinauf. »Tja«, sagt er, Erheiterung im Blick, »das ist das erstemal seit der Hochzeit meiner Schwester, daß ich wieder in einer Kirche bin.«

Patti beugt sich vor, mit straffen Schultern und vorgeschobenen Knien. »Es *ist* ja wirklich komisch«, sagt sie. »Oder war's am Anfang. Man überlegte sich dauernd, wo was gewesen sein könnte. Ihr wißt schon –«, sie zeigt mit dem Finger, »da zum Beispiel wäre der Altar gewesen. Man sitzt mit seinem Kaffee da und denkt: Hier hätten sie die Särge hingestellt und da, weit erfreulicher, hat wahrscheinlich mal eine errötende Braut gestanden und vor Aufregung gezittert ...« Ihre Stimme ist spröde. Sie lacht leise. Die blaßblauen Monde unter ihren Augen haben zugenommen, seit ich sie das letztemal gesehen habe, scheinen aufgeblüht. Ihre Augen sind müde, rotgerändert.

Wir haben auch geheiratet, ich weiß nicht, warum, die meisten taten es nicht, es war damals nur ein Jux, buchstäblich ein Jux, wir benahmen uns wie die kleinen Kinder, die sich während der Schulversammlung krampfhaft bemühen, nicht zu kichern. Robert und ich waren da, Simon und Patch, Andy und Jana und alle anderen, und ich hatte ein sehr hübsches Kleid an, lang und fließend in verschiedenen Tönen von Scharlach- und Burgunderrot. Ich liebte dieses Kleid. Unsere Liebe Frau von den Blumen, ich. Ich trug einen sehr schlichten Strauß Freesien. Im Grunde war es nur ein Riesenbesäufnis, nicht die Spur romantisch. Ich liebte Robert damals nicht einmal, das ist das Verrückte, und ich wußte es; wir schliefen kaum miteinander. Na ja, der Sex spielte zwischen Robert und mir nie eine große Rolle, aber darum ging es auch gar nicht. Er war ganz einfach mein bester Freund.

Kaffeeduft weht herein.

»Ihr bleibt doch über Nacht, nicht wahr?« Patti lehnt sich zurück, zieht die langen Beine hoch und drückt sich behaglich in die Polster. Ihr Gesicht ist rund, hübsch, mit großen, sinnlichen Lippen, die gewöhnlich leicht geöffnet sind oder wie schmollend aufgeworfen, von ihr ganz unbeabsichtigt. »Das will ich schwer annehmen. Ich möchte alles ganz genau wissen. Was tust du? Wie ist es in Moorcop? Ist jemals was aus der Idee geworden, die du dem Verlag vorlegen wolltest?«

»Du lieber Gott, das ist eine Ewigkeit her. Nein, es ist nichts draus geworden.«

Und wieder die alte Leier, Bericht über mich. Dann Bericht über Stephen. Sie behauptet, sich an ihn erinnern zu können, obwohl wir nicht drauf kommen, wieso. »Wahrscheinlich habe ich nur viel von Ihnen gehört«, sagt sie. Und dann müssen wir das Ganze noch mal für Russell durchexerzieren, der mit dem Kaffee hereinkommt.

»Und ihr wollt also nach *Schottland*?« sagt sie.

Stephen und ich sehen einander an und lachen.

»Es sieht so aus«, sage ich.

Bei Russell und Patti ist immer alles so schmuck. Auf dem Tablett stehen eine große Kanne Kaffee, heiße Milch, Tassen und Untertassen, zwei Teller mit geschmackvoll angerichteten Mandelmakronen und kleinen süßen Brötchen mit Schokoladenstreusel. Patti hat sie wahrscheinlich selbst gebacken, sie macht alles selbst. Das Geschirr ist wertvoll, echtes Art Deco, altes Wedgwood, filigranzartes Porzellan mit Pfauenmuster. Russell reicht mir eine dampfende Tasse, so zerbrechlich und edel, daß mein Finger und Daumen gar nicht in den Henkel passen, so weit und flach, daß der heiße Kaffee bestimmt zu zittern anfangen und überschwappen wird, wenn ich versuche, sie an die Lippen zu führen.

»So«, sagt Russell in einem Kommen-wir-zur-Sache-Ton, »Veronica Karen geht es also nicht gut, hast du gesagt. Ich hoffe, es ist nichts Ernstes.«

»Sie hat AIDS.«

Es ist ausgesprochen, es gibt kein Zurücknehmen. Ich habe es verraten.

Sofort wünsche ich, ich hätte es nicht getan.

Ganz still wird es.

»O mein Gott«, sagt Patti dann. Sie beugt sich vor, legt die Hände auf Wangen und Mund und zieht sie abwärts. »O mein Gott!«

Russell reicht weiter Kaffee herum. Sein großes, kantiges Gesicht ist todernst, der Mund ein harter, schmaler Strich. »Ich kann nicht glauben, was ich eben gehört habe«, sagt er leise, als er sich mit den beiden Tellern, den Makronen und den Brötchen, zu mir neigt. Drahtige schwarze Haare stehen unter seinem Hemdkragen hervor, als wollten sie von seiner Brust zu seinem Hals hinaufklettern. Ich nehme ein Brötchen, und er zieht sich zurück, sein Gesicht ungewohnt finster und ärgerlich, als wäre die Nachricht eine persönliche Beleidigung gegen ihn.

Stephen setzt seine zierliche Tasse ab und beugt sich zu mir herüber. Er räuspert sich. »Ich weiß nicht, ob wir es hätten sagen sollen«, sagt er leise. »Sie hat es keinem Menschen gesagt. Ich habe es dir nur erzählt, weil du ihre Schwester bist.«

»Die anderen müssen es wissen«, entgegne ich mit brennendem Gesicht. Mein Fehler. Wieder mal ins Fettnäpfchen getreten. Ich pople die Glasur von meinem Brötchen. »Es ist die Realität. Es ist nun mal so. In gewisser Weise geht es nicht nur sie an. Man kann nicht einfach so tun, als gäbe es was nicht, davon geht es auch nicht weg.«

»Ach, die arme kleine Veronica Karen.« Pattis Augen sind feucht. Die meinen brennen, so rot und entzündet sind sie, als wären die Tränen, die an ihrem Rand sitzen, reine Säure.

»Ach, Scheiße! Scheiße, Scheiße, Scheiße«, sagt Russell mit müder Stimme und setzt sich, die breiten Schultern nach vorn gekrümmt, und seine Hosenbeine rutschen ihm weit über die Knöchel hoch. »Kannst du das fassen, Patti?«

Patti schüttelt ungeduldig den Kopf, schnieft, wischt sich mit einer kurzen Bewegung ihrer großen, rauhen, arbeitsgewohnten Hände die Augen.

»Vielleicht hättest du es uns nicht sagen sollen«, meint Russell und sieht mich mit gütigem Blick an, »aber ich bin sehr froh, daß du's getan hast. Man fragt sich unwillkürlich – ich meine, warum –, ich meine, wie traurig, daß sie es uns nicht sagen konnte. So viele Jahre sind wir schon Freunde.«

»*Mir* hat sie's auch nicht gesagt«, erkläre ich. »Mir hat's Stephen gesagt.«

»Sie darf nicht aufgeben«, sagt Russell mit Eifer, kindlich naiv. »Auf keinen Fall. Weißt du, man hört ja die unglaublichsten Dinge. Von Leuten, die Jahre und Jahre damit leben. Wenn sie nur richtig für sich sorgt. Wenn sie es schafft, positiv zu bleiben, seelisch, meine ich, ich weiß, das muß verdammt schwer sein, aber – ich meine, wenn sie es nur schafft durchzuhalten, es wird doch dauernd was Neues gefunden –«

»Ich glaube, dafür ist es ein bißchen spät«, sagt Stephen vorsichtig. »Ich wollte nicht sagen, daß sie den Virus hat, sie hat AIDS. Verstehen Sie. Die Krankheit ist ausgebrochen.«

Wieder wird es still.

»Das *weißt* du doch gar nicht«, werfe ich ein, und Stephen wirft mir einen verächtlichen Blick zu.

»Doch«, sagt er. »Ich weiß es.«

»O ja.« Ich trinke vom Rand der zitternden Tasse. »Stephen weiß es. Er steht in mystischer Verbindung mit ihr.«

Noch einmal muß er die ganze Geschichte wiederholen, wie, wo, wann, von wem, soweit sich das sagen läßt. Ich beobachte die aufmerksamen Gesichter, auf denen sich wechselnde Gefühle spiegeln, Entsetzen, Schmerz, Teilnahme, Schuldbewußtsein, Furcht: Wie eng waren wir mit ihr? Küsse. Könnten wir ...? Nein, nein, sicher nicht, aber was, wenn – sie kaut an den Nägeln, Veronica Karen kaut an den Fingernägeln, knabbert immer die ganze Nagelhaut ab: Blut, was wenn an diesem Abend, hat sie da, was wenn das Blut, was wenn, sie ist so nachlässig. Und obwohl sie wissen, wie gering die Chancen sind, obwohl sie es schlimm finden, so etwas zu denken, haben sie alle Angst, außer mir, denn ich habe sie ja so viele Jahre nicht gesehen, daß ich unmöglich etwas von ihr in mir haben kann.

»Hat sie irgendwelche Medikamente bekommen?« fragt Patti. »War sie in Behandlung?«

»Sie hat eine Zeitlang AZT bekommen«, antwortet Stephen, »aber sie hat es nicht vertragen, deshalb hat sie, glaube ich, damit aufgehört.«

Patti steht auf, blickt stirnrunzelnd zu ihren Knien hinunter, streicht sich mit den Händen über die großen, hohen Hüften. »Ich brauch einen Drink«, sagt sie und geht raus.

»Was ist das eigentlich für ein Gerede über die Osterinsel?« frage ich.

»Hm.« Russell, der mit übergeschlagenen Beinen sitzt, einen Arm aufs Knie gestützt, reibt sich den Mund und schaut zum Teppich hinunter. »Inseln haben's ihr angetan, nicht? Ach, ich weiß auch nicht, Cathy, es war nur eine Nachricht auf dem Anrufbeantworter.«

»St. Kilda«, sagt Stephen. Er steht auf und wandert im Zimmer umher, sieht sich die Bücher an, die alten Dosen und Kästchen und die eigenartigen Steine. »Sie wollte mal nach St. Kilda. Sie sprach den ganzen Abend davon. Sie sagte, sie wolle irgendwohin, wo es noch wild sei, wo es so wäre, als ginge man vierzig Tage und vierzig Nächte in die Wüste oder wie bei den Aborigines –«

»Wie heißt diese Insel gleich wieder?« frage ich. »Dieser Felsen voller Tölpel vor der irischen Küste, wo früher Mönche lebten und sich von Möweneiern ernährten und –«

»Skellig Michael«, sagt Russell. »Da war ich schon mal. Es ist großartig.«

Russell war überall.

»Aber das ist kein Ort, wo man sich länger aufhält.« Er lacht. »Es ist ehrlich gesagt ausgesprochen beängstigend. Ich war mit meinem Bruder und seiner Frau dort, wir sind in einem kleinen Boot hingefahren, auf sehr stürmischer See. Es hat sich gelohnt, oh, unbedingt, aber es war der Wahnsinn! Man muß Hunderte kleiner, schmaler Stufen raufsteigen, und an den Seiten geht es senkrecht zum Meer runter. Man könnte sagen, es ist der richtige Ort, um der Tatsache der eigenen Vergänglichkeit ins Gesicht zu sehen.« Er macht ausholende, runde Gesten mit seinen großen, knotigen Händen; Patti kommt mit einer geöffneten Flasche Weißwein herein, die schlanken Stiele von vier Weingläsern zwischen ihre Finger geklemmt. »Ganz oben ist ein Fleckchen Grün, es ist so, so ungeschützt und so hoch und uralt, man hat das Gefühl, gleich weggeblasen zu werden.«

»Hört sich an, als wär's genau das richtige für Veronica Karen«, meint Stephen, der einen kleinen Ganesha in den Händen dreht.

»Was denn?« Patti schenkt Wein ein.

»Skellig Michael.« Russell streckt sich zu voller Länge aus und lehnt sich, die Arme hinter dem Kopf verschränkt, zurück. »Wir reden gerade von Inseln. Veronica Karen und Inseln.«

Sie lächelt, während sie den Wein herumreicht.

»Man schaut zum Horizont«, sagt Russell, den Kopf zurückgelehnt und ehrfürchtig zur Zimmerdecke hinauflächelnd, »und alles ist so blau und unendlich, daß man das Gefühl hat, davon aufgesogen zu werden. Oder daß gleich eine Hand aus dem Himmel niederfährt und einen fortzieht, oder ...« Seufzend nimmt er sein Glas entgegen. »Viele verspüren anscheinend einen Drang hinunterzuspringen. Ich kann es verstehen.«

Eine lange Stille folgt. Ich trinke abwechselnd Wein und Kaffee. Stephen steht vor einem Alkoven voller Bücher, den Kopf zur Seite geneigt, um die Titel auf den Rücken zu lesen. Ich denke, daß ich bald was essen könnte. Patti ist eine tolle Köchin, ich bin gespannt, was es zum Abendessen geben wird. Er hat eine gute Haltung, einen knackigen Hintern. Ich frage mich, ob es gut für mich wäre, mich mit ihm einzulassen. Diese ganze Geschichte wird in ein oder zwei Tagen vorüber sein, er wird wieder unten im Süden sein, zurück in seinem richtigen Leben. Könnte ich es tun, ohne es dann wieder zu wollen, mehr zu wollen, bis ich wieder mittendrin steckte? Noch eine Runde würde ich nicht überleben. Überleben. Ha! Das ist ein Witz. Aber ich habe Angst, und ich bin verzweifelt. Immer wieder wünsche ich mir, der bittere Wein würde zu Ende gehen, aber immer sind noch ein paar Tropfen übrig, die ich trinken muß. Ich sehe im Geist ein Bild von Veronica Karen, sie sitzt in der Mitte einer grünen Mulde hoch oben auf einem einsamen Felsen mitten in einem endlosen, gekrümmten Meer. Sie hat die Knie zum Kinn hochgezogen und trägt einen langen Zigeunerrock wie früher.

»Natürlich ist sie nicht wirklich auf die Osterinsel gefahren«, sagt Russell, der zurückgelehnt dasitzt und mit seinem Weinglas spielt, beschwichtigend. »Ich meine, überleg doch mal. Wie kommt man da überhaupt hin? Es wird ja nicht gerade von jedem Reisebüro angeboten.«

»Sie sagte, sie wolle versuchen, auf einem Frachter anzuheuern«, sagt Patti.

Russell lacht. »Keine Sorge.« Er wendet sich mir zu. »Sie hat's mit Müh und Not zwei Wochen auf Holy Island ausgehalten. Und da ist es zivilisiert.«

»Gott, ja.« Patti hebt die Hand zum Gesicht und lacht. »Ich weiß nicht, was sie erwartet hatten. Shangri-La. Sie erzählten, die Einheimischen wären nicht sehr freundlich gewesen. Trotzdem, hat sie gesagt, es hat mich von Tonto weggebracht.«

»Wir haben Tonto heute gesehen.«

»Nein! Ich meine, ich habe ihn ja nie kennengelernt. Aber allein schon der Name, so einen Namen vergißt man nicht. Sie hatte wirklich ein besonderes Talent, sich ihre Männer auszusuchen, nicht? Diese Kerle. Jeder, der irgendwie einen Schatten hatte, ist prompt auf sie geflogen.«

Wir verstummen, unser Gelächter verstummt, weil es über uns hereinbricht: Veronica Karen wird sterben.

Russell zupft an den Knien seiner Flanellhose, räuspert sich, kaut seinen Wein, ehe er ihn hinunterschluckt und Patti ansieht. »Wann haben wir sie eigentlich das letztemal gesehen?«

Patti sagt: »Pferdemarkt in Appleby. Weißt du nicht mehr?«

»Aber ja! Sie blieb ungefähr eine Woche, es war vor etwa drei Jahren, ja, ganz recht, vor drei Jahren. Sie hat die meiste Zeit geschlafen.«

Das tat sie immer. Ich erinnere mich, wie sie einmal Robert und mich besuchte und wir sie kaum zu Gesicht bekamen. Ein faules Stück, nachmittags um zwei noch im Bett.

»Ihr kennt sie ja. Eines Morgens steht man auf, und sie ist weg. Nur ein Zettel liegt da, vielen Dank für alles, bis bald und so weiter.«

»Das schreibt sie immer in ihren Briefen«, sagt Patti. »Bis bald. Und natürlich ist es niemals bald, es können Jahre vergehen, man glaubt schon, nun hätte man wirklich den Kontakt zu ihr verloren, und da taucht sie plötzlich eines Tages wieder auf. Steht mit ihrem kleinen Gesichtchen vor der Tür. Wie ein kleines Waisenkind. Oder sie ruft vom Bahnhof an. Kommt und holt mich.«

Sie lächelt liebevoll.

»Ich hasse sie«, sage ich, den bitteren Wein austrinkend.

Alle schauen mich an.

»Es ist furchtbar, nicht, sogar in so einem Moment hasse ich sie noch.«

»Aber das tust du doch gar nicht«, sagt Stephen, und in mir

schwillt etwas Gewaltsames an, wie ein Schmerz, und ich möchte ihm ins Gesicht schlagen.

Er sieht mich an, zuckt die Achseln, verzieht den Mund.

»Weißt du, was sie getan hat?« sage ich. »*Weißt* du überhaupt, was sie getan hat?«, und obwohl meine Stimme nicht zittert, spure ich Wut wie einen Haufen Skorpione in meinem Magen wühlen. *Sie* wissen, was sie getan hat. Sie haben mitgemacht. »Es war Weihnachten, das erste Weihnachten nach dem Unfall. Ich allein mit Dad und Tante Pearl, wunderbar. Ich wäre so gern weggefahren. *So gern*, irgendwohin, ganz gleich, wohin. Nicht einmal da, nicht einmal nach allem, was geschehen war, ist sie gekommen.«

Russell kommt leise zu mir und setzt sich neben mich. »Cathy. Cathy«, sagt er mit seiner ruhigen Sechziger-Jahre-BBC-Stimme.

»Sie war hier«, sage ich, meinen Blick unverwandt auf Stephen gerichtet, dessen Augen jetzt traurig und verlegen und voller Mitleid sind. »Sie muß an Shugden vorbeigefahren sein, um hierherzukommen. Sie behauptete, sie müßte arbeiten und könnte nicht weg. Sie machte sich sogar die Mühe, Weihnachtskarten zu besorgen und zu schreiben und sie in London jemandem dazulassen, der sie zur entsprechenden Zeit einwarf. Und das ganze Weihnachten geht's ständig: Hey, Cathy, weißt du noch, wie ihr beiden damals die Blumen ausgegraben habt, weißt du noch dies und weißt du noch das. Er hat sich so sehr gewünscht, sie zu sehen. Und sie war die ganze Zeit hier. *Hier!*«

Russell nimmt meine Hand und neigt sich dicht zu mir, so daß ich die saubere Nüchternheit seines Atems riechen kann, während er leise und ernst auf mich einredet. »Du warst es«, sagt er, »an die sie in den Weihnachtstagen damals ständig gedacht hat. Wir hatten sie nicht eingeladen, hierherzukommen. Sie teilte uns einfach zwei Tage vorher mit, daß sie Weihnachten bei uns verbringen würde.«

Ich halte Stephens Blick fest, aber ich kann ihn nicht lesen.

»Sein letztes Weihnachten«, sage ich. »Natürlich hab ich's nur durch Zufall rausgekriegt.«

»Du warst nicht vergessen, Cathy«, sagt Patti bestimmt. »Sie hat sich wirklich um dich gesorgt.«

»Sie hat fast allein das Weihnachtsessen gekocht, zusammen mit – wie hieß er gleich? – mit diesem wilden Jungen, der durchgedreht hat.«

»Alexander«, sagt Patti.

Das habe ich nicht gewußt. Wirklich, das habe ich bis zu diesem Moment nicht gewußt. Ich dachte, sie wären nur einmal hier gewesen, nach Holy Island. Aber es spielt keine Rolle.

»Wir haben uns *alle* gesorgt«, sagt Russell. »Du hättest kommen sollen. Du hättest hier sein sollen.«

»Wie hätte ich kommen können?«

»Wir haben dir einen Brief geschrieben. Du hast nie geantwortet. Wir glaubten –«

»Ich rede nicht von mir! Ich rede von meinem Vater! Er war kein schlechter Mensch. Was muß man denn tun, damit sich die eigenen Kinder um einen kümmern, wenn's ans Sterben geht?«

Vielleicht haben sie mir tatsächlich einen Brief geschrieben, ich erinnere mich nicht, es war so eine grauenvolle Zeit. Da geraten die Dinge durcheinander. Patti und Russell tauschen einen Blick, einen seltsamen, halb schuldbewußten Blick. Stephen kommt zu mir und setzt sich an meine andere Seite, vorgebeugt, die großen Hände ineinander geschoben.

»Es ist gut, Cathy«, sagt er leise, »wirklich, es wird alles gut.« So als wäre ich ein blödes, hysterisches Kind, und ich denke: Was tue ich hier? Bin ich verrückt geworden? Wieso verschwende ich auch nur einen Gedanken an diesen Mann? Er ist nichts.

»Du siehst so zornig aus«, sagt er.

Ich lache.

»Nun komm schon!« drängt Patti. Mit einem entschlossenen Lächeln springt sie auf und prüft den Weinpegel. »Wir werden uns doch jetzt nicht alle zerstreiten. Doch nicht in einem solchen Moment. Komm schon!«

»Nein, natürlich zerstreiten wir uns nicht.« Russell zieht fest an meiner Hand und drückt sie an sein Gesicht, sein großes rotes Gesicht, das mich anlächelt.

»Ich bin nicht euch böse«, sage ich. »Ich bin Veronica Karen böse.«

»Ach, ihr beiden!« sagt er und drückt mich. »Ich liebe euch beide und ich würde euch am liebsten die sturen Köpfe aneinanderschlagen.«

Es ist mir egal. Es ist mir egal. Veronica Karen hat sich auch nie gekümmert, weshalb sollte ich mich kümmern? Ich hasse sie. Ich hasse Veronica Karen. Warum renne ich ihr quer durchs Land hinterher?

»Mal kurz zum Abendessen«, sagt Patti lebhaft. »Ist euch acht Uhr recht, oder seid ihr schon am Verhungern? Wie wär's, wenn ich ein paar kleine Vorspeisen zurechtmache?«

O Gott, ich muß hier raus. Ich brauche kaltes Wasser.

»Entschuldigt«, murmle ich, schon auf dem Weg zur Tür. Ich muß an dem schweren gedrehten Messingring zerren, als zöge ich einen Anker hoch. Sie schauen mir zu. Herrgott noch mal, warum muß denn alles so ein Brimborium sein, es ist doch nur eine simple Tür. In dem mit Steinplatten ausgelegten Flur lehnt ein schlichter Reisigbesen an der Wand. Türen stehen offen. Ich gehe in die Küche und schnappe mir vom Abtropfbrett eine Tasse, ein wunderschönes zweihenkeliges chinesisches Stück. Das Wasser platscht hinein, und ich schaue zum Fenster hinaus auf ein langes Feld, das sich zum Wald hinunter senkt, und denke daran, wie sie es geschafft hat, Alexander fertigzumachen, zu dieser Witzfigur zu reduzieren, von der ich von Zeit zu Zeit noch höre, einer Art verrücktem Schoßhündchen, das am Schluß völlig überschnappte.

Mir ist ein wenig übel. Das ist es, keinen Wein mehr, wer schenkt mir da dauernd nach, wenn ich nicht hinsehe? Russell. Mit seiner jovialen Gastgebermiene.

Patti folgt mir in die Küche.

»Sie war also mit Alexander hier?« frage ich, mich herumdrehend. »Ich dachte, sie hätte ihn nur das eine Mal mit hierhergebracht.« Es ist okay, sie wissen nichts von mir und ihm. Keiner weiß das außer Stephen, der mich aus frühester Zeit kennt. Es sei denn, sie hat es ihnen erzählt. Es sei denn, sie haben alle um den

Tisch herumgesessen und sich über mich und meine Angelegenheiten ausgelassen. Ich kippe das Wasser mit der Gebärde einer hartgesottenen Trinkerin hinunter, als wäre es Schnaps. Ich sollte mich wirklich dem Suff ergeben, ich glaube, ich habe ein natürliches Talent dafür.

»Ach, sie hat ihn ein paarmal mitgebracht«, sagt Patti, während sie am Herd hantiert. »Ich kann mich nicht mehr genau erinnern. Es ging ja jahrelang rauf und runter zwischen den beiden. Wie bei Liz Taylor und Richard Burton, es konnte gar nicht dramatisch genug sein. Ich hab mich überhaupt nicht gewundert, als dann dieses ganze verrückte Zeug passierte. Ein komischer Kerl, dieser Alexander.« Mit verschränkten Armen, die kantigen Schultern nach vorn gezogen, lehnt sie sich an den Kühlschrank. »Wie fandest du ihn denn? Hast du ihn gekannt?«

Nein, sie weiß nichts.

»Nicht näher«, antworte ich.

»Ich habe ihn damals gefragt, warum sie da rauf gefahren waren, nach Holy Island, und er sagte: ›Wir hatten eben Lust drauf.‹« Sie ahmt eine heiser flüsternde Kinderstimme nach.

So nicht, so war er nicht, ich erinnere mich an seine Stimme. Weich.

»Er wirkte immer ein bißchen so«, sagt sie, »so, als wär er irgendwie nicht ganz richtig. Seltsam.«

Er war nicht seltsam, als ich ihn kannte, würde ich gern sagen. Er war nur ... er war nur ...

»Ich meine, er konnte stundenlang mit diesem leeren Ausdruck im Gesicht dasitzen.«

Er war nur distanziert. Ich hab mal in so einem Selbsthilfebuch gelesen, man solle sich vorstellen, man wäre ringsherum von einer glänzenden Hülle schützenden Lichts umgeben. Es war, als wäre er wirklich von so einer Hülle umgeben, die jedoch hart und undurchdringlich geworden war, so daß alles von ihr abprallte. Man konnte nicht hinein.

»Er hatte ein paar sehr schöne kleine Bleistiftzeichnungen von Holy Island gemacht«, sagt sie bekümmert.

»Ja«, sage ich, »er hatte großes malerisches Talent.« Ich erinnere mich an seine zeichnenden Hände. An einen Kuß auf einer einsamen Straße.

Sie seufzt. »Der arme Junge. Ein bißchen schief gewickelt eben. Oh, er war wahrscheinlich ganz in Ordnung. Er war okay. Nur ein bißchen überheblich.«

Ich habe immer noch drei Briefe von ihm. So vieles von dem, was er mir in dieser so winzigen Handschrift schrieb, erscheint jetzt überheblich.

»Wie Veronica Karen«, sage ich.

Ich habe einmal einen Einkaufszettel gesehen, den Veronica Karen geschrieben hatte. »Nüse«, hatte sie geschrieben, »Katsenfutter«. Ihre Handschrift war sehr unscheinbar, aber sie hatte sorgsam darauf geachtet, diese blöden kleinen runden Kreise, wie Ornamente, über die I's zu malen.

»Ich mach noch mal eine Ladung Kaffee, während wir warten.« Patti macht sich an einer Maschine zu schaffen. Ihre Hände sind rauh und kräftig, mit kleinen Kratzern von der Gartenarbeit bedeckt. Auf dem Herd beginnt etwas zu blubbern. »Veronica Karens Problem war«, sagt sie einfühlend, »daß sie unbedingt was Besonderes sein wollte.«

Die Vergangenheit, sie spricht in der Vergangenheit. Es wird uns beiden im selben Moment bewußt.

»Natürlich war er krankhaft eifersüchtig«, sagt sie hastig. »Immerzu hat er sie aller möglichen Dinge beschuldigt. Ich weiß nicht, wie sie das ausgehalten hat.«

»Na ja, sie war keine Heilige.«

»Das ist keine Rechtfertigung für das, was er getan hat«, erklärt sie entschieden, während sie Kaffee in einen Filter löffelt. »Die Gewalt, die fand ich unerträglich. Wie dem auch sei –« Sie reibt die Hände aneinander und lächelt bedauernd. »Es tut mir wirklich leid, Cathy, ehrlich und in der Seele leid, wenn dich das Weihnachten damals gekränkt hat. Wir hatten keine Ahnung –«

»Ist schon gut, Patti.«

Wie brachte er es fertig, diesen Eindruck zu vermitteln, daß er sich innerlich wand vor Qualen, daß es in ihm aussah wie in einem prächtigen existentiellen Dschungel tiefer Unglücklichkeit? Das, was er sagte, war es nicht. Er sprach mit einer sehr leisen Stimme, die innere Ruhe ausstrahlte. Er war wie ein nobler Löwe mit einer Pranke voller Dornen.

»Patti«, sage ich, »magst du Veronica Karen eigentlich? Ich meine, magst du sie wirklich?«

Sie hält inne, sinkt ein wenig in sich zusammen und neigt den Kopf zur Seite, während sie nachdenkt. »Ich weiß es nicht«, sagt sie nach einer Weile leichthin. »Manchmal geht es nicht darum, ob man jemanden mag. Es ist nicht so einfach. Ich denke, manchmal kann es sein, daß man einen Menschen so lange kennt, daß es keine Rolle mehr spielt. Es heißt, man suche sich seine Freunde aus, aber –« Sie zuckt die Achseln. »So, das müßte reichen.« Sie stellt die Maschine an, und die beginnt zu zischen. »Aber sag mal«, sagt sie und beugt sich hinunter, um in den Kühlschrank zu sehen, »du und Stephen, seid ihr –« Sie bricht ab. »Saskya!« ruft sie, mit den Fingern schnalzend.

»Was?«

»Saskya. Natürlich. Da ist sie hingefahren. Wieso ist mir das nicht gleich eingefallen.«

Sie nimmt einen Behälter mit Hummus heraus, eine Schüssel mit Salatblättern. »Ich mach nur ein bißchen was warm«, sagt sie, »Reis braucht nicht lang.«

»Aber das ist doch Jahre her«, sage ich.

Ich erinnere mich an eine Ansichtskarte von einem schönen Haus, einem eigenartigen Märchenschloß mit einem Mandala über der Tür, das sich leuchtend vom grauen Stein abhebt.

»Aber Schottland«, entgegnet sie. »Das kann kein Zufall sein. Es ist auf jeden Fall einen Versuch wert.«

Plötzlich bin ich sehr müde.

»Seid ihr beide, du und Stephen«, sagt sie wieder, während sie eine Sellerieknolle wäscht, »du weißt schon – seid ihr ...«

»Nein, nein. Ich habe ihn sieben Jahre und neun Monate nicht gesehen.«

Sie lacht laut heraus.

»Was ist?«

»Du«, sagt sie, »du bist wirklich komisch.«

Ich bemerke mein Gesicht, das sich im blitzenden Gold des Wasserhahns spiegelt, und es sieht grauenvoll aus, alt und eingefallen und gelbsüchtig, von struppigem Haar umgeben. Das werde ich richten, ich werde mir das Haar richten. Aber als ich die Treppe hoch zum Flur mit den Rautenfenstern hinaufkomme, steht dort Stephen und ißt Schokodrops aus einem kleinen Beutel, der auf einem Bücherschrank liegt.

»Tut mir leid«, sagt er, »die hab ich hier gefunden und ich muß sie einfach essen. Tut mir leid, es geht nicht anders.«

Ich stehe mit meinem scheußlichen alten Gesicht ungeschützt vor ihm und wünsche ihn über alle Berge, aber er tritt nahe an mich heran und starrt mich in meiner Häßlichkeit an. »Ich hab's ganz falsch gemacht, nicht?« sagt er. »Ich hätte nicht zu dir kommen sollen. Das ist nur eine furchtbare Qual für dich, nicht wahr? Es tut mir leid.«

Er hat die Augenbrauen hochgezogen, so daß sich seine hohe, helle Stirn kräuselt, die Schatten unter seinen Augen sind tief eingegraben.

»Es geht schon.« Ich will nur weg von ihm, aber als ich gehen will, packt er mich mit einer befremdlichen Intensität, die wahrscheinlich von dem vielen Alkohol und den Drogen herrührt, die er zu sich genommen hat, bei den Armen. »Fahren wir, Cathy«, sagt er. »Komm, wir kehren einfach um und fahren nach Hause. Du hast recht, wir hätten gar nicht losfahren sollen.«

Nach Hause? Was redet er da? Fällt mir nicht im Traum ein, heute nacht bis nach Moorcop zurückzuzuckeln. Ich häng jetzt in dieser Sache drin bis zum Ende. Bis zum Ende.

»Sei nicht albern.« Ich mache einen Schritt zurück.

Er legt mir ein Schokodrop auf die offene Hand. »Du bist mir böse«, sagt er.

»Nein, ich bin dir nicht böse.«

Er ist wie ein seltsames Tier, das Hitze abstrahlt. Ich verspüre ein schreckliches Verlangen, meine Arme um ihn zu werfen, mich so fest wie es nur geht an ihm festzuhalten, seine Knochen zu zerquetschen. Schnell und leicht küßt er mich mit seinem warmen Schokoladenmund: Ein Rauchfädchen springt in meiner Kehle auf, in meiner Brusthöhle, ein feines Zucken. Dann drängt er sich an mir vorbei, läuft nach unten, und ich gehe ins Bad und sperre die Tür ab.

O Gott, mein Gesicht! Ich brauche meine Tasche. Das Schokodrop schmilzt in meiner Hand; ich schiebe es in den Mund. Es schmeckt nach seinem Mund. Patti schminkt sich natürlich nie. Ich krame herum und stoße in einer Schublade irgendeines blaugrünen Möbels auf ein Durcheinander von Stiftstummeln und anderen Resten, die ungefähr tausend Jahre alt sind. Aha, sie legt also manchmal Rouge auf; tja, das hilft mir nicht. Ja, wenn ich jetzt bei Susannah wäre, hätte ich keine Probleme, ich hätte die Wahl. Was war das eben eigentlich? Hm? Ich kann's nicht glauben, ich scharf auf Stephen Openshaw. Ich versuche, ihn mir in meinem Leben, meinem Haus vorzustellen, aber es gelingt mir nicht, und ich kann mir auch mich nicht in seinem vorstellen. Ich weiß nichts von ihm. Hier ist ein bißchen ausgetrocknete mitternachtsblaue Wimperntusche, ein Rest grauer Lidschatten. Ich tue mein Bestes. Meine Lippen sind bleich, verschmelzen mit meinem Gesicht. Ich würde mir die Lippen malen, wenn ich meine Tasche mit raufgenommen hätte, aber nein, lieber doch nicht, er soll nicht denken, daß ich mich besonders bemühe. Ich beiße auf meine Lippen, oben und unten, rubble sie kräftig, bis sie rot und gesund aussehen. Das Haar. Nichts, was sich nicht mit ein paar Bürstenstrichen und ein bißchen Kopfschütteln richten läßt. Gott sei Dank, daß ich es gerade gewaschen habe.

Sie haben ein richtiges Fenster einbauen lassen, aber hier, neben der Wanne ist noch eines der Originale, ein schmaler Spalt in der Spitze einer breiten Steinumrandung, so ein Ding, aus dem man in alten Zeiten mit Pfeilen geschossen hat. Ich setze mich auf den Wannenrand und frage mich, wozu dieser Raum früher einmal diente, während ich durch den Spalt zum Himmel hinausschaue, der sich in die Weiche der Nacht zu hüllen beginnt. In den Wolken über den Bäumen hängt noch Regen. Ich erinnere mich an jenes Weihnachten, das erste ohne Robert. Ich wollte davonlaufen. Überall wollte ich sein, nur nicht in Shugden bei meinem Vater und Tante Pearl, die nach dem Truthahn eine Zigarette nach der anderen pafften, aber ich konnte nicht weg. Ich sehe uns drei vor der Glotze sitzen, wo wir uns am ersten Weihnachtsfeiertag Fußball ansahen. Weder ich noch Tante Pearl hatten eine Ahnung von Fußball und wir interessierten uns auch nicht dafür, aber bei Robert war es anders; Robert sah sich manchmal die Spiele mit ihm zusammen an. Sein Geist saß bei uns. Ich sehe, wie mein Vater eine Karte nimmt, um sie mir zu zeigen, sein Gesicht ist froh, feierlich, strahlt. Die Karte ist von Veronica Karen, so eine Kunstkarte, mehr ihr Geschmack als seiner.

Sie war sein Liebling. Sie hätte kommen müssen.

Ein Hahn tropft. Plitsch, platsch, macht es, wie der Regen, der plitsch, platsch in die Pfützen platscht, zart und leise, plitsch, platsch aus den Regentraufen. Der Rock gleitet mit langsamer, umfassender Bewegung seiner Schwingen herab, auf den Ast der großen Kastanie von Russell und Patti. Als ich klein war, habe ich immerzu nach dem Rock Ausschau gehalten. Jetzt wird mir bewußt, daß ich auch heute noch immerzu nach dem Rock Ausschau halte. Und ab und zu denke ich, er kommt.

Aber es ist immer eine Illusion.

In der Küche riecht etwas sehr lecker. Kopf hoch, tief Luft geholt, auf in den Kampf. Ich gehe nach unten.

»So haben wir Veronica Karen kennengelernt«, erzählt Russell Stephen gerade. »Durch Cathy. Wir waren zusammen auf der Uni.«

Sie sitzen im Gespräch beisammen, trinken Kaffee, knabbern Chips und rohes Gemüse mit Hummus und irgendeinem anderen Dip.

»Ich habe in Saskya angerufen«, sagt Russell zu mir, »und eine Nachricht auf dem Anrufbeantworter hinterlassen. Stephen scheint von der Idee nicht begeistert zu sein.«

»Es ist zu lange her«, sagt Stephen. »Sie war seit Jahren nicht mehr da oben, sie hat das alles aufgegeben.«

Ich nehme mir eine Handvoll Chips. »Ich weiß nicht, es könnte doch ganz logisch sein. Eine Zuflucht hat sie es immer genannt. Und wann hat sie dringender als jetzt eine Zuflucht gebraucht?«

Wäre vielleicht ganz interessant, es sich anzusehen, es soll sehr schön sein.

Stephen zieht ein Gesicht.

»Warten wir ab«, sagt Russell vernünftig und gähnt mit weit offenem Mund, so daß sein glänzendes Zahnfleisch zu sehen ist. »Warten wir ab, ob sie zurückrufen. Und sonst rufen wir morgen früh noch mal an.«

»Es würde uns jedenfalls eine Riesenfahrt sparen, wenn sie dort ist«, sage ich. »Hast du eine Karte, Russell?«

»Aber klar.« Stets hilfsbereit springt er auf und läuft zu einem der Bücherregale, wo er, die großen, knochigen Knöchel entblößt, in die Knie geht und mit einem langen Finger über die Rücken der alten Penguin-Bücher streicht, Klassiker, Lyrik, Theaterstücke, Kinderbücher. Es rührt mich, neben A. A. Milne, Arthur Ransome und E. Nesbit die vollständige Reihe der Ambrose-Bücher zu sehen, alle zwölf schmalen, vertrauten Rükken, und wie alte Fotografien, die einem in einer Schublade unterkommen, stupsen sie dich an, zupfen an dir, halt, halt, schau mich an! Schau mich an! Einst habe ich gelebt.

Patti kommt rein und streicht sich mit ihren großen geäderten Händen über die lachsfarbenen Hüften. »Gleich ist es soweit«, sagt sie gemütlich und nimmt die leere Weinflasche an sich. »Seid ihr auch alle richtig hungrig?«

Russell kniet nieder und breitet eine Karte auf dem Boden aus. »Es ist nur ein Katzensprung von Carlisle«, murmelt er.

Patti geht umher und schenkt neu ein. »In der Bibliothek sind zwei Schlafsofas«, sagt sie, »ihr könnt's euch also aussuchen. Es ist übrigens der schönste Raum im Haus.«

»Wunderbar«, sage ich.

»Wunderbar«, sagt auch Stephen. Sein Blick fliegt zu mir, aber ich sehe nicht hin.

»Also!« Russell hebt sein Glas. »Auf abwesende Freunde.«

Wir trinken und denken an Veronica Karen. Stephen sieht mich an, zuckt leicht die Achseln und trinkt ebenfalls.

»Und jetzt gibt es *Essen*«, sagt Patti.

7

Du und Stephen, seid ihr ...«, fragt Russell mit gesenkter Stimme im Flur vor der Bibliothek. »Na, du weißt schon.«

»Nein«, sage ich, »wir sind nicht.«

»Aha. Nur meine Neugier. Träum was Schönes.« Er sieht mir mit einem warmen Lächeln in die Augen, dann geht er nach oben.

Stephen, der schon dabei ist, sein Bett zu richten, schaut auf, als ich ins Zimmer komme. »Ich muß morgen anrufen und mich krank melden«, sage ich und lasse mich auf das Federbett auf der anderen Couch fallen. »Ich hasse es, wenn ich lügen muß. Für sie wird es die Hölle, ausgerechnet am Samstag eine Kraft zu wenig.« Während ich Schuhe und Socken ausziehe, überlege ich, was jetzt? Wird was passieren? *Ist* was passiert? Will ich es? Wir haben uns die Straßenkarte angesehen. Kilreevy ist nichts weiter als ein kleiner Punkt und ein Name auf der Karte. Als ich es sah, lachte ich, weil es mir so lächerlich erschien, dort hinzufahren, und dann dachte, Stephen muß komplett verrückt sein. Ich würde lieber nach Saskya fahren, zu diesem schönen Haus, von dem ich gehört habe. Es kommt in einer alten Ballade mit dem Titel ›The Death of Willie o' the Side‹ vor.

Aber wir sind natürlich nicht auf einer Vergnügungsfahrt.

Er schüttelt ein Kissen auf und wirft es auf sein Bett. Hinter ihm ist eine Bücherwand, überhaupt sind wir rundherum von Büchern umgeben, alte Lederbände, lauter Gesamtausgaben. Ein hübsches kleines Klavier steht in der Nische vor dem mit üppigen Vorhängen umgebenen Fenster. Er kommt herüber und setzt sich in einen Sessel in meiner Nähe, vorgebeugt, die Arme auf die Knie gestützt. Seine Augen sind müde. »Die werden schon zurechtkommen«, sagt er. »Bist du müde?«

»Und wie.«

»Ich werde morgen überhaupt nichts trinken.« Er gähnt. »Du glaubst wohl, ich wäre immer so? Bin ich aber nicht. Es ist das Wiedersehen mit dir.«

»Das Wiedersehen mit mir?«

»Ja.« Er lacht. »Du hast mich nervös gemacht, darum mußte ich mich betrinken und das ganze Drogenzeug nehmen.« Wieder lacht er. »In Wirklichkeit bin ich überhaupt nicht so. Ich bin jetzt ein vollwertiges Mitglied der Gesellschaft.« Mit einem Ruck steht er auf, geht im Zimmer umher, schlägt auf dem Klavier einen kurzen Ton an. Oben, auf dem Klaviergehäuse, ergießt sich aus einem bizarren Kerzenleuchter, der mit einem Füllhorn voll verhärmter Totenschädel Ähnlichkeit hat, eine Wachskaskade. Auf der anderen Seite steht eine Keramik, eine Affenmadonna mit Kind, wahrscheinlich orientalischen Ursprungs. Die menschliche Hand des Affenbabys ist ausgestreckt und berührt das glasierte graue Gesicht der Mutter.

Plötzlich ist mir furchtbar angst, so angst, daß mir ganz flau wird, daß mir übel wird. Ich springe auf. »Das ist ja grauenhaft«, sage ich, ziellos umhergehend. »Wir reden hier dummes Zeug, und Veronica Karen liegt vielleicht im Sterben. Das ist ein Alptraum. Ich wollte, es wäre vorbei. Mir ist ganz seltsam. Ich weiß überhaupt nicht mehr, was los ist. Ich weiß nicht, warum ich nicht zu Hause bin und das tu, was ich normalerweise tu.«

»Und was wäre das? Setz dich«, sagt er zu mir kommend. »Setz dich.«

Ich kann nicht stillsitzen. Was *würde* ich denn tun? Fernsehen? Bei Susannah rumsitzen und mir ihr Gejammer über Tim anhören? Im Bett liegen und lesen?

Wenn das so weitergeht, fang ich noch an, mit den Zähnen zu klappern.

»Setz dich doch«, sagt er. »Bitte«, und nimmt mich fest bei der

Hand. »Wenn du es wirklich willst, können wir die ganze Sache abblasen.«

»Wie denn?« Ich rutsche noch tiefer in den Alptraum. »Für sie können wir gar nichts abblasen.«

Wir sitzen nebeneinander auf dem Bett, in dem ich schlafen werde. Ich bin reglos und gespannt wie eine Saite. Er sitzt sehr nahe, und ich denke, daß gleich einer von uns die Initiative ergreifen muß, und daß er es tun wird, weil er es schon einmal getan hat, aber als ich zu ihm hinaufblicke, haben seine Augen einen fernen, kalten Ausdruck, und seine Lippen sind schmal.

»Ich stecke auch in diesem Alptraum«, sagt er, »ob du's glaubst oder nicht.«

Unsicher rücke ich von ihm ab. Die Angst läßt nach.

»Deine Füße«, sagt er.

»Was?«

»Deine vollkommenen Füße.«

»Was?«

Er lacht ein wenig. »Nein, wirklich. Du hast unglaubliche Füße. Sie sind absolut vollkommen, sieh sie dir nur an.«

Ich sehe sie mir an. Er hat recht, und ich habe sie eigentlich nie wahrgenommen. Meine Füße sind schön. Ich lache.

»Kennst du das Lied?« fährt er fort. »›Unten im Weidengarten‹? Yeats.« Und dann singt er, ohne Geziertheit, ohne Verlegenheit, weder schlecht noch besonders gut:

Unten im Weidengarten
Traf ich mein Lieb, das süße.
Sie ging durch den Weidengarten
Und hatte schneeweiße kleine Füße . . .

Er schweigt und läßt eine Stille in der Luft hängen.

Ich erinnere mich, wie Alexander ›Peggy Gordon‹ sang, während wir in Wales auf einer Brücke standen und in einen Fluß hinunterschauten. Er ist genau wie Alexander. Sieht ihm natürlich nicht ähnlich, nein, wirklich, kein bißchen. Aber auch er versteht es, diese blitzend scharfen, illusorischen Momente zu schaffen, die einem wie Kletten im Gedächtnis haften bleiben, quälend. Ich kann ihn nicht ansehen.

Er sagt: »Erinnerst du dich an die Party bei Davy Boland?«

Ich war allein dort und tat so, als fühlte ich mich pudelwohl, trank massenhaft Cider und tanzte allein im Flur. Stephen war mit Veronica Karen dort. Sie hatte dieses komische lange dunkelblaue Kleid an, das sie im Secondhandladen gekauft hatte und so flippig und originell fand. Gott, wie sie sich an diesem Abend stundenlang vor dem Spiegel geschniegelt und gestriegelt hatte! Die vielen Leute in Davy Bolands winzig kleinem Wohnzimmer, Newton Heath, Silvester, rund ums Klavier. Schuljungen und Schulmädchen. Schatten, den Weg aller Schatten gegangen. Veronica Karen machte ein Riesentheater um Stephen und klebte wie eine Klette an ihm. Alle waren betrunken. Irgendwann drehte sie sich herum und erwischte ihn mit ihrem spitzen kleinen Ellbogen direkt am Kopf. »Aua!« sagte er, und seine Hand flog in die Höhe. »Ach, Schatz!« rief sie, ganz Betroffenheit. »Ach, Schatz!«, und hielt seinen Kopf und küßte ihm die Schmerzen weg, so zärtlich wie eine Mutter. Ich sah zu, still und leise, im Schatten, alexanderlos. Alexander war weggegangen, auf die Kunstakademie. Er hatte seit drei Monaten nicht geschrieben und war zu Weihnachten nicht nach Hause gekommen. Der langen Rede kurzer Sinn, er hatte mich verlassen, aber ohne es mir direkt zu sagen. Wie glänzend ich mich verstellte! Den ganzen Abend den Tränen nahe, und keiner merkte was. Zu Mitternacht küßten sich alle. Ich konnte einem spitzmausigen Jungen mit kalten, glitschigen Lippen nicht entkommen und auch nicht einem anderen, einem dicken, bierseligen Kerl mit räuberischer Zunge. Ich war auf der Flucht ins Badezimmer oder Schlafzimmer, irgendwohin eben, wo ich mich verstecken konnte, und plötzlich war Stephen da.

Er war sehr höflich und küßte mich sanft und brüderlich. »Ein glückliches neues Jahr, Cathy«, sagte er und flüsterte so dicht an meinem Ohr, daß es kitzelte: »Er war nicht gut genug für dich.«

Ich nahm ein Taxi nach Hause und weinte die ganze Nacht.

»O ja, ich erinnere mich an die Party bei Davy Boland«, sage ich. »Komisch, was einem so plötzlich einfällt.«

Es ging mir gut, ich lebte mein Leben, ein kleiner Selbstmord vielleicht, na und? Aber dies hier ist schrecklich, schrecklich. Eine echte Gefahr. Ich will nie wieder in Not sein, will nie wieder so sein wie damals, als alles in die Brüche ging, nach Roberts Tod, nach Johnnys Tod, als auch mit den Büchern Schluß war, und ich kein Geld mehr verdiente. Ich versteckte mich in meinem Haus und las. Einmal ertappte ich mich mitten auf der Treppe auf den Knien liegend, weinend und betend. Ich wußte nicht, wie ich dahin gekommen war. Irgendwie packte ich es. Ich putzte fremde Häuser. Ich arbeitete als Verkäuferin. Ich verkaufte Kuchen, ich verkaufte Trockenblumen. Ich sortierte Karteikarten, herrlich hirnlos, ich ordnete Bücher, ich räumte mit peinlicher Genauigkeit Regale auf. Gelobt seien Verzeichnisse und Karteien, die Pracht und die Herrlichkeit der Ordnung. Und eines Tages, als mir bewußt wurde, daß ich überlebt hatte, schwor ich mir, daß es mir in meinem Leben nie wieder so gehen wird, daß es nie wieder in meinem Leben etwas geben wird, dessen Verlust ich nachts fürchten muß.

»Weißt du, was ich dachte, als ich beschlossen hatte, zu dir raufzufahren?« sagt er.

»Nein.«

»Ich dachte ...«, aber er spricht nicht weiter.

Es würde wieder so kommen. Ich weiß es. Ein oder zwei Monate, und ich würde mir seinetwegen Sorgen machen. Warum sitzen wir hier in diesem erstklassigen Trödelladen, fast schon zusammen im Bett? Wenn er mich jetzt anfaßt, denke ich, wenn er mich jetzt anfaßt, voll Wohlbehagen, gesättigt, die Wirkung der Exzesse im Abklingen, Ruhe suchend ... Aber er tut es nicht.

»Wenn du wirklich morgen nach Hause fahren willst, Cathy«, sagt er, »dann tu das. Ich bin dir nicht böse. Setz mich einfach am Motorway ab, und ich fahre per Anhalter.«

Oh, verschone mich! Selbstlose Liebe, der edle Ritter, der immer noch tapfer nach Ruhm und Ehre strebend den einsamen Pfaden des Lebens folgt, sinnlos, hier rumzusitzen und sich zu fragen, warum, Baby, nichts als ein gottverdammter einsamer Tippelbruder, die romantische Vision, Aengus auf der Suche nach seinem schimmernden Mädchen, der gottverdammten Colina im gottverdammten El Paso, der gottverdammten Carmen, Lola-Lola, ›La Belle Dame Sans Merci‹.

»Red nicht solchen Quatsch«, sage ich scharf und stehe auf, beginne wieder herumzulaufen. »Schauen wir lieber, daß wir diesen idiotischen Ausflug hinter uns bringen, damit wir in unser normales Leben zurückkehren können.«

So, diesem romantischen Moment ist gründlich der Garaus gemacht.

»Cathy«, sagt er seufzend, »sei nicht bitter.« Und dann fügt er mit einem Anflug von Ärger hinzu: »Es ist wegen Alexander, nicht wahr? Das ist es, was dich so wütend macht. Menschenskind, Cathy, das ist *Jahre* her.« Und als ich aufblicke, sehe ich, daß er seine Augen ein klein wenig zum Himmel verdreht; die Lider flattern.

»Sie hat Alexander ruiniert«, sage ich.

»Aber natürlich, er war ja auch vollkommen, nicht wahr?« Er ist eifersüchtig. Die Schärfe in seiner Stimme überrascht mich. »Ich finde es wirklich ein bißchen stark, ihr die Schuld an Alexanders Schwäche zu geben.«

»Du hast immer eine Entschuldigung für sie.«

»Und du hast immer eine Entschuldigung für *ihn*. Was er getan hat, war unverzeihlich.«

»Ach, mach dich nicht lächerlich. Nach allem, was ich gehört habe, wurde das Ganze unheimlich aufgebauscht.«

Selbst ein Heiliger hätte Veronica Karen manchmal erwürgen können. Ich selbst hatte des öfteren gute Lust dazu. Das einzige, was Alexander tatsächlich tat, war, daß er sie am Hals packte und ein bißchen schüttelte, nachdem sie ihn fast fünf Jahre lang wahnsinnig gemacht hatte. Und als sie dann ihre oscarreife Vorstellung hinlegte und sich stöhnend und röchelnd auf dem Boden wälzte, wußte er, daß es jetzt wirklich vorbei war, und rannte aus der Wohnung, zum Dach rauf und sprang runter. Stockbesoffen alle beide. Er holte sich die gebrochenen Beine und den

Nervenzusammenbruch, sie holte sich die allgemeine Anteilnahme.

Ich kann ihn nicht ansehen. Er kennt mich nicht mehr. Zuviel Zeit ist vergangen.

»Vielleicht tu ich's«, sage ich. »Vielleicht fahr ich nach Hause.«

»*Ich* nicht.« Er springt auf und geht nun seinerseits im Zimmer umher. »*Ich* nicht. Was soll ich denn tun? Nach Hause fahren und mich dauernd fragen, ob sie schon tot ist?« Er hält an und bleibt direkt vor mir stehen. »Nein. Das kann ich nicht. Das *kann* ich einfach nicht.« Er starrt mich zornig an, und ich weiche zurück. »Wie sie über sie reden«, schimpft er. »Wie sie *alle* über sie reden, als wäre sie schon tot, als wäre sie irgendeine komische Figur, ein Freak, aber *ich* weiß noch, wie sie war, als sie jung war.«

Ich auch. Oh, ich auch.

»Damals war es ganz anders. Wir sind immer zu den Stauseen raufgefahren und haben einfach nur dagesessen und –«

Er ist fort, weit weg, laß ihn ziehen …

»– die große graue Wasserfläche, und Veronica Karen in ihrem roten Mantel, sie tauchte die Füße ins Wasser und steckte sich Taubenfedern hinter die Ohren. Oh, sie war so –« Er schüttelt traurig den Kopf. Bei der Qual in seinen Augen wird mir ganz kalt, es ist, als sähe ich alles, was sie mir immer weggenommen hat, die Aufmerksamkeit aller Menschen, die wir kannten. »So rührend im Grund«, sagt er. »Da steckte sie sich Taubenfedern hinter die Ohren, weil sie meinte, das sähe – ich weiß auch nicht – wild und ungebunden aus? Romantisch? Keine Ahnung. Was bildete sie sich ein? Ich hatte keine Illusionen, weißt du. Ich erinnere mich, wie wir einmal frühmorgens im Wald bei Alderley Edge spazierengegangen sind. Sie rannte voraus und pflückte Blumen, Glockenblumen und so, und dann kam sie mit den Blumen zurückgerannt und hielt sie mir mit dieser einstudierten Kindlichkeit unter die Nase, ich sollte daran riechen. Schon damals wußte ich Bescheid. Jede einzelne Geste war einstudiert, verstehst du, aber es spielte keine Rolle. Die Tatsache, daß ich sie durchschauen konnte, hat nur –«

Er zuckt die Achseln, wendet sich ab und läßt sich in einen Sessel fallen.

»So war sie eben«, schließt er schwach.

Ich könnte zu ihm gehen und ihm die Arme um die hängenden Schultern legen, aber das werde ich nicht tun. Ich werde hier sitzen bleiben, wieder kühl jetzt, die Knie bis zum Kinn hochziehen und mich in meine Ecke verkriechen und meine schönen Füße verstecken.

»Einmal waren wir zu einer Party unterwegs«, sagt er so leise, daß ich ihn nur mit Mühe hören kann. »Sie hatte Strümpfe an. Strapse.« Sein kleines Lachen klingt brüchig. »Ihr Kleid rutschte dauernd unter ihrem Mantel hoch, und die Strapse gingen auf. Ich stellte mich vor sie, während sie in einer Tornische ihre Strapse richtete. Es war ein kurzes kleines Kleid aus pinkfarbenem Pannesamt mit einer Rüsche vorn. Sie sah wie ein kleines Mädchen darin aus.«

Er hebt den Blick und sieht mich voll an. Er ist eines von diesen Hologrammen, eines dieser verrückten Bilder, die von einem Gegenstand zum anderen wechseln. Tante Pearl hatte mal eines, mit der Queen auf der einen Seite und dem Papst auf der anderen, Queen, Papst, Queen, Papst, Queen, Papst, unscheinbarer Mann, schöner Junge, unscheinbarer Mann, schöner Junge, dunkel, begehrenswert, mit Schokoladenmund, aber es macht keinen Unterschied, denn mein Empfinden für all das ist abgestorben.

»Sie *stirbt*«, sagt er voll Entsetzen. »Sie *stirbt*, Cathy. Darum kehren wir nicht einfach um und fahren nach Hause. Wir sind marschiert und marschiert, sie und ich. Wir hatten nie Geld. Wir haben über Gott und die Welt miteinander geredet. Ich weiß noch, wie wir mal auf dem Oberdeck eines Busses saßen, am Stephenson Square, und über die Liebe geredet haben.« Er wirft das Kinn hoch, schleudert das Wort heraus wie einen alten Socken, den er in den Wäschesack wirft. »Ich hatte ihr erklärt, daß ich sie liebe.« Er lacht. »›Du weißt ja gar nicht, was Liebe ist‹, sagte sie. Ganz die Frau von Welt. ›*Du* vielleicht?‹ fragte ich. Und weißt du, was sie gesagt hat?«

Eine Antwort scheint erforderlich.

»Nein«, sage ich ruhig, »ich weiß nicht, was sie gesagt hat.«

»Sie sagte«, und er scheint zu zitieren, während er ins Leere starrt: »›Die wahre Liebe ist Lichtjahre von dem hier entfernt. Die wahre Liebe steht so hoch über dem hier wie ein Berg über einem Maulwurfshügel. Wenn sie kommt‹, sagte sie, ›ist dein ganzes Leben gelöst.‹ Gelöst, hat sie gesagt. Als wäre es ein Rätsel. ›Dann gibt es keinen Schmerz mehr und keinen Kummer und nichts kann mehr schiefgehen, denn selbst wenn das passiert, spielt es keine Rolle, solange man die Liebe hat, nichts spielt dann mehr eine Rolle, nicht einmal der Tod, und alles löst sich, alle Fragen sind beantwortet und alle Entscheidungen sind schon getroffen. *Das* ist Liebe‹, sagte sie. Und dann sah sie mich an. ›Und *jetzt* sag mir, daß du mich liebst.‹«

Was soll ich darauf sagen?

Er schaut weg, schiebt seine langen Finger ineinander und streckt seine Arme. Eine Weile bleibt es still, und dann beginnt draußen am Fenster leise wieder das Geräusch des Regens.

»Und?« frage ich.

»Und was?«

»Hast du ihr gesagt, daß du sie liebst?«

Zunächst sagt er nichts, dann hebt er den Kopf. Sein Blick ist leer. »Nein«, antwortet er. »Wie konnte ich das nach diesen Worten? Ich hatte nur Angst um sie. Und ich war traurig. Ich glaube, ich legte ihr den Arm um die Schultern und sagte irgendwas Kitschiges wie ›Ich werd immer für dich da sein‹, verstehst du, irgend so was richtig Blödes. Und meistens war ich ja auch da.«

Der arme Stephen. Er hatte sie nur zwei Jahre, dann gab es jedesmal wildes Kopfschütteln, wenn er anrief, Gebärdensprache: Ich bin nicht da! Ich bin nicht da!, draußen im kleinen Vestibül, wo auf dem kleinen Halbmond aus mundgeblasenem Glas mit den schmiedeeisernen Beinen das Telefon stand. Mama wurde richtig sauer auf sie. »Du bist *wirklich* gemein zu deinen Freunden«, sagte sie ärgerlich. Weil wir alle Stephen mochten.

Er starrt eine Zeitlang in das Arrangement aus Trockenblumen im offenen Kamin, als wäre es ein loderndes Feuer. Jetzt wird er mich nicht mehr anrühren, dafür ist es zu spät. Ach, das Bett. Ich möchte ins Bett kriechen und die Augen zumachen. Und wie? Veronica Karen würde sich jetzt wahrscheinlich ganz nonchalant ihrer Hüllen entledigen und unter der Maske der Reife ihre Waren zur Schau stellen.

Er steht auf, geht langsam zu seinem Bett auf der anderen Seite des Zimmers und beginnt seufzend, langsam, unendlich müde, sich bis auf schwarze Unterhose und blaues T-Shirt zu entkleiden. Er zieht seine Socken vor seinen Jeans aus. Er ist langgliedrig und weiß mit sehr dunklen Haaren an den Innenseiten seiner Oberschenkel, schmalen Schultern und kräftigen Armen. Unter das Federbett geschlüpft, starrt er eine Zeitlang ernst zur Zimmerdecke hinauf, die Arme hinter dem Kopf, nicht einmal in meine Richtung blickend, dann schließt er die Augen und schiebt die Decke von seiner Brust weg. Er bewegt seine Schultern in Vorbereitung auf den Schlaf, und die langen Finger seiner linken Hand spreizen sich in einer Wer?-Ich?-Geste auf seiner Brust.

Ich mache das Licht aus, ziehe mich im Dunkeln aus, schlüpfe in ein altes Hemd und lege mich auf dem provisorischen Bett nieder. Wieso hat er mich nicht angerührt? Was hatte dann das alles oben im Flur zu bedeuten? Habe ich mich nicht willig genug gezeigt?

Moment mal! Willst du das oder willst du's nicht?

Doch, ich will es. Ich will es. O Gott, kann ich ihn haben? Ist es möglich?

Es ist sehr still hier draußen auf dem Land, sehr still und sehr dunkel. In meiner Straße ist es nachts laut. Da gehen alle Besoffenen aus dem Pub vorbei. Und Licht scheint zu den Fenstern herein.

»Aber gefunden hat sie sie nie, oder?« sage ich.

»Wen?«

»Die Liebe. Diese Liebe, von der sie gesprochen hat.«

Er schweigt so lange, daß ich schon glaube, er sei eingeschlafen. Dann sagt er: »Nein. Nie.«

Die Stille kehrt zurück und bleibt, und irgendwann wird sie

vom tiefen rhythmischen Geräusch seines Schlafs durchzogen, aber ich kann in fremden Häusern nicht schlafen. Ich denke an Veronica Karen, die so viele Freunde hatte, und keiner hielt ihr die Treue. Wie ein kleines Mädchen, hat er gesagt. So sprechen sie alle heute noch über sie, das kleine Mädchen, das Kind.

Dann wird es verdammt noch mal langsam Zeit, daß sie erwachsen wird; wir anderen mußten es auch werden. Sie hatte soviel mitbekommen und so wenig daraus gemacht, alle mußten immer nach ihrer Pfeife tanzen. Wenn sie mit miesepetrigem Gesicht ins Feuer starrte, deprimiert. Ach Gott, ach Gott, Veronica ist deprimiert, das arme Kind, wir müssen mit ihr zum Arzt gehen. Deprimiert? Mit dreizehn? Wo alle um sie rumtanzen? Deprimiert? Was hatte sie je für einen Grund, deprimiert zu sein, ich meine, wirklich deprimiert? Sie hat Shugden vermißt. Na und, ich auch in gewisser Weise. In diesem mickrigen kleinen Haus draußen im Vorort, wo meilenweit ein Haus wie das andere aussah, aber die Rosen und die staubblauen Hortensien waren wunderschön. Na ja, sie mußte eben nie mit irgendwas fertigwerden, im Gegensatz zu mir. Aber ich liebte es, den Bus in die Stadt zu nehmen und durch die großstädtischen Straßen zu gehen. Ich liebte die Bücherstände auf dem Shude Hill, die große Kathedrale, das Old Shambles, die Tiergeschäfte in der Tib Street, die Gerüche der Hot-Dog-Buden in der Market Street, die großen, leuchtenden Blumenbeete in den Piccadilly Gardens, wo all die alten Penner rumlungerten. Einmal bin ich den ganzen Weg von der Stadt aus zu Fuß nach Hause gegangen, am Manchester Ship Canal und den Docks vorbei. So müde.

Ich bin so müde.

Ich denke an all die Toten, die ich kenne, so viele, ich glaube, es kann nicht normal sein, so viele tote Freunde zu haben. Ich vermute, es muß mit dem Leben zu tun haben, das ich geführt habe, damit, daß ich anscheinend eine Vorliebe für Menschen habe, die nicht gut für sich selbst sorgen. Ich sage sie mir auf, zähle sie an den Fingern ab: Angela, Eamonn, Jimmy, dann weiter, Mama, Dad, Großmama, Großpapa, Großmama Holly, Onkel John, Tante Celia. Und Robert natürlich. Und Johnny. Niemand spricht je von dem armen kleinen Johnny. Tante Pearl wird die nächste sein. Manchmal höre ich ihre Stimmen. Eamonn mit seinem Belfaster Dialekt: »Wie geht's dir, Kleine?« Angela, unscheinbar, ganz im Widerspruch zu ihrer Art: »Hallo, Schatz.« Sie hatte sehr langes blondes Haar. Manchmal sehe ich es auf der Straße, und sie ist es, aber wenn sie sich dann herumdreht, ist sie es nicht.

Es würde mich nicht wundern, einen von ihnen zu sehen. Manchmal läutet das Telefon, und es ist Robert: »Ich liebe dich, Olive«, sagt er.

In der langen, langen Nacht tickt irgendwo eine Uhr; das leise, höfliche, rücksichtsvolle moderne Ticken der Quarzuhr an der Wand in der Küche. Die Erde dreht sich noch. Wenn ich mich, wie geplant, neulich abends davongemacht hätte – wann war es genau? Gestern abend, mein Gott, erst gestern abend –, wäre es immer noch da, das Ticken, tick, tack, tick, tack, das sachte Wispern der Zeit, die tapfer weiterkämpft, ja, ja, ja, klopft wie ein Herzschlag, aber ich wäre nicht hier. Die Welt ginge ihren Geschäften nach, alles bestens, und es würde nichts ausmachen, gar nichts, daß ich durch einen Spalt in die Finsternis gestürzt, seitlich aus meinem Kopf davongeglitten bin. Es ist so finster hier drinnen, nirgends der kleinste Lichtstrahl, der einem sagt, daß man noch auf der Welt ist und nicht in einem schwarzen Loch auf der anderen Seite des Universums, ein winziges Mücklein von einem Riesen weggeblasen, Gottes spielerischem Atem. Gottes Atem. Ist das ein alter Fluch? Sollte es sein. Gott ist in der Dunkelheit, habe ich in der Nacht im hinteren Schlafzimmer in Shugden immer zu ihr gesagt.

Ich glaube, den Schrei einer Eule zu hören.

»Ich hab so Angst, Cath.«

»Wovor hast du Angst?«

»Es ist so dunkel. Ich hab Angst im Dunkeln.«

»In der Dunkelheit ist nichts, Veronica. Nichts, wovor man Angst haben müßte. Schlaf.«

»Ich kann nicht, ich kann nicht, ich hab Angst.«

Ich halte im Dunkeln ihre Hand. Das Fenster vibriert. Sie schreit auf. »Was ist das?«

»Das sind nur die Züge, die über die Hog's-Head-Brücke fahren.«

Die Züge, die Züge. Hör das einsame Pfeifen.

»Das doch nicht. Das doch nicht. Ein andres Geräusch. Was andres.«

»Es ist nichts andres da. Schlaf.«

»Aber ich hab solche Angst im Dunkeln, Cath.«

»Im Dunkeln ist nichts, Veronica. Oder doch. Im Dunkeln ist Gott. Denk daran. Das ist das einzige, was im Dunkeln ist. Denk daran, dann hast du keine Angst mehr.«

Einmal machte ich ihr einfach das Licht aus, machte das Licht aus und rannte raus und machte die Tür zu und ließ sie ganz allein da drinnen. Sie hat nicht mal geschrien. Ich weiß nicht mehr, was sie getan hatte, irgendwas Dummes, um mich zu ärgern. Ich stand draußen auf dem Flur und hielt die Türklinke fest, aber sie versuchte gar nicht rauszukommen. Ich weiß nicht wie lang. Dann bekam ich ein schlechtes Gewissen und machte auf, machte Licht und schaute mich um. Sie hockte mit gesenktem Kopf in der Ecke, umgeben von den Spielsachen, Molly, Rex, Zwiebelkopf und der spanischen Donna mit dem vollgekritzelten Gesicht. Sie weinte an der Schulter von Jo-Jo, dem Affen. Ihre Tränen durchnäßten sein blau-weiß gestreiftes Spielmannsjäckchen.

Ich liebte diese spanische Donna. Sie hatte eine schwarze Mantilla.

Ein Lied liegt in der Luft
Aber die schöne Señorita hört nicht den Ruf
Meines Lieds in der Luft.

8

Ich rufe an, um mich krank zu melden, und spreche mit Annie, erzähle ihr, daß ich mir irgendeinen Mageninfekt geholt habe. Sie ist so nett, daß ich mir ganz gemein vorkomme, als ich auflege.

»Bleib im Bett und mach's dir gemütlich«, sagt sie liebevoll. »Ich sag Mrs. Crowe Bescheid.«

Trish Allgood hat mich gestern morgen mit Stephen in meinem Auto durch die Stadt fahren gesehen. Was ist, wenn sie ins Connor's geht? Nein, sie geht nicht ins Connor's. Keiner aus der Clique geht da hin. Aber was, wenn sie jemandem was erzählt, und es kommt ihnen zu Ohren? In der Hinsicht ist Moorcop ziemlich übel. Da wäre es schwierig, ein heimliches Verhältnis zu haben, es würde nicht lange geheim bleiben. Ja, früher, da wäre mir das piepegal gewesen, ich hab mir immer einfach ein paar Tage freigenommen, wenn mir danach war. Was zum Teufel, hätte ich gesagt.

Wahrscheinlich werde ich alt.

»Was meinst du, Cathy, ist damit zu rechnen, daß Stephen bald aufsteht?« Patti schüttelt die Kaffeekanne. »Soll ich noch welchen machen?«

Es ist halb zehn. Wenn gestern ein Maßstab ist, dann wird er vermutlich wieder bis in die Puppen schlafen, wenn ich ihn nicht wecke. Ich schleiche in die Bibliothek und werfe einen Blick auf den Schlafenden, die hohe Stirn lugt unter der Decke hervor, das Haar ist auf die Seite gefallen. Weiß der Himmel, wie er morgens überhaupt zur Arbeit kommt. Irgendwie mag ich diese Verletzlichkeit eines schlafenden Mannes, so ganz ausgeliefert, ganz ahnungslos. Ich könnte mit ihm anstellen, was ich wollte. Es ist eine starke biblische Szene, Jael und Sisera, Judith und Holofernes, Samson und Dalilah, ich stehe hier mit dem Messer, um ihm das Haar abzuschneiden oder den Kopf, um den großen rostigen Nagel durch seine Schläfen zu treiben. Man wird mich vor allen Frauen preisen.

Ich schüttle ihn sachte. »Stephen!«

Ich schüttle ihn vier- oder fünfmal, jedesmal etwas stärker. »Stephen! Stephen! Aufstehen!«

Er würde einen wahrscheinlich verrückt machen, wenn man mit ihm zusammenlebte.

Endlich regen sich seine Augen, öffnen sich einen Spalt und blinzeln mich an, als leuchtete ich ihm mit einem Scheinwerfer ins Gesicht. Unwillig richtet er sich auf einem Ellbogen auf. Ein angenehmer, ein klein wenig schaler Schlafgeruch steigt von unter der Decke auf. Er ist einer dieser jungenhaften Männer, mit einem Schatten von Bartstoppeln auf den Wangen und rund um den großen, wohlgeformten Mund.

»Wie spät ist es?« fragt er.

»Nach halb zehn. Wir haben eine lange Fahrt vor uns, wenn wir fahren. Komm.«

Er wirkt schmal und blaß, als er gähnend seine sehnigen Arme streckt. Mit seinen langen, geraden Fingern reibt er sich die Augen und rubbelt sein Haar, bis es zu Berge steht. Der Duft von Pattis starkem Kaffee weht herein, und er schließt die Augen und atmet tief ein.

Er will nach Kilreevy. Ich will nach Saskya, das aus einem einzigen großen unüberwindlichen Anrufbeantworter besteht. Es ist kein großer Umweg und sowieso viel näher als Kilreevy. Würde uns eine Riesenfahrt sparen, wenn sie dort wäre. Im Grunde glaube ich nicht daran, daß sie dort sein wird, aber ich glaube sowieso nicht, daß sie irgendwo sein wird. Ich fahr nur zur Gesellschaft mit. Und eine ganze Weile geht es hin und her, Kilreevy,

Saskya, Kilreevy, Saskya, bis er schließlich sagt: »Du setzt am Ende doch immer deinen Kopf durch, stimmt's? Ich weiß schon.«

Es ist ein schöner Tag, Regen liegt in der Luft. Die Sonne funkelt auf den Pfützen in den Gräben. Russell und Patti stehen am Tor, um uns zum Abschied zu winken. Russell schiebt sein großes lächelndes Gesicht durch mein offenes Fenster. »Wenn ihr Veronica Karen findet«, sagt er, »dann vergeßt nicht, sie von uns zu grüßen.«

Ich lasse den Motor an.

»Tschüs!« rufen wir alle und winken lächelnd. »Tschüs!«

Ich spüre sein erleichtertes Aufatmen mehr, als daß ich es höre, als wir hinter der Kurve zur Straße Geschwindigkeit zulegen. Die Sonne liegt hell auf der Straße, blendend, doch irgendwo da oben ist eine große schiefergraue Wolke, so schwer und geschwollen wie ein Beutel voll Blut, und ihre dicken aufgeblasenen Backen sind mit Neonsilber gefüttert. Wir tanken voll. Diesmal bezahlt er. Ich steige aus und laß den Saft reinlaufen, der Deckel des Benzintanks hat Mucken, man muß genau wissen, wie man ihn dreht. Ich überlege, wie es um seine Finanzen steht. Wieviel soll ich zu der ganzen Geschichte beitragen? Ich meine, die Sache wird langsam teuer, wir werden später irgendwo anhalten und essen müssen. Wahrscheinlich hält er mich für reich. Es macht mich wütend, wenn die Leute glauben, Ambrose hätte mich reich gemacht. Er ist nur wegen der reichen Erbin gekommen, der Südstaatenschönheit, die auf ihrer feudalen Säulenveranda auf und ab geht, ihre Stola fester um die bloßen weißen Schultern zieht, sich mit einem Seufzer auf die Schaukel sinken läßt und sachte schaukelt, einen kleinen Fuß, einen vollkommenen kleinen Fuß in einem silbernen Schuh vorgestreckt; einsam inmitten all ihrer Reichtümer im großen leeren Haus ihres Daddys, wo sie wartet, immer nur wartet. Mein Haus, mein Schneckenhaus, mein Heim, mein Bau, mein Eckchen, meine Höhle, Gott, nimm es mir nicht weg. Bitte, Gott, nimm mir das nicht auch noch. Manchmal, mitten in der Nacht, wenn jemand gerade seine Klavierstunden aufgegeben hat und das Trinkgeld miserabel war und die Gasrechnung gekommen ist und im Radio jemand erklärt hat, daß man eine Rente haben muß, weil man sonst im Alter verhungert, schleicht sich in meinen Kopf die Angst, daß ich das Haus verlieren könnte. Gott, nimm mir nicht mein Haus. Ein paar Dachschindeln müssen ersetzt werden. Ich kann mir die Reparatur nicht leisten. Bitte, bitte, nimm mir nicht mein Haus. Ich liebe mein Haus. Robert hat die Fenster gestrichen und alle Leitungen gelegt. Wir haben das hintere Zimmer als Kinderzimmer eingerichtet, mit gelb-weißen Schubladen, in denen ordentlich gefaltet die Babysachen in den ersten zwei Größen lagen, die kleinen Strümpfchen und Schühchen, das gehäkelte Umschlagtuch, die Decken, und sachte im Luftzug vom Fenster schaukelte das Fischmobile, blau, silber und rot, glitzernd wie Christbaumkugeln, und sein Schatten drehte sich langsam an der Wand.

Ich gehe rein und bezahle.

Der schüchterne Junge mit den niedergeschlagenen Augen gibt mir mein Wechselgeld.

Doch noch nicht ganz am Ende. Nicht ganz am Boden. *Ooh, nobody knows you when you're down and out, ooh, not one penny, and my friends I haven't any...*

Stephen hat eine Sonnenbrille aufgesetzt.

Als ich ihm entgegengehe, seinem Blick hinter diesen schwarzen Blenden ausgesetzt, bin ich wieder dreizehn, dünne Beine und knochige Knie, das bin ich, schlechte Haltung und fettiges Haar, um meine Oberschenkel ein kleines Nadelstreifenröckchen mit abgewetzten Nähten. Aber wo schaut man hin? Ich meine, wo soll man hinschauen? Komm schon, Mädchen. Brust raus, Bauch rein. Heliumballon auf dem Kopf. Ich werde stolz und selbstsicher sein. Ich *bin* stolz und selbstsicher.

Im Wagen schalte ich das Radio ein und suche herum. Wir kriegen eine Oldies-Sendung rein, die ganz lustig ist, ›Tears of a Clown‹ und ›Runaway‹ und Sam Cooke und so. Manchmal erhasche ich einen flüchtigen Blick auf ihn, die langen, schlanken

Schenkel hochgezogen, die Hände ruhig, das Haar wirr. Plötzlich hat er was Exotisches, einen kühlen, schäbigen Glanz. Das macht nur die Brille. Was sind wir denn? Nur ein Paar, das gemeinsam durch die Gegend fährt. Standardausgabe. Glücklich.

Still, Herz.

Wir sind scheu heute.

Bis kurz hinter Carlisle bleiben wir auf dem Motorway, dann biegen wir ab. Da dies das gemächlichste Auto auf der Straße ist, läuft die Fahrt in einer Art Zeitlupentempo ab, bei der die Geräuschkulisse vom Pfeifen der räuberischen Maschinen geliefert wird, die an uns vorbeizischen.

»Mit meinem Wagen hätten wir das in der Hälfte der Zeit geschafft«, sagt er, jedoch ohne wirkliche Bissigkeit, und gönnt sich ein Weilchen, um ein Loblied auf seinen armen verlassenen Fiesta zu singen.

Zur Mittagszeit halten wir kurz vor der Abzweigung nach Saskya an einem tristen Café an der Straße mit feuchten Fensterscheiben und einem hohen Chromtresen, auf dem Puddingteilchen und Minipäckchen mit Keksen unter einer zerkratzten Plastikhaube liegen. Wir bestellen Suppe und Brötchen und Sandwiches, Thunfisch mit Mayonnaise für mich, Käse für ihn. In der drückenden Stille fängt er mit gedämpfter Stimme wieder davon an, daß er lieber direkt nach Kilreevy fahren würde.

»Wir könnten um halb zwei oder zwei dort sein«, sagt er nörglerisch.

»Aber wir sind doch jetzt fast da.« Die Luft ist verqualmt. Auf jedem Tisch steht eine Seidennelke in einer kleinen grünen Flasche. »Es sind nur noch ungefähr fünfzehn Kilometer, das ist doch gar nichts. Ich mein, jetzt sind wir schon mal hier. Es ist doch wirklich ein bißchen eine Fahrt ins Blaue, das mußt du zugeben, Stephen.«

Er seufzt und verdreht die Augen zur Decke, zeigt mir viel genervtes Weiß.

»Nein, wirklich«, sage ich, »wenn wir schon mal in dieser Gegend sind, müssen wir uns dieses Haus ansehen. Es soll sehr schön sein. Deshalb ist sie immer hingefahren, weißt du, nicht wegen der Religion, sondern wegen der Ästhetik, wegen des Friedens und der Ruhe.«

»Na und?« Etwas in meinem Ton hat ihn aufgebracht. »Was gibt's daran auszusetzen?«

»Was *hat* Veronica Karen denn eigentlich für eine religiöse Überzeugung?« frage ich, mich amüsiert zurücklehnend. »Glaubt sie an den Buddhismus? Oder an irgendwas Zusammengestükkeltes? Oder an das, was gerade in ist?«

»Sie hat gar keine«, antwortet er, während er ein knuspriges Brötchen mit den Fingern teilt. »Das weißt du doch. Sie hat ganz einfach diese Glaube-an-alles-Mentalität.«

»Im wesentlichen oberflächlich.«

»Nein«, widerspricht er entschieden, »das nicht. Oberflächlich ist Veronica Karen nun wirklich nicht.«

Zum Teufel mit Veronica Karen, denke ich, sag es aber nicht.

»Wie dem auch sei«, sage ich, »Kilreevy ist weit. Und worauf kannst du deine Vermutung überhaupt stützen?«

»Auf nichts«, antwortet er verdrossen.

»Auf gar nichts.«

»Dann fahr doch nach Hause«, brummt er und taucht das Brot in seine Suppe. »Fahr nach Hause oder hör auf zu quengeln, ich hab die Nase voll.«

Ich stehe auf und gehe hinaus, gehe die Straße hinunter, steige in den Wagen und fahre los. Ich möchte wissen, ob er jetzt einfach immer weitermarschieren wird, von Stadt zu Stadt, von Dorf zu Dorf wie Babouschka. Ist sie hier? Ist sie hier? Nein, er muß ja zurück, er hat am Dienstag ein Vorstellungsgespräch. Mir brennt das Gesicht, und ein Kloß bildet sich in meinem Hals. Aber was hab ich denn schon gesagt? Was hab ich getan? Gut, dann fahr ich eben nach Hause. Ich fahre bis zum Ende dieser stillen kleinen Straße in einem stillen kleinen Ort in den Vorbergen Schottlands, wo niemals etwas passiert, fahre durch eine häßliche Vorstadt, sehe das offene Land vor mir, und da fällt mir ein, daß er ja seine Sachen noch im Wagen hat, seine Reisetasche, seinen Mantel. Ich bremse ab, fahre an den Straßenrand, halte an.

Am Himmel droht eine tiefhängende schwarze Wolke. Alles ist

still. Mir ist kalt. Er braucht sieben Minuten, um mich einzuholen. Ich beobachte ihn im Rückspiegel, seinen langen, etwas schwerfälligen Schritt, das Näherkommen seines blassen, unergründlichen Gesichts mit den großen schwarzen Insektenaugen. Er hat die Brille wieder aufgesetzt, obwohl es gar nicht mehr so sonnig ist. Er kommt auf die Fahrerseite, und ich kurble das Fenster herunter. Seine Augen sind verborgen, aber er sieht verlegen aus, lächelt grimmig. »Es tut mir leid«, sagt er. »Es tut mir wirklich leid, Cathy.«

»Schon in Ordnung«, erwidere ich, ohne zu lächeln. »Steig ein.«

Er läuft vorn herum und steigt ein.

»Ich hab die Brote mitgebracht«, sagt er.

Wir essen schweigend, während wir weiterfahren.

Quengle ich wirklich so viel? Groll brodelt in meiner Brust. Jemand muß die andere Seite vertreten.

»Da«, sagt er mit ausgestrecktem Arm, »da ist die Abzweigung.«

Der Himmel verdunkelt sich, als wir in die Straße nach Saskya einbiegen. Er blickt in die Höhe und lacht. »Du hast mir da vorhin einen ganz schönen Schrecken eingejagt. Du meine Güte, hab ich gedacht, was soll ich denn jetzt tun? Am besten lauf ich ihr gleich hinterher und entschuldige mich schleunigst, sonst seh ich alt aus. Schau!«

Der Regen fällt in Strömen, prasselt auf die Straße, überflutet die Windschutzscheibe, die Scheibenwischer kommen nicht mehr nach. Wir fahren im Schneckentempo, und ich kann überhaupt nichts sehen.

»Ein tropischer Monsun!« rufe ich.

Es ist kalt. Die Heizung ist im Eimer. Es fängt an zu hageln, große Körner, die dramatisch vom Wagen abprallen wie Gewehrkugeln. Dann bricht die Sintflut über uns herein wie das Ende der Welt und schließt uns in Stille ein und das Fauchen von Gorgonen. Die Fenster um uns herum sind Wasserfälle, undurchsichtig, dampfverschleiert. Ich halte den Wagen an, und wir schauen einander an.

Ein leichtes für ihn, der sich hinter diesen dunklen Gläsern verbirgt. Sein Mund lächelt.

»Und du hättest mich glatt da draußen stehengelassen«, sagt er, die Stimme über das Tosen erhebend.

Fünf Minuten lang sitzen wir schweigend da, dem Ende der Welt preisgegeben; bis allmählich, Ton um Ton, Vogelgezwitscher wiederkehrt, und Hecken und das wirre nasse schäumende Grau der Bäume mit ihren leuchtenden grünen Wipfeln wieder sichtbar werden. Die kleine Straße hat sich in ein seichtes Bächlein verwandelt. Ich drehe den Schlüssel im Zündschloß, aber der Motor gibt nur ein Geräusch wie ein Erstickender von sich.

Ach, dieses verdammte Ding, ich glaub's nicht.

Immer wieder versuche ich es. Aus dem erstickten Röcheln wird lautes Elefantentrompeten.

Er sieht mich entsetzt, mit offenem Mund an.

»Das kenn ich schon«, sage ich.

»Das kennst du? Von diesem unfehlbaren Wagen?« Wenn ich ihn besser kennen würde, würde ich ihm eine runterhauen. »Und woran liegt's?«

Ja, wenn ich das wüßte! Es war immer nur irgendwo in der Stadt, nicht weit von zu Hause. Tim kam dann, steckte den Kopf mal kurz unter die Haube, fummelte ein bißchen, und schon war alles wieder in Ordnung. Der gute alte Tim.

»Das weiß der Himmel«, antworte ich. »Irgendwas war's, wahrscheinlich hat mir auch jemand gesagt, was, aber ich weiß es nicht mehr.«

»Wahnsinn!« sagt er und lehnt sich ärgerlich mit verschränkten Armen zurück. »Das ist mir viel zu technisch.«

»Nein, ehrlich, das ist schon seit Ewigkeiten nicht mehr passiert.« Ich drehe den Schlüssel, aber nichts.

»Na, inzwischen ist der Motor jedenfalls bestimmt abgesoffen«, stellt er milde fest. »Wir können nichts weiter tun als warten.«

Wir sitzen in der leise tickenden Blechkiste, und mir wird plötzlich bewußt, wie scheußlich und ekelhaft es hier drinnen ist; es stinkt ein wenig nach altem Obst, weil irgendwo ein paar verfaulende Apfelbutzen herumliegen, und aus dem Aschenbecher hängt der Zipfel eines Papiertuchs heraus.

»Weißt du, ich bin ja keiner, der immer gleich mit ›Ich hab's dir ja gesagt‹ kommt«, bemerkt er, »aber wenn wir meinen Wagen ...«

»Kann ich mal deine Brille aufprobieren?« frage ich, um ihn zum Schweigen zu bringen.

Er zieht einen Mundwinkel hoch. »Mein schönes kleines Auto. Mein kleiner Fiesta«, sagt er bekümmert. »Mit ihm wären wir längst da.« Er nimmt die dunkle Brille ab und reicht sie mir. Sie paßt nicht. Sie ist zu groß und rutscht mir zur Nasenspitze hinunter. Ich gebe sie zurück, und er setzt sie wieder auf. Wir bleiben sitzen, ohne was zu sagen, und sein Magen macht glucksende Geräusche. Ich versuche noch mal zu starten, aber es hat sich nichts geändert. Schließlich steigen wir aus, stehen auf der nassen Straße und schauen dumm unter die Motorhaube. Er ist so schlimm wie ich, hat keine Ahnung.

»Scheint heiß zu sein, nicht?« sage ich.

Wir stochern sinnlos herum, füllen Wasser nach, prüfen den Ölstand, schauen uns um. Hinter der Hecke ist ein braunes Feld mit graubespritzten, dicken rosa Schweinen mit lang hängenden Zitzen, die bei jeder Bewegung wie Gelatine wackeln. Sie grunzen und schnuffeln friedlich vor sich hin. Es fängt wieder zu regnen an.

»Mal sehen, ob ein Regenbogen da ist«, sage ich und drehe mich herum, den verwundeten, schizoiden Himmel abzusuchen.

Mir fällt ein, daß ich keinen Mantel mitgenommen habe. Eine Zahnbürste, ja, eine Haarbürste, mein Schminkzeug, sogar eine Jacke, aber keinen Mantel, in dem man im strömenden Regen eine Landstraße entlangmarschieren könnte. Man liest das doch manchmal. Sie verschwand einfach, ging eines Tages zur Tür hinaus, sagte niemandem ein Wort, nahm nicht einmal einen Mantel mit ... und wurde nie wieder gesehen. Immerzu verschwinden Menschen. Menschen verlöschen wie Kerzen. Ich fröstele, und wir setzen uns wieder in den Wagen. Noch einmal versuche ich zu starten, dann sagt er, er wird sich auf die Suche nach einer Tankstelle machen oder jedenfalls mal nachsehen, was die Straße runter ist, und nimmt seinen Mantel vom Rücksitz.

»Es kann eine Weile dauern«, sagt er, zieht beim Aussteigen spaßig die dunklen Augenbrauen hoch und macht sich auf den Weg.

Ich bleibe im Auto sitzen und höre Radio, während der Regen an den Fensterscheiben herunterfließt und aufs Dach prasselt, und die Schweine ab und zu naß und zufrieden grunzen. Es wird sehr kalt. Er wird nicht zurückkommen, denke ich plötzlich. Ich werde hier sitzen und warten und warten, und er wird nicht zurückkommen, und ich werde irgendwie nach Hause kommen, und es wird alles ein Traum sein. Er kam wie ein Geist aus dem Regen und ist wieder im Regen verschwunden, ein Geist. Und eines Tages werde ich zufällig jemanden treffen, und der wird sagen: Stephen Openshaw? Wußtest du das nicht? Er ist im Januar gestorben. Auf den Tag genau sechs Monate, bevor er vor meiner Tür stand.

Nur weil ich nichts Besseres zu tun habe, drehe ich noch einmal den Zündschlüssel. Der Motor springt sofort an. Wir sind wieder im Geschäft. Ich schalte in den zweiten, er schnurrt wie eine Nähmaschine. Ich lache. Im Radio singen die Animals ›House of the Rising Sun‹, und die Sonne leuchtet in einer dunklen Himmelsschlucht auf und scheint durch den Regen. Drei oder vier Kilometer weiter hole ich ihn ein, tapfer voranschreitend, den Kopf gegen den Regenguß gesenkt.

»Was hast du gemacht?« fragt er beim Einsteigen. Er ist klatschnaß, er fröstelt, schüttelt sich wie ein Hund und hüllt das Wageninnere in einen feinen Dunst unzeitgemäßen Winters.

»Ich hab einfach den Schlüssel umgedreht.«

»Na prima. Ich bin naß bis auf die Haut.« Das Wasser tropft an ihm herunter. Er zieht mühsam den Mantel aus und wischt sich das Gesicht mit dem Futter. An der zerschlissenen Seide sieht man, wie alt er ist. Ich fahre schnell für meine Verhältnisse, sause um Kurven, die schmale Landstraße entlang, dem Regen voraus. Die nassen Hecken glänzen, und der Himmel ist eine leuchtende, an den Rändern dunkel gesäumte Pracht. Natürlich ist es viel weiter, als ich dachte, aber er sagt nichts. Als wir das Haus endlich finden, ist es fast zwei. Wir folgen einer hohen, gebogenen Mauer bis zu einem Tor, hoch und verschnörkelt, hinter dem wir ein kleines achteckiges Pförtnerhäuschen sehen, sehr hübsch, vorn ganz von Kletterrosen überwuchert, diesen kleinen wilden blutroten Rosen, die in Großmamas Garten in Shugden wuchsen. Veronica behauptete einmal, eine von ihnen hätte sie gebissen. Wir steigen aus und läuten am Pförtnerhäuschen, aber es rührt sich nichts.

»Nicht schlecht, das Haus«, sagt Stephen.

Nicht schlecht ist eine Untertreibung. Das Tor ist nicht abgesperrt; wir öffnen es, fahren hindurch, schließen es gewissenhaft hinter uns. Wir lassen den Wagen auf einem gekiesten Parkplatz links von einem langen Weg, der über eine Brücke über einen schilfbewachsenen Burggraben führt. Bläßhühner und Moschusenten schwimmen auf seinem seidig schwarzen, heiter dahinfließenden Wasser oder stehen einbeinig an seinen Ufern und putzen ihr Gefieder. Die gepflegte Rasenfläche auf der anderen Seite des Grabens ist von Rabatten üppig wuchernder Kapuzinerkresse und staubblauer Glockenblumen eingefaßt. Das Haus selbst ist ein altes H-förmiges Herrenhaus mit steilen Dächern und gestuften Giebeln. Es hat zwei gezinnte Querflügel mit dicken Mauern und hoch oben eingelassenen, kleinen Fenstern. Willie o' the Side wurde an einer dieser Zinnen aufgeknüpft, wenn es ihn denn gab. In der Mitte des Rasens steht ein rundes Taubenhaus, aber Tauben sind nirgends zu sehen, und über der Haustür ist ein großes bemaltes Schild, ein Mandala in Rot- und Orangetönen, die sich leuchtend vom grauen Stein abheben. Es ist irgendwie ein ungemein liebenswertes Haus, mit einer Ausstrahlung wie ein Mensch, in den man sich verlieben und den man zu beschützen wünschen könnte. Ich möchte es haben. Ich möchte ganz allein in diesem Haus leben, bis ich sterbe, ich allein mit den Bläßhühnern und den Moschusenten.

Wir bleiben auf der Brücke stehen und sehen zu den Seerosen hinunter. »Das ist wirklich ein phantastisches Haus«, sagt er. Sein Haar ist ganz durcheinander, noch feucht vom Regen. Die schwarzen Insektenaugen seiner Sonnenbrille blitzen mich an. »Wie eine Filmkulisse. Was meinst du, wie alt es ist?«

»Keine Ahnung. Fünfzehntes Jahrhundert?«

»Früher. Ist das nicht schrecklich?« Sachte Verwunderung liegt in seinem Ton. »Die ganze Welt ist eine Filmkulisse. Es muß etwa vierzehntes sein. Sie haben ziemlich früh aufgehört, so zu bauen. Vierzehntes, frühes fünfzehntes Jahrhundert.«

Es gefällt mir, wie er sich in diesen Dingen auskennt. Wenn es nicht nur Bluff ist, natürlich. In diesem Fall würde ich es nicht merken.

Er geht mir voraus über den mit Gänseblümchen gesprenkelten Rasen. Seine Jeans sind von den Knien abwärts, wo sie naß geworden sind, dunkler.

»Ja«, sagt er eifrig, »siehst du die gestuften Giebel? Schau!« Wir gehen durch einen gewölbten Torgang, kühler Schatten und Kopfsteine, in einen Hof. Nach hinten hinaus sind Bäume und Felder. Die dunklen, bleiverglasten Fenster beobachten uns. Hier müßten Pferde sein und Pferdemist, ein Stallknecht, gackernde Hühner, Farbe, Lichter, Action! Aber es ist still, und wir sehen keinen Menschen. Wieso soll Veronica Karen so einen Ort haben, an den sie sich flüchten kann? *Ich* hatte nie einen Ort, an den ich mich flüchten konnte. Hat das ganz schön für sich behalten, die Gute.

Auf den Feldern sind Leute. Ganz in der Nähe ist ein Gemüsegarten, wo ein hippiehafter junger Mann mit langem blonden Haar und einem zottigen alten Pulli mit träumerisch versunkener Miene harkt und dabei unablässig eine seltsam vertraute kleine Melodie, die ich nicht unterbringen kann, vor sich hin pfeift, langsam und traurig, scheinbar endlos und kinderliedschlicht. Niemand bemerkt uns. Die Leute auf den Feldern sind zu weit weg, der junge Mann so friedlich und so ganz vertieft in seine Arbeit und sein Pfeifen, daß man ihn nicht stören möchte in seiner Gedankenverlorenheit. Wir beschließen, unser Glück im Haus zu versuchen. Im vorderen Hof ist ein großer, grobschlächtig wirkender Mann in zerknittertem weißen Hemd und alter schwarzer Hose gerade dabei, eine Schüssel schäumendes Wasser in einen Abfluß zu gießen. Ein Fleck grünen Krauts fällt an der Mauer herab in die schmutzige Grube, und seine Stengel wehen sachte wie die Haare einer Seejungfrau oder eines Ertrunkenen. Der Mann hebt den Kopf und sieht uns, starrt mich einen Moment lang mit scharfem Blick an, dann läuft er auf uns zu, kommt viel zu nahe, stößt mir sein großes, begieriges Gesicht wie einen Schnabel entgegen, so daß ich einen kleinen Schrekken bekomme.

»Veronica Karen!« ruft er, undeutlich infolge einer Sprachstörung; es klingt, als wäre seine Nase mit Watte verstopft. Er ruft ihren Namen so laut, daß er von den Sprossenfenstern und den hohen Steinmauern zu uns zurückgeworfen wird. Ich weiche ein wenig zurück.

Stephen steht groß an meiner Seite. »Nein«, sagt er leise, »sie ist nicht Veronica Karen. Das ist Veronica Karens Schwester.«

Der Mund des Mannes ist schlaff und feucht, seine Augen sind rund und unbewegt. Er starrt und starrt mir ins Gesicht.

Wir selbst konnten es nie sehen, aber andere behaupteten immer: »Ihr seid einander *so* ähnlich. *So* ähnlich. Ein Blinder könnte sehen, daß ihr Schwestern seid.«

»Ist sie hier?« frage ich ihn, aber er gibt durch nichts zu erkennen, ob er mich überhaupt gehört hat.

»Ist Veronica Karen hier?«

Ein hochgewachsener Mönch in safrangelbem Gewand mit geschorenem Kopf und einer Brille, elegant trotz des Wollpullovers und der schweren Stiefel, durchquert den Hof. Wir folgen ihm, und der Mann im weißen Hemd folgt uns, die blaue Spülschüssel im Arm haltend wie ein Blumenverkäufer. Wir treten hinter dem Mönch durch eine grüne Tür, der Mann im weißen Hemd bleibt draußen. Auf einem Holztisch liegt ein Gästebuch; der Mönch verschwindet wie das Weiße Kaninchen in den Tiefen eines düsteren, an eine Schule erinnernden Korridors. Wo sind die Menschen? Draußen auf den Feldern? Irgendwo beim Meditieren? Ich habe diese Melodie im Ohr; die, die der Junge draußen gepfiffen hat, ich kenne sie und kenne sie doch nicht. Warum ist das Innere des Hauses so ein Schock? Weil, wenn man hier drinnen ist, das Äußere ebensogut gar nicht existieren könnte. Man könnte sich in einem Amtsgebäude oder einer

Bank befinden, wäre nicht der ferne Geruch nach Schulessen. Ich verstehe das nicht. Wir gehen durch den Korridor, kommen an einer mit Linoleum ausgelegten Treppe vorüber, biegen um eine Ecke und stoßen auf eine Nische, in der ein kleiner Buddha mit einer entblößten Brust in heiterer Gelassenheit auf seinem Lotus sitzt. Schnittblumen in Schalen und Vasen umgeben ihn.

»Er ist ganz schön, nicht?« bemerke ich.

Sie sind zu steif auf Draht gedreht, die Zinnien. Sie sind allerdings auch schwierig, ich krieg sie nie richtig hin. Sie hätten mein Sommerblumenpotpourri auf dem glänzenden Tisch am Fuß der großen Treppe im Rathaus sehen sollen, Lilien, Goldrute, Rittersporn, Phlox. Wir betrachten eine Weile den Buddha und seine Blumen, dann gehen wir weiter und hören von irgendwoher Gelächter und Stimmen. Der Korridor erweitert sich zu einem quadratischen Raum mit schmutzigen alten Bildern an den Wänden, die Segelschiffe zeigen und menschenwimmelnde Kais und zarte, schattenhafte Landschaften mit buschigen Bäumen und weiten Himmeln und zwergenhaft winzigen Menschen. Und mittendrin verblüffenderweise ein kleines abstraktes Gemälde, nur ein weißer Punkt auf schwarzem Grund, an das ich herantrete, um es einen Moment zu betrachten. Es erinnert mich an das, wovor ich weggelaufen bin, mein Schicksal, in den weißen Punkt zu springen und mich diesem Strudel zu überlassen, mich von ihm tragen zu lassen, wohin er will. Ich bin ja verrückt, daß ich hierhergekommen bin. Ich muß zurück zu dem Abgrund, an dem ich gestanden habe. Es erinnert mich daran, daß dies alles nur Illusion ist, ich und er und schöne mittelalterliche Herrenhäuser, nur Fassade und keine Seele. Alles, was ich je hatte, durfte ich nicht behalten, und nichts werde ich je behalten dürfen. Nicht einmal mein Leben. Die Angst trifft mich wie ein Schlag, plötzlich, macht mich zum Feigling, durchtränkt mich wie eisiges Wasser, das mir den Rücken hinunterläuft, pfeift mir durch die Zähne. Meine Zehen krümmen sich. Es ist nur Angst, nur Angst, weiter nichts, genau wie all die anderen Male. Selbstmord ist, ihr entgegenzuspringen, während sie noch auf dich zu rast wie der Boden eines bodenlosen Schachts, unwiderstehlich wie Schlaf nach langer Anstrengung. Soviel Mühe, sagte die freundliche Hebamme. Hier, nehmen Sie Ihr Kind in den Arm. Halten Sie Ihr Kind einfach ein Weilchen im Arm, Darling.

Da. Sein kleiner dunkler Kopf.

»Ich geh raus«, sage ich.

»Was?« Stephen wendet sich erstaunt von dem Segelschiff ab, ein Gesicht wie jemand, der in einem Museum belästigt wird.

»Dieses Haus«, sage ich und sehe mich fröstelnd um. »Ich würde es nicht mit einem Haufen fremder Leute teilen wollen. Sie ist nicht hier. Ich weiß es. Ich fühle es.«

Er verdreht wieder mal die Augen. »Lieber Gott«, sagt er und geht weiter.

»Ich geh raus«, rufe ich ihm nach. »Ich brauch frische Luft, ich warte draußen. Du sagst es mir, wenn du sie findest.«

Er dreht sich um, aber ich warte nicht, winke ihm nur weiterzugehen und laufe zurück, renne, hetze durch die Korridore, oh, meine Ohren und Schnurrhaare, schwebend wie ein Gespenst, bis ich wieder draußen bin im vierzehnten Jahrhundert und diese süße Luft des vierzehnten Jahrhunderts atme, Rauch, Laub, kommender Regen, saftiges Gras. Meine Zähne schlagen aufeinander. Ich wünschte, ich hätte eine Gewißheit, nur eine. Nie in meinem Leben hatte ich eine, und jetzt ist es wahrscheinlich zu spät, damit anzufangen. Nie hatte ich weniger Gewißheit als dann, wenn der Tod um die Ecke wartete. Der Tod wartet immer um die Ecke. Und, soll man nicht entsprechend leben? Ich tue es seit Jahren. Und genützt hat's mir gar nichts. Egal, wie ich mir immer wieder sage, das alles ist zusätzliche Zeit, das Vorzimmer des Todes. Hör auf, dich zu fürchten, und mach einfach weiter mit dem Weitermachen, wie mal jemand sagte. Warte ab, was geschieht. Ülkiger und ülkiger, sagte Alice. Ich atme diese Luft des vierzehnten Jahrhunderts ein, hole immer wieder tief Atem, bis ich ruhig geworden bin und aus dem Hof hinausgehen kann, über die schöne Rasenfläche, auf die kleine Brücke über dem Graben, wo ich den Elritzen zusehe, die sich unten unter den Seerosen tummeln. Ich pfeife diese Melodie, rauf und runter, rauf und runter wie eine Tonleiter. ›Puer Nobis‹, sechzehntes

Jahrhundert. Unser Knabe. Ich habe es früher auf dem Klavier gespielt, aus dem ›Oxford Book of Carols‹, vor langer Zeit: Uns ist ein Knabe geboren.

Ein schmaler Pfad führt abseits zu einem niedrigen Wäldchen seitlich vom Haus, und ich folge ihm durch die Bäume, bis ich zu einer grauen Mauer komme, wo ein steinerner Zauntritt zu einer langen Wiese hinüberführt, die sich an Haus und Anwesen anschließt. Ein einsamer Baum, Holunder, denke ich, wirft seinen Schatten über einen Holzschuppen, einen Hühnerstall und ein langes Drahtgehege für die Hühner. Lange sitze ich auf dem Zauntritt und singe rauf und runter, rauf und runter: »Uns ist ein Knabe geboren, uns ist ein Knabe geboren, uns ist ein Knabe geboren«, bis eine hypnotische Ruhe über mich kommt, ich gereinigt bin und still.

Ich höre Schritte und fahre zusammen. Es ist der Mann mit dem weißen Hemd und der Sprachbehinderung. Er steht so still in den Bäumen und beobachtet mich so unverwandt, daß es für mich etwas Übernatürliches bekommt.

»Hallo«, sage ich.

Er nickt. Ich vermute, er ist noch ziemlich jung, nicht viel älter als dreißig. Er hat seine fünf Sinne nicht ganz beisammen, das sieht man mit einem Blick. »Ich hab gedacht, Sie wären Veronica Karen«, sagt er, den Mund voller Klebstoff.

»Nein.« Ich schüttle den Kopf. »Veronica Karen ist meine kleine Schwester.« Warum habe ich das gesagt? Nie habe ich sie so genannt, zumindest nicht mehr, seit ich vielleicht sechs Jahre alt war. Er klettert auf die Mauer und setzt sich ungefähr einen Meter von mir entfernt.

»Sie ist meine Freundin«, sagt er. Ich *glaube*, daß er das sagt.

Ich schaue ihn an. Seine Hände sind groß und schwielig, schmutzverkrustet. Es könnte stimmen. Es könnte vielleicht stimmen.

»Tatsächlich?« frage ich vorsichtig.

»Sie ist meine Freundin.«

»Oh.«

Er sieht mich jetzt nicht mehr an, und der Blick seiner blauen

Augen ist leicht beunruhigt, während er in dieser und jener Richtung über die Wiese schweift. Dann sagt er – ich glaube, er sagt – »Ihre Schwester?«

»Ja.«

Er springt in die Wiese hinunter. Knietief in hohem Kreuzkraut und Wiesenkerbel steht er da, ein großer, schwerer Mann, und neigt sich mir ein wenig zu. »Ich zeig Ihnen was«, sagt er.

Ich weiche zurück. »Nein, danke«, entgegne ich kurz. »Ich muß jetzt gehen.«

Er lacht hoch und kindlich und gackert dabei ein wenig wie ein Halbwüchsiger. In den Winkeln seines Mundes steht Speichel. »Sie werden schon sehen«, sagt er. »Es ist was von Veronica Karen. Kommen Sie.«

»Was denn?«

»Kommen Sie!«

Er weist mit dem Kopf zu dem einsamen Baum, dem Schuppen, dem Hühnerstall.

»Was denn?« frage ich wieder und stehe unsicher auf. »Sagen Sie mir erst, was es ist.«

»Es gehört Veronica Karen.« Sein Ton ist neckend und plump vertraulich.

Etwas, das Veronica Karen gehört? Was? Irgendein Erbstück der Familie? Ein Abschiedsbrief? Hier ist dein nächster Hinweis. Was hat er von ihr? Mir gefällt diese Geschichte nicht. Er hat sie natürlich umgebracht. Er ist ein Verrückter, schwachsinnig, Quasimodo, Boo Radley, Lennie aus ›Von Mäusen und Menschen‹, der Mondsüchtige mit den irren Augen aus ›Das Kabinett des Dr. Caligari‹. Er hat sie aus enttäuschter Leidenschaft getötet und unter dem Hühnerhaus verscharrt, und jetzt will er mir ihren Fingerknöchel oder so was zeigen. Oder ihren Ohrring.

Er geht los, quer über die Wiese, schaut einmal zurück und winkt mir mit dem Arm. Ich schaue von links nach rechts, dann klettere ich vom Zauntritt hinunter und folge ihm. Die alte, abgewetzte schwarze Hose schlottert ihm um Gesäß und Knie. An der offenen Tür des Schuppens wartet er auf mich. Die Hühner sind draußen in ihrem Gehege, picken und stolzieren kopfnickend herum wie die Tauben unter dem Dachvorsprung, wenn wir auf dem Speicher unseres alten Hauses in Shugden spielten, und ein stolzer Gockel schüttelt bei jedem Stelzschritt geziert seine Füße.

»Haben Sie hier Ärger mit Füchsen?« frage ich näherkommend.

Oben auf dem Baum hockt eine dicke weiße Henne, ohne der Welt Beachtung zu schenken, wie eine alte Frau in einem Bus.

Er antwortet nicht, sondern geht in den Schuppen hinein. Ich bleibe an der Tür stehen und beuge mich ein wenig vor, um zu sehen, was es zu sehen gibt. Drinnen steht ein Tisch und eine sehr alte Kommode, die blau gestrichen ist. Er zieht eine Schublade auf und nimmt sich einen Moment Zeit, um irgend etwas behutsam zwischen seinen kräftigen Fingern hindurchrieseln zu lassen, etwas wie Sand, nein, es sind irgendwelche Körner, für die Hühner. Dann zieht er die Schublade weiter heraus und holt von ganz hinten einen gelben Kodak-Umschlag.

Fotos.

Mit einem verschämten Lächeln schlägt er ihn auf und reicht mir das erste Bild. Unscharf. Veronica Karen von vorn, mit runden Wangen, kastanienbraunem Haar, umschatteten Augen, nicht unbedingt lächelnd, aber mit gewinnendem Blick. Ein Blick, den ich kenne, der mich immer geärgert hat, der sagt: Hey, es macht wirklich Spaß, mich näher zu kennen, ich bin so interessant und wirklich was Besonderes und so weit erhaben über euch alle.

Ich habe die Nase so voll von Veronica Karen.

»Das hat sie Ihnen geschenkt?« frage ich überrascht. Ich habe das Bild noch nie gesehen.

»Sie ist meine Freundin.« Er lächelt wieder und reicht mir ein zweites Bild. Ach, du lieber Gott. Ihre großen runden weißen Titten voll in der Linse. Sie hält sie hochgeschoben, bietet sie dar wie ein aufdringlicher Obstverkäufer, nun mach schon, Schätzchen, was Besseres kriegst du nirgends, so schön saftig, komm schon. Ihr Blick ist frech und ironisch und amüsiert. Er reicht mir noch eines und noch eines. Veronica Karen mit hochgestrecktem weißen Hintern, schwarzen hochhackigen Pumps und sonst nichts. Wer steht hinter der Kamera? Frank? Irgendein schmieriger Lustmolch mit einem Hängebauch? Sie ist weich und fleischig und schlank, sie weiß genau, was sie tut, und sie ist nicht schüchtern, nicht einmal auf diesem hier, wo sie dem Betrachter ihre Möse ins Gesicht hält, die Schamlippen mit zierlichen Fingern gespreizt.

Es macht ihr Spaß. Sie *genießt* es.

Mein Gesicht ist heiß. Ich sehe ihn an, aber er ist unschuldig in seiner Lüsternheit, ein kichernder kleiner Junge.

»Die hat sie Ihnen geschenkt?« frage ich.

»Ja.« Er nickt stolz.

»Wirklich?«

Er wippt auf einem Fuß auf und nieder, umschlingt mit einem massigen Arm hungrig den anderen und lächelt mit seinen schlaffen Lippen, ohne daß die Speicheltröpfchen in ihren Winkeln sich lösen. Ich betrachte ihn und denke: Veronica Karen, wie konntest du? Wie konntest du das tun? Ich schiebe die Fotos zusammen und gebe sie zurück. »Haben Sie die sonst noch jemandem gezeigt?« frage ich.

»Nein, nein!« Er lacht und wippt auf und nieder. »Nein, nein. Da gäb's Ärger.« Und er lacht und lacht mit blitzenden Augen, während er die Bilder wieder in den Kodak-Umschlag schiebt und ganz hinten in der Schublade verstaut. Es kommt jemand. Stephen, der mit mürrischer Miene durch die Wiese stapft. Ich erwache und sehe ihn wie einen Fremden.

»Da bist du!« sagt er. »Ich hab dich gesucht.«

»Er hat mir die Hühner gezeigt«, sage ich im Hinausgehen. Der Mann im weißen Hemd kommt mit, und zu dritt stehen wir da und schauen hinunter zu den gackernden, pickenden, scharrenden Vögeln unter dem Baum. Aus dem Haus dröhnt es wie ein Gongschlag.

»Was ist das?« fragt Stephen. »Teezeit?«

Darüber muß der Mann lachen, schrill, brüchig, unbeherrscht. Wir gehen, während er die Schuppentür zumacht und dann den Baum schüttelt, um die dicke weiße Henne runterzuholen.

9

Sie ist natürlich nicht hier.

Zuletzt war sie vor fünf Jahren hier, ging aber im beiderseitigen Einverständnis, weil sie, einer Frau zufolge, mit der er sich unterhalten hat, heimlich weiter getrunken und geraucht hat. Wir stehen auf der Brücke, das Haus hinter uns ein Gesicht, das uns beobachtet.

»Ich wußte, daß sie nicht hier sein würde«, bemerkt er. Es drängt ihn zu sagen, ich hab's dir ja gesagt, aber er läßt es bei dieser Bemerkung bewenden.

»Ha!« lache ich ohne Erheiterung. »Ich wußte doch, daß sie nicht lange clean bleiben kann. Es ist ein Wunder, daß sie sich in einem Haus wie diesem auch nur ein paar Tage gehalten hat.«

»Du weißt doch, wie sie ist«, sagt er und sieht mich an, gedrückt und müde. »Sie hat sich für ihre Verhältnisse ganz normal benommen.« Dann wendet er sich ab und geht abrupt davon, aber nicht zum Wagen. Er überquert den Rasen und verschwindet durch ein offenes Tor in der hohen Außenmauer. Ich warte einen Moment, dann folge ich ihm. Das Tor führt auf eine steinige Uferböschung, von der sich Bäume zu dem kleinen Fluß hinunterneigen, der durch Saskya fließt und weiter die flache felsige Schlucht hinunter. Rasch geht er die Böschung entlang, den Kopf gesenkt, den Blick auf seine Füße gerichtet; als er eine Stelle erreicht, wo der Fluß sich zu einem großen tiefen Becken weitet, das von einem üppigen Wasserfall gespeist wird, hält er an, setzt sich auf einem Felsen nieder und starrt auf das Wasser hinaus.

Oh, ein Trübsalbläser. Hab ich irgendwas gesagt? War es vielleicht mein Ton? Muß ziemlich naß sein, da auf dem Felsen, und das Gras ist auch naß, er wird nachher triefen. Ich werde ihm ein paar Minuten geben. Ich lehne mich an die Mauer und betrachte das Haus. Zwei Tauben haben sich pickend auf dem Rasen niedergelassen. Veronica Karen muß wahnsinnig gewesen sein, sich einzubilden, sie könnte Buddhistin werden. Ich wette, sie hat im Grunde überhaupt nichts darüber gewußt; ich wette, nur das Drumherum hat sie gelockt, die Vorstellung davon. Sie konnte doch nie ohne irgendwelche Drogen leben. Lettie war mal aus Irland da; sie erzählte mir, daß Veronica Karen eine Weile bei ihr drüben gewesen war und ihr der Stoff ausging; danach hat sie ihre Zeit nur noch damit zugebracht, am Berghang zu grasen wie eine Kuh, immer in der Hoffnung, Rauschpilze zu finden. Sie sagte, sie hätte sie vom Hinterfenster aus beobachtet, wie sie sich Schritt für Schritt den Berg hinunterarbeitete, ohne einen Zentimeter auszulassen. Sie käme nie ohne Drogen aus, und wenn's um ihr Leben ginge. Ich sehe dauernd diese Fotos vor mir. Veronica Karen in dieser absoluten Schamlosigkeit. Kunst? Daß ich nicht lache! Würde mich interessieren, ob sie es für Geld getan hat? Soll ich es ihm erzählen? Soll ich?

Nein.

Ich gebe ihm zehn Minuten, dann stapfe ich durch das hohe Gras abwärts und mache mir dabei die Beine bis zu den Knien naß. Nicht zu nah bleibe ich stehen. Diese Stelle hier ist wunderschön, ganz eingehüllt vom verschämt hängenden Orange von Montbretien. Er sieht auf, mit einem eigenartigen, kläräugigen, taxierenden Blick, kühl, aber nicht unfreundlich.

»Du bist bestimmt patschnaß«, sage ich.

»Macht nichts.« Er sieht weg. »Ich war sowieso schon naß, ein bißchen mehr spielt da keine Rolle.«

Wir müssen laut sprechen, um das Gurgeln des Wassers zu übertönen. Er sagt etwas, das ich nicht mitbekomme, und ich krümme eine Hand um mein Ohr.

»Sie hat von diesem Fluß erzählt«, ruft er über das Rauschen des Wassers hinweg. »Immer wenn sie hierher gefahren ist, hat sie einen großen Beutel Gras mitgenommen, so viel, daß es ihr für den ganzen Aufenthalt reichte, und dann ist sie losgezogen und hat es irgendwo auf einer Wiese oder am Fluß geraucht. Das hat sie mir erzählt.« Er neigt sich näher, spricht in trockenen, ärgerlichen Stößen. »Vor fünf Jahren. Da muß sie gerade erfahren haben, daß sie positiv ist. Sie ist wahrscheinlich der Ruhe wegen hierher gefahren. Um damit klarzukommen. Sie muß verzweifelt gewesen sein. Keiner wußte was. Nicht mal ich wußte es damals. Sie hat es ganz für sich behalten.« Sein Gesicht verdunkelt sich zornig. »Weißt du, was mich an diesen Einrichtungen nervt, daß sie in Wirklichkeit gar nicht für normale Menschen gedacht sind. Sie verlangen gottverdammte Perfektion.«

Plötzlich habe ich ein Bild von Veronica Karen vor mir, wie sie da im Foyer sitzt, in dieser rauchfreien Zone ihre Zigarette raucht, stolz, ihren Blicken trotzend. Sie hat ihre Wimperntusche verschmiert, zum Beweis, daß sie eine leidende Schönheit ist, nichts allzu dick Aufgetragenes, gerade das richtige Maß, um die Tiefe ihrer Gefühle, die Tiefe ihrer Seele zu zeigen. Ich bin vielleicht nicht rein, sagt ihr Blick, ich habe vielleicht nicht, was ihr habt, aber Herrgott noch mal, bin ich nicht interessant? Bin ich nicht weit interessanter als ihr alle zusammen! *Regel*-Reiter! Ha, ich lache über Regeln. Die Prinzessin Verona kann über Regeln nur lachen. Die Prinzessin Verona bringt dem Radscha auf seinem Thron Geschenke dar, dem weißen Ambrose, der hingegossen auf dem Fenstersims auf dem Speicher liegt. Wo ich den Schatten eines Mannes mit Zylinder gesehen habe, ja, wirklich, ich weiß es genau. Sag mal, wofür hältst du dich eigentlich, Veronica Karen? Du warst vielleicht die Prinzessin Verona, aber wer hat die Spiele erfunden? *Ich, ich* habe die Spiele erfunden. Ich war jeder von ihnen, die Prinzessin Verona, der Radscha, Tabitha, Annabel, Little Girl Green, Mamie und Rowena und Lorna Lamorna und der Riese Killyloo und Jem, der Zigeunerjunge und auch die boshafte Edle Doolily. Wenn du mich nicht gehabt hättest, Veronica, was hättest *du* getan? Wenn keiner dagewesen wäre, dir Welten zu erfinden?

»Man muß sich seiner Umgebung eben anpassen«, sage ich

leichthin. »Wenn man in so einem Haus hier leben will, muß man die Gegebenheiten akzeptieren. Aber du kennst ja Veronica Karen. Immer muß sie eine Extrawurst haben. Was hätten die hier tun sollen, Ausnahmen machen für sie? Aber natürlich, Veronica Karen, zieh ruhig los und laß dich jeden Abend volllaufen. Und reiß auch gleich ein paar Kerle auf, hm? Bring sie ruhig mit hierher, dann machen wir eine kleine Fete. Vergiß die Drogen nicht. Dekorier den Buddha mit ein paar Luftschlangen. Benutz seine Hand als Aschenbecher. Warum denn nicht?«

Er springt auf und stellt sich vor mich hin. »Ich kann's nicht glauben«, schreit er mich an. »Weißt du, was dein Problem ist? Du mußt sie niedermachen, weil sie nicht so ist wie du. Ihr beide, ihr macht mich wahnsinnig. Warum seid ihr so ekelhaft? Ihr seid doch Schwestern, Herrgott noch mal. Warum läßt keine ein gutes Haar an der anderen? Warum läßt du kein gutes Haar an *ihr*? Sie hat nie gehabt, was du hattest. Du warst diejenige, die alles hatte. Du warst diejenige, der sie nie das Wasser reichen konnte.«

Diese Ungerechtigkeit macht mich rasend. »Ich!« schreie ich. »Ich? Ich lasse kein gutes Haar an *ihr*? *Ich* hatte alles? Was hatte *ich* denn? Was zum Teufel hatte ich denn?«

»Das will ich dir sagen.« Er schiebt sein blasses, knochiges Gesicht nahe an das meine. »Du hattest das Talent. Du hattest die Karriere. Du hattest den Erfolg. Du hattest die dauerhafte Beziehung. Du hattest das –« Er wollte sagen, das Kind, aber er bricht ab, tritt zurück, und hastig zwinkernd vor Verlegenheit über seine schreckliche Taktlosigkeit murmelt er irgendwas und rennt davon.

Der Regen naht wieder, man kann ihn riechen, man kann es daran sehen, wie die Gräser in Hab-acht-Stellung stehen und die Blätter an den Bäumen zittern. Ich stehe an den Wagen gelehnt und betrachte das schöne Haus, das niemals mir gehören wird. Liebenswürdig und besänftigend blickt es mich an. Was glaubte sie denn, als sie hierherkam? Daß ihr etwas offenbart werden würde, daß ihr eine Kraft verliehen werden würde, mit dem drohenden Schicksal fertigzuwerden? Über den Rasen geht der hippiehafte junge Mann, der im Garten gepfiffen hat. Er pfeift immer noch, immer noch die eigenartige, langsame, vertraute kleine Kinderliedmelodie, ›Puer Nobis‹. Er hat ein merkwürdiges weißes kleines Gesicht und Haar wie gesponnenes Gold, wie eine Märchenprinzessin, und sein Pullover hängt ihm schlaff um die Knie, ein langes, selbstgestricktes, zotteliges Ding in vielen Farben, elegant getragen wie eine Schleppe.

»Du solltest es irgendwann mal malen, Cathy«, sagt Stephen tonlos, den Blick auf das Haus gerichtet. »Du könntest es.«

Die Luft erstarrt.

»Mir ist kalt«, sagt er. Er setzt sich in den Wagen, zusammengekauert auf dem engen kleinen Platz auf der Mitfahrerseite. Ich steige ebenfalls ein. »Mir ist eiskalt«, fährt er fort. »Ich brauch ein schönes warmes Feuer, um trocken zu werden. Ich brauch eine Tasse Tee. *Und* ich hab Hunger. Wir müssen ja total verrückt gewesen sein, bis hier rauf zu fahren.«

Ich lenke den Wagen auf die Landstraße hinaus.

»Wahrscheinlich hab ich mir was geholt«, murmelt er.

Ich fahre schnell. Mein kleines Auto klappert. Ich vermute, wir fahren jetzt nach Kilreevy, wir müssen wohl, da wir nun schon mal so weit gefahren sind. Das ist kein Spaß. Ich kann nicht sprechen, es geht mir miserabel, ich schaue nur stur geradeaus. Ich würde nach Hause fahren, wenn ich könnte. Ärgerlich schalte ich runter, als ein Traktor von einem Feld kommend vor uns auf die Straße fährt, und Kilometer um Kilometer kriechen wir wütend hinter ihm her. Ab und zu seufzt er. Wissen Sie, mich läßt das kalt, ich sollte mich in dieses ganze Zeug nicht mehr reinziehen lassen, in dieses Leiden. Ich muß mich raushalten. Noch ein Schlag, und ich bin am Boden. Eigentlich sollte ich nicht mal hier sein.

»Weißt du was«, sage ich beschwichtigend, »wir suchen uns jetzt ein Pub und setzen uns ein Weilchen hin, bis du wieder trocken bist und –«

»Ein Pub!« ruft er, als hätte ich vorgeschlagen, mal eben einen

Abstecher ins Spielkasino zu machen. »Hier draußen? Hier gibt's garantiert nirgends ein Pub.«

Dann geh doch zum Teufel. Ich wollte ja nur nett sein.

Endlich überholen wir den Traktor. Mein Auto wird munter, wahrscheinlich durch das ungewohnte Überholen, und schnurrt enthusiastisch dahin, bis wir dichter bevölkerte Gegenden erreichen. Das wellige grüne Land ist mit kleinen Ortschaften gesprenkelt, konturlose Allerweltsorte mit Wohnsiedlungscharakter, die hier und dort wie braune Pickel aufplatzen. Ich kann mir nicht vorstellen, was die Leute hier den ganzen Tag tun. In einem solchen Ort steigen wir aus und gehen ein Stück zu Fuß. Er zittert an seinem ganzen dünnen Körper. In einem Hotel finden wir eine Bar, die geöffnet ist, aber zu essen gibt es noch nichts außer Chips und Nüssen. Wir bleiben deshalb nur auf ein Glas, lange genug für ihn, um sich aufzuwärmen. Wir sind hier die einzigen außer dem Barkeeper und einem mürrischen jungen Mädchen, das eine Zeitschrift liest, und die Stille ist so tief, daß es wie eine Explosion klingt, als wir unsere Chipsbeutel öffnen.

Unwillkürlich flüstern wir mit zusammengesteckten Köpfen.

»Wir müssen überlegen, wie wir's heute abend machen wollen«, sagt er und sieht mir zum erstenmal seit langem in die Augen. »Was wollen wir tun?«

Dauernd stellt er mir diese Fragen, als müßte ich es wissen, als wäre das alles nicht seine Idee gewesen.

»Laß uns erst mal was essen.«

»Ich meine«, sagt er, »willst du versuchen, heute nacht noch zurückzufahren? Wenn wir in Kilreevy waren, mein ich. Oder wollen wir einfach irgendwo halten und eine Weile im Auto schlafen? Was meinst du?«

Er schaut schon wieder weg.

»Nehmen wir's, wie's kommt«, sage ich. »Wir fahren einfach, bis wir keine Lust mehr haben. Oder wir fahren wieder zu Russell und Patti. Ich weiß auch nicht.«

Er lächelt flüchtig. »Wie in dieser Blechkiste jemand schlafen sollte, ist mir sowieso schleierhaft«, sagt er und klopft auf seine Taschen. »Ich hab keine Zigaretten mehr. Hast du Kleingeld?«

Ich schiebe ihm meine Handtasche hin, gähne. »Schau in mein Portemonnaie.«

Er kippt die Tasche. Mein Portemonnaie fällt heraus, verkehrt herum, offen, und alle seine Innereien landen auf dem Tisch; mein Kleingeld und eine Million Geldautomatenquittungen, meine Bibliothekskarte, meine Videokarte, die Scheckkarte und das Bild von Johnny. Stephen nimmt Johnny in die Hand und betrachtet sein dunkles, abstehendes Haar, die zwei kleinen Finger, die unter der weißen Decke hervorlugen, das weiche, uralte Trollgesicht mit dem kleinen eingezogenen Mündchen und der in ewiger Verwunderung hochgezogenen Stirn. Stephens Gesicht ist blaß unter dem Dunkel seiner Haare und Augenbrauen. Ein ernster, gequälter Ausdruck legt sich über sein Gesicht.

»Dein Kind«, sagt er nur.

Der gewaltige Schmerz kommt wieder hoch, wie ein Eisberg, der mich zermalmen will. Ich habe ihn so lange nicht gefühlt, ich habe überhaupt nichts gefühlt, und jetzt kommt er, ein Auge voll Säure und ein Schlag an den Hals.

Er sieht mich an.

»Manchmal frage ich mich, wie er geworden wäre«, sage ich.

Es geht mir gut, es geht mir gut. Bitte treten Sie zurück, drängen Sie nicht.

Seht mich nicht an, als wäre ich eine Mißgeburt.

Er schiebt alles wieder in mein Portemonnaie, nimmt das Kleingeld und geht zum Zigarettenautomaten.

Draußen ist die Luft schwer von unsichtbarem Regen. Auf dem Weg zum Auto bleibt er stehen. »Komm her«, sagt er, obwohl ich doch da bin, direkt neben ihm, und er nimmt mich in seine Arme und drückt mich an sich und hält mich lange so, mein Ohr an seinem klopfenden Herzen.

Als er mich losläßt, sprechen wir nicht.

Wir entdecken einen Co-op und kaufen abgepackte belegte Brote und Blaubeertörtchen und essen sie im Wagen. Dann fahren wir weiter nach Westen, wo die Sonne schon daran denkt, irgendwo hinter den bauschigen taubengrauen Wolken unterzugehen. Die Ortschaften werden größer, je näher wir der Küste kommen. Kilreevy entpuppt sich, als wir es erreichen, als ein ziemlich großer Pickel, ein Ort mit sehr wenig Charakter, dessen Häuser sich um ein altes Marktkreuz auf einem kleinen, mit Katzenköpfen gepflasterten Buckel in der Stadtmitte scharen. Es gibt zwei Banken, einen Tesco-Supermarkt, ein Ladenbüro des Kinderschutzes und einen Drogeriemarkt. Wir parken und gehen zu Fuß zurück zu dem Kreuz, wo es einen Stadtplan mit einem Sie-befinden-sich-hier-Pfeil gibt. Möwen hocken unzufrieden murrend aufgereiht überall auf den Dachfirsten.

Stephen greift in seine Tasche, zieht einen Zettel heraus und liest laut: »25 Tobin Close, Kilreevy.«

Die Straße ist nicht auf dem Plan. Wir überqueren den Platz und bleiben vor den Banken stehen; er zeigt einem Mann den Zettel und fragt nach dem Weg. Zwischen den Banken ist ein leerer Laden mit weiß angemalten Fensterscheiben und den Überresten einiger kleiner Plakate, die für Veranstaltungen im örtlichen Pub werben. Auf den Steinplatten vor dem Laden hat ein Straßenmaler sich verewigt, obwohl die Platten an den Kanten noch dunkel sind vom letzten Regen. Der Künstler hat mit Kreide ein Mandala in Orange, Braun und Rot gemalt, eine recht gute Kopie von Van Goghs ›Sonnenblumen‹ und einen weiß-blauen Vogel, einen Kranich oder Reiher, der gerade seine Schwingen ausbreitet und die langen Beine streckt, als wollte er zum Flug abheben.

»Tobin Close – da müssen Sie ein ganzes Stück wieder über den Hügel zurück«, sagt der Mann.

Ein Mandala im Sand. Heute abend, wenn es regnet, wird es weggespült werden.

Tobin Close ist eine Straße mit grauen Doppelhäusern mitten in einem Meer anderer Straßen mit grauen Doppelhäusern. Nummer 25 entspricht dem allgemeinen Standard, ein grüngestrichenes schmiedeeisernes Törchen, ein kleiner Flecken dürren Rasens und ein paar Rabatten mit Löwenmaul und Unkraut. Im Fenster stehen ein Bastkorb mit künstlichen Blumen und eine kleine Keramik, die aussieht wie das Abbild eines Kobolds, der Zeitung liest. Dieses Haus hat nichts von Veronica Karen, nicht die geringste Ahnung von ihr. Offensichtlich ein Irrtum. Stephens Gesicht gesteht es ein.

Zur Abendessenszeit fremde Leute herauszuklingeln, ist mehr als rücksichtslos. Wie die Diebe schleichen wir den Weg hinauf, nachdem wir das Törchen mit übertriebener Sorgfalt hinter uns geschlossen haben.

»Mach schon«, sagt er mit einem Nicken zur Tür.

»Nein, du.«

Er schneidet eine klägliche Grimasse und drückt auf die Klingel, die aus fernen inneren Tiefen eine flotte Glockenspielversion des Schlittschuhwalzers zum besten gibt. Wir tauschen einen Blick und lächeln, ein plötzlicher törichter Waffenstillstand. Erst einmal rührt sich gar nichts, aber gerade als er noch einmal läuten will, ist von drinnen ein leises Rascheln zu hören. Dann öffnet ein dicker Mann uns die Tür. Ein Ausdruck des Erschreckens, der Furcht beinahe, tritt in seine Augen, als er mich sieht.

»Guten Abend«, sage ich, »entschuldigen Sie, daß wir Sie stören, aber –«

»Alexander«, sagt Stephen.

Der Dicke hat einen rosigen kahlen Schädel, der wie zerlaufen aussieht, wie geschmolzen, und auf dem hier und dort ein paar Büschel widerspenstigen farblosen Haars wachsen. Der flüchtige Ausdruck der Furcht ist verschwunden; nur nichtssagende Freundlichkeit bleibt. »Hallo, Cathy«, sagt er. »Lange nicht gesehen.« Seine Stimme ist dünn und atemlos.

Ich öffne den Mund, bringe aber kein Wort heraus.

»Kommt rein, ihr beiden«, sagt er, von der Tür zurücktretend. »Kommt rein, Leute, und setzt euch.« Und wir treten ein und folgen seinem breiten Gesäß, das unelegant in schlaff hängenden schmutziggrauen Flanell gekleidet ist. Mit schiefem Gang watschelt er vor uns her durch den Flur. Ein starkes Hinken reißt bei jedem Schritt an seinem ganzen Körper. Wir gehen in ein kleines ordentliches Wohnzimmer mit einer senffarbenen Couchgarnitur und kleinen runden Kissen mit bunten Häkelbezügen. Es riecht anheimelnd nach Tee und Zigarettenrauch, und unter dem Fernseher steht ein Katzennapf mit Milch.

»Bitte«, sagt er und läßt sich in einen Sessel sinken. »Setzt euch.«

Stephen und ich hocken uns Seite an Seite auf die Sofakante, als wären wir zu einem Einstellungsgespräch hier.

»Alexander«, sagt Stephen, und sein Ton klingt tatsächlich erfreut, »das haben wir nicht gedacht, daß wir *dich* hier treffen würden.«

»Nein? Wieso nicht? Ich wohne hier.«

Wir lachen dümmlich.

Er ist es nicht. Nein, er ist es nicht. Es ist ein Alptraum. Seine feiste weiße Hand liegt breit gespreizt auf der Armlehne des Sessels. Nicht Alexander. Ein massiger, gewellter Hals, eine aufgequollene Nase, dicke Tränensäcke unter den Augen. Seine nackten weißen Füße sind platt und breit. Er sieht schwanger aus.

»Also«, sagt er, ohne zu lächeln, »welchem Umstand habe ich dieses höchst ungewöhnliche Ereignis zu verdanken?«

Im normalsten Ton der Welt sagt Stephen: »Du mußt entschuldigen, Alexander, daß wir dich so überfallen. Wir wollten nur wissen, ob du vielleicht eine Ahnung hast, wo wir Veronica Karen finden, sie ist wieder mal verschwunden.«

Nicht einmal ein Wimpernzucken bei ihrem Namen.

Und dann erinnere ich mich, daß er eine schottische Großmutter hatte. Ja, sie sang immer ›Peggy Gordon‹, von ihr hatte er das Lied, sagte er jedenfalls, es kann auch eine Lüge gewesen sein, genauso leicht kann er es aus einem Buch gehabt haben. Etwas wie eine Lähmung befällt mich. Er ist es nicht, er hat überhaupt nichts Vertrautes. Einen Moment lang hege ich den Verdacht, daß das alles eine raffinierte Inszenierung ist, um mich um den Verstand zu bringen, aus irgendeinem Grund eingefädelt von Stephen und diesem Fremden, der ein wenig lacht und sagt: »Ich hätte mir ja denken können, daß es was mit ihr zu tun hat.

Sie macht wohl Ärger, was? Nein, nein, ich weiß nicht, wo Veronica Karen ist. Ich *will* es auch nicht wissen, Mann. Ich habe sie seit hundert Jahren nicht mehr gesehen, und das ist mir gerade recht.«

Die Haustür wird geöffnet, es kommt jemand von draußen herein und bleibt eine Weile schnaufend und keuchend im Flur stehen, während er sich irgendwelcher Sachen entledigt. Dann tritt eine kleine spitze braune Frau mit festgedrehten kleinen Löckchen und einem traurigen Gesicht ins Zimmer. Sie blickt scharf und argwöhnisch von mir zu Stephen und wieder zu mir, dann sieht sie eine Erklärung fordernd Alexander an.

»Das sind Freunde von mir, Mama«, sagt er. »Das ist Stephen, du erinnerst dich doch an Stephen? Ich bin mit ihm zur Schule gegangen. Stephen Openshaw.«

Sie starrt mich an, und der Blick in ihren Augen ist reiner Haß. Ich bin der Frau nie zuvor begegnet. Ich wußte nichts von seinen Eltern, habe mir nie über sie Gedanken gemacht. Einmal sagte er, er hasse seinen Vater, aber das war auch alles.

»Das ist nicht sie, Ma«, sagt er. »Das ist Cathy.«

Sie nickt. »In einer halben Stunde gibt es Abendessen«, sagt sie in drängendem, herrischen Ton und geht hinaus, offensichtlich verstört.

Er fängt an, eine Zigarette zu drehen. »Ich wußte nicht, daß du meine Adresse hast«, sagt er, während er den Tabak krümelt.

»Veronica Karen hat sie jemandem gegeben«, antwortet Stephen. »Bobbie. Erinnerst du dich an Bobbie? Sie sagte Bobbie, sie wäre hier zu erreichen.«

Alexanders Mund ist schmal und sauer. Vielleicht war er immer schon eher schmal, aber wer hätte diese Kargheit vorausahnen können, diesen schlaffen Schlitz? Ein, zwei Augenblicke mustert er mit ernster Miene das Zigarettenpapier, ehe er es mit seiner bleichen Zunge befeuchtet. »Sie kommt hier nicht rein«, sagt er gleichgültig. »Sie kommt hier ganz einfach nicht rein. Sie sollte nicht mal diese Adresse haben. Die Adresse meiner Mutter. Sie soll bloß nicht hier aufkreuzen und meine Mutter aufregen. Was sollte sie hier überhaupt wollen? Sie läßt nie was aus ihren

Klauen, was? Hast du gewußt, daß meine Mutter wieder hierher gezogen ist, Cathy?«

»Nein.«

»1975 war das.«

»Aha.«

Er lächelt mich an. Ein Funken der alten Liebenswürdigkeit ist in seinen Augen.

»Und du wohnst jetzt auf Dauer hier?« fragt Stephen.

»Ja. Paßt mir ganz gut. Wollt ihr eine Tasse Tee? Ich sag ihr, sie soll eine Tasse Tee machen. Mama!«

»Nicht nötig«, sagen wir beide, aber er ruft trotzdem: »Mama, Mama! Setz Teewasser auf, Mama. Es ist schon okay.« Er raucht nachdenklich. Eine behäbige Ruhe, so scheint es, hat sich auf seine Seele gesenkt, auch wenn seine erhobene Hand leicht zittert. »Ich bin im Krankenstand. Ist gar nicht so übel, wißt ihr.«

Klirren und Klappern aus der Küche. Eine kleine schwarzweiße Katze streicht ins Zimmer und streckt die Hinterbeine. Seine Mutter schimpft kurz aber heftig draußen in der Küche, und das Alptraumgefühl vertieft sich.

»Sie ist ganz in Ordnung«, sagt Alexander. »Sie ist nur nicht besonders scharf auf Besuch, aber sie ist in Ordnung.«

Ich starre den Leichnam meines Geliebten an, denn Baldr der Schöne ist tot, ist tot, die Schönheit Israels liegt gemordet auf den Höhen und die Mächtigen sind gestürzt. Auf ewig verloren. Und wie ein Bild aus der Unterwelt beschwöre ich den Schatten eines schlanken Jungen herauf, in brauner Lederjacke und Jeans, mit weichen Augen, dickem hellen Haar, der sich im Bus umdreht und mir zulächelt. Jetzt sehe ich in seinem erinnerten jungen Gesicht den Keim dieses Gesichts.

Der Tee ist fertig. Seine Mutter ruft ihn gebieterisch. »Alexander! Komm jetzt, Alexander!« Und er steht auf und schlurft hinaus. Ich sehe Stephen nicht an.

»Wer hätte das gedacht«, sagt er erstaunt.

Ich kann nicht sprechen.

Alexander bringt zwei Becher mit dünnem, milchigen Tee herein, trägt sie völlig ruhig trotz seines Hinkens, und will gerade noch einmal hinausgehen, um den dritten zu holen, als Stephen hastig aufspringt. Er wirkt sehr groß und dünn neben Alexander. »Für mich keinen Tee, Alexander, danke«, sagt er. »Ich muß mal raus und mich um den Wagen kümmern. Hast du den Schlüssel, Cathy?«

»Kein Problem, Mann«, sagt Alexander.

»Zum Wagen?« krächze ich.

»Zum Wagen.« Sein Gesicht ist schuldbewußt. »Hast du die Schlüssel? Ich muß ihn wegfahren, die Parkzeit ist bestimmt abgelaufen. Ja, ganz sicher. Hast du die Schlüssel?«

Wütend gebe ich sie ihm.

»Ich such einen besseren Platz, fahr den Wagen ein Stück näher hierher. Ich muß mich drum kümmern. Er braucht –«

Er läßt mich im Stich, ja, genau das tut er. Ich stehe auf.

»Nein, nein, bleib du, bleib.« Er ist entschlossen. »Trink eine Tasse Tee mit Alexander, und ich kümmre mich inzwischen um den Wagen und dann hol ich dich wieder ab. Okay? Es dauert nicht lang. Ich versprech's.« Er ist schon draußen im Flur, er geht, er rennt praktisch, und ich kann nichts tun. Denn ich kann nicht einfach gehen. Ich muß wenigstens versuchen zu verstehen, was mit Alexander geschehen ist. Ich höre das Zufallen der Haustür, das Quietschen des schmiedeeisernen Törchens, Stephens Schritte, die leiser und leiser werden. Alexander zieht an seiner Zigarette und mustert mich gründlich und ganz unverhohlen von oben bis unten, und mir wird kalt. Ich würde schreien, wenn er mich jetzt anrührte. Ich könnte es nicht ertragen.

»Und – wie läuft's, Cathy?« fragt er und sieht weg. Alles, was er sagt, klingt gleich, als wäre es ohne Belang.

»Nicht schlecht, Alexander«, antworte ich gespielt munter, »ehrlich, gar nicht schlecht. Aber wie geht es dir? Wir haben uns so lange nicht gesehen, ich kann's kaum fassen, wie sehr wir beide uns verändert haben. Geht's dir gut?«

»O ja«, sagt er sicher. »Jetzt geht's mir gut. Ich hab verrückte Zeiten durchgemacht, weißt du, aber jetzt ist es vorbei. Hier fühl ich mich wohl.«

»Das ist gut. Ich bin froh, daß es dir gut geht, Alexander.«

Nicht um viel Geld fällt mir noch etwas zu sagen ein. Er hat schreckliche Zeiten durchgemacht. Er war zwei Jahre in einer Anstalt.

Seine Mutter kommt rein, blickt mit einem vielsagenden Stirnrunzeln in meine Richtung, nimmt von einem Stapel auf dem Sideboard eine Zeitschrift und verschwindet wieder.

»Ist schon in Ordnung«, sagt er nach einem kurzen unangenehmen Schweigen. »Beachte sie gar nicht. Es gilt nicht dir, es gilt der, an die du sie erinnerst. Du weißt, wen ich meine?«

»Ich kann's mir denken.«

»Wie du dir vorstellen kannst«, sagt er, und seine pfeifende Stimme wird rauh, als hätte er einen Frosch im Hals, »hat sie nicht viel für sie übrig.«

Ich trinke von meinem Tee. Er ist widerlich, genauso wie ich ihn hasse, lauwarmes, milchiges, gesüßtes Wasser.

»Also, worum geht's denn? Was soll das hier? Warum kreuzt ihr hier auf, du und er? Worum geht's?«

Seine Stimme stimmt überhaupt nicht mehr. Nicht dieses träge, heisere Pfeifen, nicht dieser Akzent. Alexander war aus dem Norden.

»Es geht um Veronica Karen«, sage ich. »Wir wissen nicht, wo sie ist, und versuchen, sie zu finden. Sie hat Bobbie diese Adresse gegeben. Das ist alles.«

Ich versuche, ihm in die Augen zu sehen, suche verzweifelt nach irgendeinem Spurenelement. Ich finde nur den milden, kalten, zugeschütteten Blick eines Fremden, der sich langsam von mir abwendet, als er wieder nach seinem Tabak greift. »Du hast dich nicht verändert, Cathy«, sagt er. »Überhaupt nicht. Wie machst du das? Hast du aus dem Jungbrunnen getrunken?«

»Deine Stimme hat sich verändert«, sage ich.

»Das ist nicht das einzige.« Er beugt sich nach unten und kratzt sich an einem merkwürdig gelben Fußknöchel. Seine platten Füße liegen auf dem Boden wie heruntergetropfter Teig.

»Du hörst dich an wie einer aus dem Süden.«

»Ja. Ich war da zu lang, nachdem ich meine Zeit abgesessen hatte.« Er redet, als hätte er im Gefängnis gesessen, aber so war es nicht. Alexander wurde in die Psychiatrie eingewiesen. »London ist eine furchtbare Stadt. Nie würde ich dahin zurückgehen. Nicht für viel Geld. Wo lebst du jetzt?«

»Moorcop.«

»Ist es schön da?« Er befeuchtet das Papier, dieselbe scharfe Aufmerksamkeit, dieselbe Versunkenheit.

»Sehr.«

Er zündet die Selbstgedrehte an. »Was wollt ihr denn von Veronica Karen? Die macht doch nur Ärger. Ich würd sie an deiner Stelle in Ruhe lassen. Einen weiten Bogen um sie machen. Die hinterläßt nur Scherben, wo sie geht und steht.«

Ich seufze. »Ich glaube«, sage ich, »daß sie vielleicht sehr krank ist.«

Er schüttelt das Streichholz aus, dann raucht er, den Blick aufmerksam auf das Ende seiner Zigarette gerichtet, als wäre er mit ihm im Gespräch. »Ach was?«

»Ich glaube es. Mit Gewißheit weiß ich es nicht. Na ja«, ich zucke die Achseln.

Ich frage mich, ob es mir je gelingen würde, mit irgendeinem Wort eine Reaktion bei ihm auszulösen. Aber weshalb denn? Was wir waren, was wir alle einmal waren, gehört ins ›Es war einmal‹, ist vergangen, vorbei, Schnee von gestern, hinter dem Regenbogen, östlich der Sonne und westlich des Monds. Wir sind Staub. Ich sollte gehen. Er dreht den Kopf zur Seite und bläst einen dünnen Rauchfaden in die Luft, und ich starre ihn an, fasziniert von den Hautsäcken unter seinen Augen.

»Sie ist also sehr krank?«

»Ich halte es für möglich.«

»Tja, es trifft uns alle«, sagt er. Er fängt an, mich an Charles Laughton in ›Heinrich VIII.‹ zu erinnern, und das kann ich nicht aushalten. Ich sehne das Gebimmel des Schlittschuhwalzers herbei. Angenommen, du hättest ihn geheiratet, als er schön und jung war, und dann wäre dies passiert? Aber vielleicht wäre es nicht passiert, wenn du bei ihm geblieben wärst. Wo wäre dann dieser hier, dieser Unglückliche? Irgendwo in einer der unendlichen anderen Welten. Ich halt's nicht aus. Wo bleibt nur Stephen? Ich werde ihn umbringen dafür, daß er mich hier allein gelassen hat. Er ist mit meinem Auto abgehauen. Was soll ich tun? Wie komme ich weg aus diesem entsetzlichen Haus? Was, wenn Alexander verrückt ist? Was, wenn er wirklich total irre ist und hier mit seiner verrückten Mutter lebt: ›Psycho‹ in einem kleinen grauen Sozialhaus. Er ist wahnsinnig, ein Würger, Veronica Karen hatte die Male ewig am Hals.

»Tja, tut mir leid, Schatz«, sagt er, sich am Kopf kratzend. »Veronica Karen ist mir scheißegal. Ich muß jetzt gleich Abend essen.« Er streckt den Kopf zur Tür.

»Ach ja. Ich muß gehen.«

Ich werde draußen warten. Ich geh vor bis zur Straßenecke und warte dort.

»Sie war dreckig, Veronica Karen«, sagt Alexander. Er schlägt seine wabbeligen Schenkel übereinander und schaut mich mit leerem Blick an. »Wenn sie nicht so dreckig gewesen wäre, wäre das alles nicht passiert. Aber irgendwann hat man die Nase voll.«

»Aber das ist jetzt ja alles vorbei, Alexander«, sage ich aufmunternd und stehe auf. »Schnee von gestern. Tut mir leid, daß wir dich gestört haben. Es war wirklich schön, dich wiederzusehen.«

»Ja, ja«, sagt er mit einem feuchten, kehligen Husten.

»Also, dann geh ich jetzt. Danke für den Tee.«

»Wie du meinst.« Er wedelt mit seiner Zigarette. »Mach's, wie du meinst. Tu dir keinen Zwang an.«

Draußen im dunklen, schmalen Flur sehe ich seine schlechtgelaunte Mutter einen dampfenden Topf durch die Küche tragen. Er kommt mir nach. »Und Stephen?« fragt er.

»Oh, mach dir keine Sorgen«, erwidere ich zuversichtlich. »Ich weiß, wo er ist.«

Er geht mit mir zur Tür, sein Atem viel zu dicht an meiner Schulter. »Hier gibt's einen Haufen kleine Straßen, da kann man sich leicht verlaufen.« Sein Hinken wirft ihn gegen mich. Ich rieche Schweiß und ein ungewaschenes altes Hemd. In der Küche kocht was, schmort gemütlich vor sich hin. Ich öffne die

Tür. Der Abend senkt sich über die kleinen grauen Straßen, ich schaue rechts und links, aber das Auto ist nirgends zu sehen.

»Für Geld tut deine Schwester alles«, sagt er, während er sich nachdenklich ein Auge reibt. »Sie hat diese dreckigen Fotos von sich machen lassen. Nur darum ist die ganze Scheiße passiert.«

Auf der Vortreppe drehe ich mich um und sehe ihn an. Er läßt beide Arme an seinen Seiten herabfallen und richtet sich, soweit ihm das mit seinen verbogenen Beinen möglich ist, kerzengerade auf. Er zieht sich ein wenig in den Schatten zurück. Seine Stimme ist leise und ernst, in seinem Blick ist endlich die Spur eines Gefühls, etwas wie eine diffuse Unzufriedenheit. »Sie wollte mir einreden, ich hätte sie mir eingebildet, aber so war es nicht.«

Ich steige zum Weg hinunter.

»Nein«, sage ich, »ganz sicher nicht.«

»Erzähl mir also nichts«, sagt er mit leicht anschwellender Stimme, »erzähl mir nichts von Veronica Karen. Okay? Ich will's nicht wissen.«

Halleluja! Er hat den Durchbruch geschafft! Alle haben Veronica Karen immer verziehen. Aber er verzeiht nicht mehr.

Ich schaue die Straße rauf und runter. »Malst du noch?« frage ich.

»Ja, ein bißchen. Ich betätige mich hin und wieder als Straßenmaler, weißt du.« Einen Moment lang, viel zu spät, ist er beinahe herzlich. »Gerade heute hab ich zufällig was gemalt. Aber ich kann hier nicht mit dem ganzen Farbenzeug rumsauen. Ich mein, im Haus meiner Mutter. Sie ist schon in Ordnung, weißt du. Ich würde dich bitten, zum Abendessen zu bleiben, aber sie hat's nun mal nicht mit Besuch.«

10

Ich stehe an der Straßenecke, die Hände in die Ärmel geschoben, und starre eine defekte Lampe an, die dauernd an- und ausgeht. Ich stehe auf einer perfekt quadratischen grauen Steinplatte, aber ich falle vom Rand der Welt in einen Wachschlaf.

Oh Peggy Gordon, you are my darling.

Die Stimme, die das sang, klingt in meinem Kopf, eine Klage um sich selbst. Wenn ich damals gewußt hätte, was ich jetzt weiß. Ich habe früher viel geweint, aber ich darf nicht mehr weinen. Ich habe mich zusammengerafft und nicht lockergelassen, jedenfalls die meiste Zeit nicht. Ja, ich bin noch intakt. Ich rieche salzige Meeresluft, nur einen Hauch, eine berauschende kleine Brise. Das Meer ist nicht weit. Dies hier ist einer der kleinen Orte, deren Lichter man nachts vom Meer aus an der Küste sieht und die so was Tröstliches haben, weil man sich die glücklichen Leute hinter ihren schützenden Vorhängen an ihren warmen Feuern vorstellt. Ach, schöner Traum! Und diese Lichter werden verbergen, was von Alexander übrig ist, wenn überhaupt etwas übrig ist von *meinem* Alexander, meinem holden Jüngling.

Ich sehe mein Auto, endlich kommt es, *sweet chariot swinging low.*

Stephen mustert mich, als ich einsteige. Er sieht sehr unscheinbar und müde aus, die geschwungene Linie von Wange und Kinn irgendwie verletzlich. »Du bist rausgekommen«, sagt er.

»Warum hast du mich da allein gelassen?«

Sein Blick ist traurig. Der Motor tuckert im Leerlauf. »Ich dachte, du würdest ohne mich mit ihm reden wollen«, antwortet er mit einem prüfenden Blick in den Rückspiegel.

Ich drehe mich zum Fenster, lehne mich im Sitz zurück, ziehe meine Knie hoch und schließe die Augen. Ich kann es kaum aushalten, nicht selbst am Steuer zu sitzen, aber ich könnte jetzt nicht fahren. Ich möchte Schlaf. Ich möchte Vergessen.

»Schließlich ist er deine alte Flamme«, sagt er.

Eine riesige Schlucht gähnt zwischen uns. So lang, wie er ist, und so klein, wie das Auto ist, wirkt er wie ein großer Junge, der versucht, mit dem Dreirad seines kleinen Bruders zu fahren. »Zünd mir eine Zigarette an, Cathy«, sagt er.

Ich greife zum Armaturenbrett, zünde ihm eine an und reiche sie ihm. Gangsterbraut.

Er fährt, ohne zu sprechen, gewandt und schnell, bis ich spüre, daß wir aus dem Ort heraus sind und die Augen aufmache und Felder vorbeifliegen sehe, sehr schnell, und die alte, alte Angst vor der Vernichtung spüre und im stillen über meine Wankelmütigkeit dem Tod gegenüber lache. Aber bitte nicht so, nicht in einem Auto in Fetzen gerissen. Meine alte Flamme. Meine alte Flamme. Sein Körper ist das Tier, der Frosch, der den Prinzen gefangenhält. Wer würde ihn jetzt genug lieben, um ihm einen Kuß zu geben und ihn zu befreien? Er ist so tief verloren da drinnen, so tief unten, daß nicht ein Schimmer sich in seinem Auge zeigt, nicht ein Abglanz des Jungen mit den breiten Schultern und den schmalen Hüften. Na ja, er hat immer zu sehr auf seine Würde gehalten. Ich stelle mir einen Prinzessinnenkuß auf diesem rosigen Schädel vor: Ich sehe das Fleisch herabtropfen wie Wachs, das Haar frisch aus der Kopfhaut sprießen, wachsen wie mit Zeitraffer aufgenommene Blumen; ich sehe den Blick wieder weich werden, voll Scham, Zorn und Sanftmut.

Das ist nicht der Weg, den wir gekommen sind. Wir erreichen den Motorway viel früher als gedacht und rattern, immer noch ohne ein Wort, in stetigem Tempo südwärts. Ein Gefühl von Hast, Ende und Bedauern hat sich eingestellt. Ich kehre jetzt in mein Leben zurück. Eines Tages werde ich vermutlich hören, was aus Veronica Karen geworden ist. Es wird dunkel. Irgendwo auf dem endlosen manischen Motorway veranlaßt irgendwas mich, ihn anzusehen, vorsichtig, damit er es nicht merkt, und ich sehe, daß er lautlos und heimlich weint, sich von Zeit zu Zeit die Augen mit den Fingerspitzen wischt, während er mit kurzsichtigem Blick in die Dunkelheit und die wechselnden Lichter starrt.

Von außen, in der milden, feuchten Abendluft, hatte die Kneipe alt und malerisch gewirkt, aber drinnen ist es dunkel mit zuckenden Lichtern, und aus der Jukebox plärrt laute Popmusik. Hinten ist eine Bühne mit Mikrofonen und Lautsprechern, aber sie ist leer. Ein alter Mann mit einem narbigen roten Gesicht brüllt uns an: »Was soll's sein, Herrschaften?«

Stephen sieht mich an.

»Nur einen Scotch«, sage ich.

Ich schaue mich um. Es ist Samstag abend, und die Kneipe ist voller sehr junger, strahlender Leute mit geschrubbten Gesichtern und zügellosem Lachen, aber an der Wand neben einem Spielautomaten steht eingequetscht ein kleiner Tisch. Ich schnappe ihn mir, während er auf die Getränke wartet. Ich bin immer noch ganz verschlafen. Als ich im Auto erwachte, blendeten mich die Lichter.

»Wo sind wir hier?« fragte ich.

Ruhig und zuverlässig, im Schatten über das Lenkrad gebeugt, während er fuhr. »Carlisle«, sagte er.

Weiter fahren wir heute nicht mehr. Wir sind müde. Sie haben oben Fremdenzimmer, er erledigt das, bezahlt mit Kreditkarte. An der Bar kann man was zu essen bekommen. Es war sein Vorschlag. Wir haben nicht über die nächtlichen Arrangements gesprochen, es ging alles recht nonchalant, aber ich überlege, werden wir zusammen schlafen? Natürlich werden wir. Ich suche ihn, aber er ist in der Menge untergetaucht. Dann sehe ich ihn am Tresen, seinen ganz gewöhnlichen Hinterkopf, das Haar eine Spur fettig, irgendein Kerl eben in einem Pub, bis er sich umdreht, und sich etwas in mir zusammenzieht. Ja, denke ich, ja, ich will, ich will. Denk erst gar nicht dran. Aber etwas in mir, eine klägliche kleine Stimme sagt traurig, o doch, es ist schließlich nur ein Fick, so ist das nun mal. Das ist das Normale in solchen Situationen. Aber ich will nicht nur einen Fick.

Er kommt mit der Speisekarte zu mir. »Ich hab ein Zimmer genommen«, sagt er, ohne mich anzusehen, und holt seine Zigaretten heraus. »Es hat zwei Einzelbetten.«

Und? Und?

Der Whisky schießt runter wie Feuer. Wir sitzen dicht nebeneinander, schauen uns zusammen die Speisekarte an, und es geht los, eine kleine tickende Uhr irgendwo im Innern, ein Kraftfeld besonderer Art, das uns umfaßt.

»Hey, das Essen ist ja direkt feudal«, sagt er.

Die Preise sind es auch.

»Mir ist irgendwie komisch«, sagt er. »Das kommt sicher von dem ganzen Zeug, das wir uns reingestopft haben, ohne was Richtiges zu essen. Meinst du, ich werde alt, Cathy?«

»Wahrscheinlich.«

»Früher hat's mir überhaupt nichts ausgemacht, wenn ich tagelang nur rumgeknabbert hab. Das kann ich jetzt nicht mehr. Was nimmst du?«

Die Broccoli-Quiche ist das billigste, aber mich macht das Hühnchen an. Ich frage mich, ob er Vegetarier ist. Gestern abend bei Russell und Patti gab's nur Vegetarisches, es kann also gut sein, ich hab keine Ahnung. »Die Broccoli-Quiche«, sage ich. »Ich werde auch alt. Ich hab einen Bärenhunger.«

»*Ich* nehm das Hühnchen.«

»Oh, dann bestell mir das auch.« Ich schlage die Speisekarte zu und lehne mich zurück.

Lieber Gott, jetzt geht's los, jetzt kommt's, ich weiß nicht, warum plötzlich jetzt, aber es kommt. Er geht zum Tresen, um zu bestellen. Ich bin angespannt, wie ein Hund vor einem Kaninchen, die Musik macht tonka, tonka, tonka, bum, bum, bum in meinem Kopf, vibriert in meiner Brust, während das Feuer des Whiskys erlischt. Als er mit frischen Getränken zurückkommt, schüttelt er mich ein bißchen. »Aufwachen«, sagt er.

Oh, aber ich bin ja wach. Ich bin hellwach.

Er trinkt einen Schluck und sagt: »Jetzt ist alles anders.«

»Was denn?«

»Alles.« Er dreht den Kopf und lächelt flüchtig, nervös. »Alles, einfach alles. Findest du nicht? Als hätte das Wetter umgeschlagen.«

Wir starren in die zuckenden Lichter. Einer von uns wird gleich die Hand heben und den anderen berühren, Hand auf Hand, irgendsowas. Folge den Drähten, den unsichtbaren Drähten. Aber er tut es nicht, also muß ich es wohl tun, ich. Wenn ich es tue, ist es geschehen. Nur ein Schritt, eine Winzigkeit. Einmal waren wir bei diesen vielen Felsenhöhlen am Meer, irgendwo an der walisischen Küste, ich war mit Freunden hingefahren, und ich wanderte allein umher und stellte mich in die Öffnung einer dieser Höhlen hoch über den Wellen, Ewigkeiten waren es bis hinunter zum schweren grauen Wogen der See und zu den Felsen, und ich streckte einen Fuß über den Abgrund; der Tag war mild und schön, und die Luft war rein, und mein Leben war in Ordnung. Noch einen Schritt, dachte ich, einen kleinen Riesenschritt. Aber ich machte ihn nicht. Und ich mache ihn nicht, obwohl ich innerlich bebe. Das Essen kommt, und wir stürzen uns darauf. Als wir endlich sprechen, geht es um Alexander.

»Der arme Kerl«, sagt er kopfschüttelnd, und sein Gesicht zeigt ehrlichen Schmerz.

»Ich konnt's einfach nicht fassen, wie sehr er sich verändert hat«, platze ich heraus. »Na ja, wir haben uns alle verändert, wir haben alle –«

»Ich mach mir Vorwürfe wegen Alexander.« Er schiebt seine Gabel in sein Essen. »Ich hab dieses beschissene Musterknaben-Image, das er hatte, gehaßt. Ich weiß noch, einmal, als wir vielleicht zwölf waren, ist er plötzlich umgefallen und bekam einen Anfall, direkt an der Tür, als wir alle zur Versammlung in die Aula runter wollten. Alle haben um ihn rumgestanden, und der Lehrer hat geschrien, ›Zurück! Zurück! Laßt ihm doch Luft!‹ Und dann hat dieser Lehrer, Mr. Anstruther, ihm den Finger in den Mund gesteckt, um zu verhindern, daß er an seiner eigenen

Zunge erstickte, und ihm wäre der Finger beinahe abgebissen worden. Ich kann Alexander jetzt noch vor mir sehen, wie er da zuckend auf dem Boden lag.« Er kaut, starrt ins Leere, schluckt.

Ich will nichts von Alexander hören. Innerlich bebe ich.

»Damals war er ganz schlank«, sagt Stephen.

So, wie er von ihm spricht, könnte man meinen, Alexander wäre tot, ein Gespenst, ein hochaufgeschossener Junge, der vor uns durch den Nebel geht, als wir aus Daisy Nook zurückkommen, der sich umdreht und über seine Schulter blickt und sein etwas schüchternes Lächeln lächelt. Geliebt und unvergessen. Ich will jetzt nicht an ihn denken. Jetzt nicht. Hier ist Fleisch und Blut, lebendig, nicht makellos, täglichem Verschleiß unterworfen. Eine lange, bräunliche Hand, saftiges Fleisch. Das ich so lange nicht gekostet habe.

Stephen hört zu essen auf und beugt sich mit bedrückter Miene zu mir. »Weißt du, was ich dachte?« sagt er. »Es ist furchtbar. Weißt du, was mein erster Gedanke war, als ich ihn sah? Als ich sah, wie entsetzlich er aussah, wie dick und aufgedunsen, wie alt? Ich hab mich gefreut. Ich hätte am liebsten gelacht. Hi-hi, den Musterknaben hat's erwischt.« Ich sehe seinem Gesicht an, daß er über sich selbst entsetzt ist. »Ich hab halleluja gesungen, Cathy. Ich dachte, das kann mir nur nützen. Jetzt kann ich im Vergleich zu ihm nur gut aussehen.«

In der Pause hämmert die Musik auf uns ein.

»Warst du denn so eifersüchtig auf ihn?« frage ich.

»Ja«, antwortet er, und ein seltsames, verlegenes Lächeln schleicht sich auf sein Gesicht.

Ich schüttle den Kopf. »Der arme Alexander«, sage ich leise. »Das hat er nicht verdient.« Dann lauter: »Aber jetzt haßt du ihn doch nicht mehr, oder?«

»Ich hasse niemanden«, antwortet er, den Blick gesenkt.

Unausweichlich. Bestimmung. Ich weiß nicht, was ich eigentlich glaube, aber ich weiß, daß gewisse Dinge Bestimmung sind. Zum Guten oder zum Schlechten, er gehört in den Plan. Er hat mich schließlich geküßt. Er hat mich gestern abend geküßt, das ist keine Einbildung von mir. Er hat mich vor zwanzig Jahren auf der Neujahrsparty bei Davy Boland geküßt, und er hat mich gestern abend geküßt.

»Wir haben uns alle verändert«, sage ich.

»Sogar du, sogar du hast dich verändert«, sagt Stephen, nervöses Gebabbel, »und du hast dich weniger verändert als alle anderen.«

»Findest du?«

»Aber ja. Schau dich doch an. Unglaublich eigentlich, wenn man bedenkt –« Aber er bricht ab und trinkt von seinem Bier. Wir schieben die Teller weg. »Verzeihst du mir?« fragt er.

»Was?«

Er macht eine umfassende Geste. »Das alles hier. Daß ich dich auf diese vergebliche Fahrt mitgeschleppt habe. Wünschst du dir, ich wäre nie aufgekreuzt?«

»O nein«, sage ich, »das wünsche ich mir nicht. Ich hätte mir immer gewünscht, dich zu sehen, Stephen.«

Wir sehen einander an und fangen ohne Grund zu lachen an. Er lehnt sich an mich. »Ihr zwei Schwestern wart fürchterlich«, sagt er. »Ihr habt mich verrückt gemacht.« Unsere Blicke tauchen ineinander, heiter, schamlos. »Ich glaub, ich hab mein halbes Leben damit zugebracht, mir um die eine oder die andere von euch den Kopf zu zerbrechen.«

»Nicht um mich!« Ich lächle, wende mich ab, leere mein Glas.

Doch er faßt mich unter dem Kinn und dreht meinen Kopf heftig zurück, und jetzt sind seine Augen ernst. »Als ich von dem Unfall hörte«, sagt er, »hab ich unablässig an dich gedacht. Ich hatte dich jahrelang nicht gesehen und dann hörte ich von dieser schrecklichen Geschichte und mußte dauernd an dich denken. Ich konnte in einem Pub sitzen oder zur Arbeit fahren oder sonstwas, immer mußte ich an dich denken. Ich dachte, in diesem Moment leidet sie, jetzt, in diesem Moment, wo ich auf dieser Straße zur Arbeit gehe. Und ich konnte nichts tun.« Etwas wie ein Flehen tritt in seine Augen. Endlich hebt er seine Hand und legt seine Fingerspitzen sehr leicht an meinen Hals. Eine Ader dort, ein Lebensfädchen wird in Schwingungen versetzt.

»Das Schlimmste muß doch jetzt vorbei sein, Cathy«, sagt er.

Jetzt. Jetzt, o jetzt.

Die Kneipe ist zum Brechen voll. Bierbäuchige junge Männer und Mädchen in Lycra schwappen gegen unseren Tisch wie Wogen, die gleich einen Damm zum Einsturz bringen werden. Ein dicker schwarzer Hintern quetscht sich über die Tischkante, die Leute stellen ihre Gläser ab und lassen unseren kaum Platz.

Die Angst vor dem Fall hält mich gepackt.

»Hol mir was zu trinken«, sage ich hastig, »bitte.« Mir tut der Hals weh vom Qualm und vom Schreienmüssen.

Er seufzt, zieht sich in sich zurück.

»Noch mal dasselbe?« fragt er.

Ja. Besser, bei einem Getränk zu bleiben, Scotch, ein angenehmes, beruhigendes Getränk. Ein Schlaftrunk. Er steht mit Mühe auf und drängt sich, die Schultern gestrafft, durch das Getümmel zum Tresen. Ich reiß meine Tasche auf und schau verstohlen in den kleinen Spiegel, den ich immer bei mir habe. Meine Augen wirken sehr groß und schwarz und überspannt. Unter ihnen sind Falten. Du lieber Gott. Die Frauen hier drinnen, schau sie dir an, aufgedonnert für den Samstagabend, glitzernde Kleider und glitzernde Augen, Gesichter mit diesem scheußlichen aufgemalten Pfirsichteint, schmale schwarze Träger auf nackten Schultern. Und ich. Ich sehe zu meinen Jeans hinunter. Ich möchte mich für ihn schön machen, auf meine Art, raffiniert, ich möchte ihm zeigen, wie ich sein kann; daß er viel schlechter fahren könnte. Verdammt viel schlechter. Sieben Jahre. Sieben ist eine magische Zahl. Ich bausche mein Haar auf. Es bräuchte allmählich wieder eine Wäsche. Eigentlich bin ich ganz okay, beinahe taufrisch bei der richtigen Beleuchtung, und sowieso ist er selbst ja auch nicht gerade atemberaubend. Sieben Jahre! Genausogut könnte es das erstemal sein. Genausogut könnte ich gerade erst meine feuchten Flügel entfalten, der Puppe entschlüpfen, meine langen Beine strecken und meine Fühler prüfend bewegen. Alles okay. Außerdem, außerdem, außerdem wird er morgen schon wieder fort sein, und das hier ist nichts als ein Abenteuer, eine merkwürdige und ziemlich traurige, flüchtige Geschichte, etwas, das uns auf einer Reise begegnete, die nichts mit uns und alles mit Veronica Karen zu tun hatte.

Nur ein Fick.

Wie seltsam. Ich hatte sie beinahe vergessen, aber natürlich ist sie die ganze Zeit hier gewesen, hat zwischen uns an diesem Tisch gesessen, gelacht, sich das Haar glattgestrichen, der strahlende Mittelpunkt wie immer, wenn der Alkohol wirkt. Ich möchte wissen, wie oft er es mit ihr getan hat und wann es aus war zwischen ihnen, und das erste, was ich sage, als er aus dem Gedränge auftaucht und sich auf seinen Platz fallen läßt, wie ein todmüder Soldat, ist:

»Was ist mit Veronica Karen?«

»Was soll mit ihr sein?« fragt er zu schnell, während er mir mein Glas zuschiebt. Er trinkt und wischt sich den Mund. »Was können wir jetzt noch tun? Vielleicht ruf ich morgen noch mal bei ihr an, um zu sehen, ob sie inzwischen aufgetaucht ist.«

»Vielleicht sollten wir eine Vermißtenanzeige aufgeben.«

»Eine Vermißtenanzeige?« Er macht ein verdutztes Gesicht.

»Es ist wahrscheinlich ganz einfach. Sie haben sicher eine Liste von Leuten mit AIDS und so.«

»Du kannst doch nicht einfach losgehen und jemanden wie Veronica Karen vermißt melden, sie würde fuchsteufelswild werden.« Jemand quetscht sich neben ihm auf die Bank, und er rückt dichter an mich heran, kommt mit seinen Lippen meinem Ohr so nahe, daß ich seinen Atem auf meinem Gesicht spüre. »Du täuschst dich in bezug auf Veronica Karen und mich«, sagt er beschwörend. »Ich trauere ihr nicht nach oder klammere mich verzweifelt an etwas, das längst tot ist. So ist es nicht. So ist es seit Jahren nicht mehr. Früher einmal, ja, da war es so, aber das ist lange her.«

Er rückt noch näher heran.

»Das ist lange her«, wiederholt er nervös und muß wieder schreien, damit ich ihn hören kann.

Alle sind betrunken. Unmöglich, sich bei diesem Krach weiter zu unterhalten.

»Komm, gehen wir rauf«, sagt er mir ins Ohr.

Das Feuer des Whiskys erlischt zu rasch. Wir nehmen unsere Sachen und stehen auf, schieben uns durch die Menge, eine dichte, warme Masse, die man durchstoßen muß. Einmal werden wir aneinander geworfen, er hinter mir, das Kinn über meinem Kopf. Hitziges Begehren flammt in meinen Lenden. Die Leute tanzen. Wir drängen weiter vorwärts. An der Tür begegnen sich plötzlich unsere Gesichter, und im ersten Moment denke ich, daß es jetzt vielleicht soweit ist, aber wir sind zu alt für so einen Kuß in der Öffentlichkeit. Denn es wird ein richtiger Kuß sein, ein intensiver Kuß, der die Dornenhecke, die den Weg in den Zauberwald versperrt, verdorren lassen wird. Nur die Jungen können sich einen solchen Kuß in der Öffentlichkeit leisten.

Ich gehe zuerst ins Zimmer. Es ist klein und beige und häßlich, mit zwei militärisch schmalen Betten mit grün-blauen Überwürfen und einem braunen Schrank zwischen ihnen, und einer Nische, in der trübselig ein paar verbogene Metallbügel hängen. Das Zimmer wirkt auf mich wie eine kalte Dusche. Na los, mach schon, sagt es, mach schon und verschwinde. Los. Ich will nicht, daß es hier geschieht. Ich gehe sofort zum Fenster und schaue hinunter auf die erleuchtete Straße, unter deren Lampen noch die Menschen auf und ab gehen. Dumpfdröhnende Baßrhythmen erschüttern die Nacht, und aus dem Pub über der Straße strömen Leute auf den Bürgersteig hinaus.

Ich möchte zu Hause mit ihm schlafen, in einer schönen Umgebung, nicht hier. Das hier ist nur eine schnelle Nummer auf der Rückfahrt von Schottland. Eines Tages werde ich denken, ach ja, ich erinnere mich, damals, auf der Rückfahrt von Schottland, haben ich und Stephen Openshaw eine schnelle Nummer geschoben.

Er knipst eine Lampe zwischen den Betten an und macht die Deckenbeleuchtung aus. Dämmriger Pfirsichschein hüllt das Zimmer ein. Er kommt und stellt sich hinter mich ans Fenster, es ist ein Moment der Stille und der Spannung, angefüllt von unserem Atem, seiner Wärme, die wie eine Haut um meinen Rücken liegt. Dann legt er seine Arme um mich und bohrt sein Gesicht in meinen Hals wie eine Katze. Ein Schritt. Ein Schritt zu tief. Ich küsse seinen dunklen, heißen, klebrigen Mund, er schiebt seinen Schenkel zwischen meine Beine, drückt aufwärts, und ich werde rittlings gehalten, getragen von dem pochenden Puls, der herrlichen sanften Erregung. Oh, ich hatte es vergessen. Ein Kuß wie der Tod, wie Vergessen, wie ein verzücktes Hinsinken, eine Inbesitznahme der Seele. Ich hatte es vergessen. Ich bin über ihm, stürze auf ihn hinunter, auf seinen nackten Mund, gebe es ihm. Gewalttätig. Wie ein Biß. Ich bin an der Spitze seiner Nadel. Er reißt mich auf, erforscht meine zurückschreckenden Eingeweide. Ich falle und falle, immer tiefer, und niemals werde ich zurückkommen, niemals zurückkommen, niemals zurückkommen, und mein Herz in meiner Brust krampft sich zusammen, rot und wund wie ein bei lebendigem Leib herausgelöstes Schalentier, und ich sause hinunter in den Abgrund, Todesangst fällt von allen Seiten über mich her in der Finsternis, sie trägt die Gesichter all meiner Verluste.

Nach Luft schnappend tauche ich auf.

Leute torkeln die Treppe herauf.

»Was ist los?« fragt er.

Ein Kuß, mehr war es nicht. Ich hatte es vergessen.

Er nimmt sein Gesicht ein wenig von meinem zurück und sieht mich an, lächelnd, mit starren Lippen, beinahe verstimmt. Seine Jacke riecht angenehm.

Ich will nicht nur einen Fick.

Ich küsse ihn noch einmal, wild, schnell.

»Dieses Zimmer ist furchtbar«, sage ich dramatisch.

»Findest du?«

Der Moment fließt davon, ich spüre den Sog kalter Luft, als der Stöpsel herausgezogen wird. *Ich* ziehe ihn heraus.

»Stephen«, sage ich, meine Hände in seinem Haar, »ich will das nicht.«

Er weicht zurück, hält mich, noch immer rittlings auf seinem Bein, die Füße über dem Boden baumelnd, auf Armeslänge von sich entfernt, ein Kind auf Papas Knie. »Du willst es nicht?« fragt er leise, meine Arme streichelnd. »Du willst es *nicht*?«

»Ich meine, ich will *das* hier nicht.« Ich weise mit wedelnden Armen auf das Zimmer, auf die Betrunkenen auf der Straße. Die hämmernden Bässe unten haben aufgehört. Wie zur Veranschaulichung meiner Worte, fängt in der Toilette auf der anderen Seite des Korridors jemand laut zu würgen an.

Ich möchte es ihm erklären, und ich habe keine Worte. Eine Nummer ist eine Nummer ist eine Nummer. Er entzieht sich mir, ich sehe es, seine Augen sind nicht bei mir. Er wird in das Abflußloch hinuntergezogen, mein Kuß, meine Verzückung werden in das Abflußloch hinuntergezogen. Er stellt mich behutsam nieder, und draußen übergibt sich der Betrunkene patsch, klatsch, auf altes, kaltes Linoleum. Er hält meine Arme fest, senkt den Kopf, um mir ins Gesicht zu sehen. Sein Blick ist verwirrt. Meine Kehle füllt sich mit Tränen, weil er nicht versteht, weil eine Nummer eine Nummer ist und er es nicht versteht.

»Ich will nicht einfach eine schnelle Nummer in einer schäbigen Absteige«, sage ich.

Sein Blick wird leer, als wäre ein Schalter gedrückt worden. O Gott, ich habe ihn verloren. Mir ist kalt. Ich schlucke.

»Ist es das denn?« sagt er traurig. »Das wußte ich nicht.«

Der Betrunkene stöhnt und ächzt. Von draußen splitterndes Glas, grölende Stimmen, wildes Gelächter. Er wendet sich von mir ab und setzt sich auf die nächste Militärpritsche. »Weist du mich zurück?« fragt er in nicht unfreundlichem Ton.

Ich knie neben ihm nieder, fasse seine Hände und lege meinen Kopf auf ihnen nieder. »Nein«, sage ich, »nein«, aber der Berg birst, mein Hals ist zugeschnürt, ich schlucke und würge und plötzlich weine ich Wasserfälle auf seine Hände. Ich weine nicht. Nicht mehr. Aber ich falle und falle, und falle immer weiter, mein Kopf ist unter Wasser, ich ertrinke und werde nie wieder sehen, ich weine den Niagara auf seine Hände. »Liebes«, murmelt er, »Liebes, Liebes«, und legt mich nieder und drückt seinen Körper dicht an den meinen und streichelt meinen Kopf. Seine Lippen treiben hierhin und dorthin.

II

Und nun bin ich wieder Jael, Isebel, Judith. Ich möchte wissen, ob etwas von einer Teufelin in mir steckt, daß ich diese barbarischen Visionen habe, vom enthaupteten Mann, vom Mann, der mir ausgeliefert ist. Ich könnte ihn fesseln, während er schläft. Ich könnte alles mit ihm machen. Wie glatt sein Hals ist, wie nackt seine Schulter, wie lang und gerade seine Finger, die geschlossen auf dem Kopfkissen ruhen.

Wie schön er ist.

Ich bin froh, daß ich zuerst aufgewacht bin. Das Bett ist so schmal. Jetzt bin ich nüchtern, voll Staunen und Schmerz und Was-habe-ich-getan; ich könnte ewig hier liegen, mich verzückt an seinem Schlaf sattsehen, aber ich muß aufstehen und denken und allein sein.

Ich bin seiner nicht sicher.

Ich bin mir über nichts sicher.

Leute lungern nichts Gutes verheißend draußen herum, ihre murmelnden Stimmen rumpeln wie Wagenräder über Pflastersteine. Ich muß ihn hier wegbringen, nach Hause bringen. Ich muß mir die Zähne putzen. Ich muß mir die Haare waschen. Das andere Bett ist unbenutzt, stramm und straff wie ein Soldat beim Salutieren. Ich stolpere im Vorübergehen dagegen, wie eine berauschte Biene, die zu lange am Nektar genippt hat. Der Schlaf war unstet, ein Ort der Zügellosigkeit voll von Stimmen und nebelhaftem Streit, betrunkenen Glasgowern, die die Treppe hinauffielen. Zwischen Schlaf und Wachen glitt ich hin und her, hin und her, während er durchschlief, an mich gedrückt, sich mit mir drehend. Manchmal glaubte ich im Kokon der Nacht, er sei wie eine wunderbare Blüte, die ihre Süße in die Nachtluft verströmt, seine Pheromone wie nächtlich duftende Levkoje. Einmal weckte mich ein einsamer Betrunkener, der »Dalilah« durch die Nacht brüllte.

Meine Kleider liegen verstreut, verausgabt auf dem Feld der Schatten.

Oben auf der Treppe streiten sich ein dicker Mann und eine dicke Frau in Tönen verwirrter Selbstgerechtigkeit. Als sie mich sehen, senken sie die Stimmen und stecken die Köpfe zusammen.

An der Wand neben der Toilette sind noch einige schwache Flecke von Erbrochenem. Drinnen riecht es heftig nach Fichtennadelspray. Ich finde eine Dusche und stelle mich fröstelnd in die graue Zelle, schreie beinahe auf, als der lächerliche Duschstrahl mir plötzlich eine Ladung eiskalten Wassers ins Gesicht spritzt. Genau das, was ich brauchte. Danke dir, Gott. Mein Kinn ist wund von seinen Bartstoppeln. Ich fange an zu lachen, während ich mit dem Wasser rummache, das wie besonders kläglicher Regen auf mich heruntertropft, kriege es schließlich wenigstens lauwarm und seife mir das Haar mit einem Stück Dove-Seife ein, das ich aus Moorcop mitgenommen habe. Shampoo habe ich nicht mitgenommen, ich dachte, wir wären nur eine Nacht weg. Ich weiß nicht, was ich dachte. Ach, für jetzt geht's schon so, ich werde es richtig waschen, wenn ich wieder zu Hause bin. Ich *möchte* zu Hause sein. Moorcop. Rote Geranien in einem grünen Eimer auf dem Kanal. Ich möchte einen Spaziergang ins Hochmoor machen. Ich möchte auf meinem Klavier spielen, mein zerfleddertes Liederbuch rausholen und mich durch ›Sweet Genevieve‹ und ›I Dreamt that I Dwellt in Marble Halls‹ und ›Way Down Upon the Swannee River‹ und ›Killarney‹ und ›Lowlands Low‹ durchackern bis tief in die Nacht.

Allein. Die kleine Madame von Ch'ing-Ch'i.

Fröstelnd trockne ich mich ab und schaue in den Spiegel. Meine Wangen sind erhitzt, meine Augen außer Rand und Band. Cathy, Cathy, sagen sie, fassungslos, hoffnungsvoll, feucht werdend, ich hab's getan, ich hab's getan, ich hab's wirklich getan, o ja, o ja, o ja.

Das arme Ding. Ich lache sie aus. »Es war doch nur ein Fick«, sage ich laut.

Sie will mir widersprechen, aber ich lege ihr einen Finger auf die geschwollenen Lippen.

Als ich zurückkomme, schläft er friedlich, in sich ruhend, irgendwo Millionen Meilen entfernt. Wenn ich mit ihm zusammenlebte, würde ich ihn vermutlich jeden Morgen wecken müssen. Ich sehe mich nach etwas um, womit ich ihn fesseln könnte. Seidene Schnüre, Leder. Ich werde mich auf ihm ausstrecken. Ich setze mich auf das andere Bett, schminke mich im harten Licht des Fensters und warte darauf, daß er aufwacht. Ich werde ihn fesseln, und wenn er aufwacht und mit wachsender Verwirrung und Beunruhigung versucht aufzustehen, stopfe ich ihm etwas in den Mund.

Mein Gesicht ist jetzt ruhig, Lidstrich, Wimperntusche, ein Hauch Lippenstift, ein Gesicht für die Welt. Ich neige meinen Kopf vornüber und frottiere mein feuchtes Haar.

Ich halte ihn in diesem Zimmer fest, gefesselt, mein Eigentum. Nackt.

Jahre vergehen.

Er ist wach.

Er reibt sich die Augen, richtet sich auf einem Ellbogen auf und streckt den anderen Arm nach mir aus. Seine Wange ist vom Kopfkissen zerknittert, sein Blick unsicher.

»Hallo«, sage ich. Ich lächle.

An der Tür legt er seine Hände um mein Gesicht und zieht mich an sich zu einem Kuß, einem heißen, süßen Zungenkuß, türkischer Honig. Noch zweimal küssen wir uns auf dem Weg nach unten, kleine Ausbrüche der Lust. Auf der Straße scheint die

Sonne auf die Autos. Zwischen uns ist eine Scheu, als wir in den Wagen steigen. Ich fahre. Wir halten an der ersten Raststätte und holen uns Kaffee und Toast mit Rührei. Der Motorway rast tollwütig an uns vorbei.

»Erinnerst du dich an die Party bei Davy Boland?« fragt er, sich über den Tisch beugend. »Du warst draußen im Flur. Du warst todunglücklich wegen Alexander. Keiner wußte es außer mir. Du warst tapfer. Du hast wirklich gut gespielt, aber *ich* wußte Bescheid. Ich dachte, Mitternacht werde ich sie küssen, egal wie, ich tu's, schnapp sie mir jetzt, wo sie schwach ist, und ich hab dich gesucht. Alle küßten alle und du warst nirgends. Ich kriegte schon Panik, weil ich wußte, daß ich dich unbedingt aufstöbern mußte, bevor der ganze Zauber vorbei war, weil ich sonst nie wieder eine Chance bekommen würde. Und dann hab ich dich im Flur gesehen und hab's einfach getan. Und es hat dir rein gar nichts bedeutet.«

Ich lächle und berühre sein Gesicht. »Du redest wirklich einen Riesenmist, Stephen Openshaw«, sage ich. »Du warst doch damals gar nicht an mir interessiert.«

An diesem Abend hatte sie ihr dunkelblaues Kleid an, hauchzarte Schichten, durch die ihre runden, weißen Arme zu sehen waren; und tiefer, gewagt, das beinahe sichtbare Weiß der milchigen festen Ausbuchtungen ihrer herzförmigen Hüften. Wie sie in diesem Kleid dasaß, die Knie hochgezogen, mitten unter den vielen Leuten rund um das Klavier in Davy Bolands Wohnzimmer in Newton Heath. Sie rammte ihm ihren Ellbogen gegen den Kopf. »Ach, Schatz!« rief sie, ganz Betroffenheit, »ach, Schatz!«, und hielt seinen Kopf so zärtlich.

Er neigt sich noch weiter zu mir und schüttelt langsam den Kopf. »Das ist alles, was *du* weißt«, sagt er.

Ich weiß nicht einmal mehr, was ich anhatte.

Auf dem Motorway schweigen wir.

Denk nach.

Guter Gott, ich hab mich gestern nacht so richtig schön aus

der Hand gegeben, wie? Bitte, bitte! Laß mich mein Herzblut über dich ergießen! Ich muß praktisch sein. Ich bin jetzt okay, ich habe mich mit Füßen und Ellbogen wieder an die Oberfläche hinaufgestrampelt, ich habe mich abgehorcht, meine Lunge wieder gefüllt. Vor drei Tagen saß ich in einem Boot, das niemals schwankte, und das Leben war einfach. Ein kleiner leichter Selbstmord vielleicht, ein wenig Kummer, nun, damit konnte ich umgehen. Aber dies? Ich war da eine Weile wirklich über Bord. Denk praktisch. Denk praktisch. Wir leben in verschiedenen Teilen des Landes. Er hat am Dienstag ein Vorstellungsgespräch. Würde ich wieder in London leben wollen? Ich liebe Moorcop. Würde er hier oben leben wollen?

Ach, schalt ab, schalt doch ab, warum so ein Theater um etwas, das alle anderen jeden Tag tun. War doch nur ein Fick, oder nicht? Nur zwei Körper.

»Ich freu mich auf zu Hause«, sage ich, und es klingt wie eine Herausforderung. »Ich mag Moorcop.«

Er schiebt seine Hand herüber und streichelt mein Bein. »Ich auch«, sagt er.

Wir folgen dem Motorway durch die grünen Täler des Seengebietes, immer weiter nach Süden mit den Sonntagsfahrern, und die Sonne kommt und geht, und er wechselt die Kassetten und bei manchen singt er mit. Alles besitzt eine Leichtigkeit, eine frohe Heiterkeit, die von ihm ausgeht, weil wir, glaube ich, endlich von Veronica Karen befreit sind. Weil wir unsere Suche nach ihr aufgegeben haben.

Wir biegen ab und folgen den alten vertrauten Straßen oben im Hochmoor und unten durch die Täler mit den steinernen Dörfern und hochragenden grünen Felsen, überqueren die Höhe beim Stausee und sehen schließlich den ersten Wegweiser nach Shugden. Ich setze automatisch den Blinker, reihe mich ein, bremse ab.

»Cathy«, sagt er leicht überrascht, »fahren wir nach Shugden?«

»Das Land meiner Väter«, antworte ich, das Lenkrad drehend.

Die Straßen rund um Shugden sind so vertraut wie alte Bekannte. Ich weiß nicht, warum ich plötzlich so aufgeregt bin.

»Ich möchte sehen, ob unser Haus noch steht«, sage ich. »Es dauert nicht lang. Und von dem Ortsende führt eine schöne Straße zurück. Eine Panoramastraße.«

»Okay.« Er scheint es zufrieden.

»Hin und wieder«, sage ich, »vielleicht einmal alle drei Jahre, fahr ich rüber und seh nach, und jedesmal hat sich irgendwas verändert, ist wieder irgendwas verschwunden, und jedesmal erwarte ich, daß unser Haus weg sein wird, weil ja alles andere rundherum verschwindet, aber bis jetzt war es immer noch da. Eines Tages wird das natürlich nicht mehr so sein. Es ist was ganz Merkwürdiges, zu Häusern zurückzukehren, in denen man mal gelebt hat.«

Er nickt. »Wann warst du das letztemal dort?«

Ich überlege. Das letztemal war ich nicht so aufgeregt, da war's nur das alte Shugden, langweilig und ein bißchen schäbig, noch ein bißchen runtergekommener, das ist bei jedem Besuch so, und ich fuhr einfach rein, ohne einen Gedanken, und ging zum Krematorium, um den in verschnörkelter Schrift geschriebenen Namen meiner Mutter im Gedenkbuch zu lesen, und steckte Blumen in eine dieser weithalsigen olivgrünen Plastikvasen. Danach ging ich raus und sah mir all die in Zellophan verpackten Blumensträuße an, die unter den Namen auf den kleinen Schildern im quadratischen rosafarbenen Beton ausgelegt waren. Der Wind blies über die Sträuße und zupfte an ihren Schleifen. Ein Name war da, bei dem keine Blumen lagen, eine Frau namens Edith, da bin ich wieder rein gegangen und hab aus allen Vasen eine Blume genommen und einen dürftigen kleinen Strauß gebunden, ihn unter Ediths Schildchen gelegt und ein kleines Gebet für sie gesprochen, wer immer sie sein mochte. Und danach besuchte ich Tante Pearl.

»Vor zwei Jahren«, antworte ich ihm.

Wir warten an der Ampel vor der Hog's-Head-Brücke. Geradeaus in die Stadt oder links zu Tante Pearl. Sie wohnt jetzt in einem neuen Bungalow. Ich sollte sie wahrscheinlich besuchen, sie würde zu Tode gekränkt sein, wenn sie erführe, daß ich in der Stadt war, ohne bei ihr vorbeizukommen. Das letztemal hatte sie ein großes, widerlich riechendes Furunkel am Bein, und meine Cousine Sandra wechselte den Verband. Pearl trank diesen billigen Sherry, ekelhaftes Zeug. Sie ist eine von diesen gräßlichen alten Trinkerinnen, die darauf bestehen, daß man mit ihnen trinkt, und sich einfach nicht abwimmeln lassen, so schlimm wie diese Saufbrüder, die einem im Pub ständig was aufdrängen. Ich mußte meinen Sherry heimlich Schluck für Schluck in den Blumentopf kippen.

Die Ampel schaltet um. Ach, ich besuch sie nächste Woche. Jetzt ist nicht der richtige Moment. Ich fahre los, geradeaus.

Alle Traurigkeit und Herrlichkeit der entschwundenen Vergangenheit strömt mir aus diesen Straßen entgegen, selbst aus denen, die überhaupt nicht mehr aussehen wie früher, mit den kantigen, harten Masken über den alten, weichen, erinnerten Konturen. Aus irgendeinem Grund muß ich sie hin und wieder sehen, meine abgeworfene Haut. Und heute ist Sonntag; Shugden am Sonntag, häßliches altes Nest, schaurig schön. Da ist der Bahnhof, wo mein Vater gearbeitet hat, sie haben ihn vorn mit einem neuen rosagrauen Boden und automatischen Türen aufgemotzt. Der Teil, wo früher Woolworth war, ist jetzt Fußgängerzone, öde und fast leer, weil Sonntag ist. Die große goldene Skulptur eines Violinschlüssels erhebt sich seidenglatt aus einer Fülle blasser Grünpflanzen, und die Verkehrslichter blinken, an und aus, an und aus, und spiegeln sich in der schwarzglänzenden Fassade der National Westminster Bank. Wieder Lichter. Ich reihe mich gehorsam in die mittlere Spur ein, biege rechts ab und fahre den Hügel hinauf, an der kalten Pracht des Nag's Head vorbei, um das sich ein Parkplatz ausbreitet wie eine Brautschleppe.

»Da hast du dich übergeben müssen«, sage ich zu Stephen.

»O Gott, ja, ich erinnere mich.« Er lacht. »Ich bin mir vielleicht blöd vorgekommen!« Er beschattet die Augen mit der Hand und schaut über seine Schulter zurück zum Fenster raus.

Wir schlängeln uns durch die kleinen Straßen. Überall hier waren früher große, schäbige alte Häuser mit kleinen Vorgärten, lange, gerade, streng blickende Häuserzeilen mit rötelroten Vortreppen. Aber jetzt ist alles neu, eine flache Landschaft von Backsteinkästen mit kleinen Gärten hinten, umgeben von hohen Zäunen aus einem Material, das aussieht wie ein von Riesenhand gemachtes Korbgeflecht, fuchsfarben und hochglänzend. Und hier steht wunderbarerweise noch mit hochmütigem Blick auf diesen neumodischen Krempel eine selten gewordene, bedrohte Reihe schöner, großer, strenger alter Häuser, zwei und zwei. Ihre Ziegel sind brüchig, und die uralte Farbe zerfällt über ihren staubblinden Augen wie die Bilder, die sich in einem brennenden Buch kurz vor dem Tod zusammenrollen.

Unser altes Haus ist das am Ende, verrammelt. Wir parken davor und betrachten es, im Wagen sitzend.

»Das ist es also.« Er holt seine Zigaretten heraus.

16 Shaw Road, Shugden 2, 16 Shaw Road, Shugden 2, 16 Shaw Road …

»Hast du es nie gesehen?«

Na ja, woher soll ich das wissen? Es kann ja sein, daß sie ihn hierher mitgebracht hat irgendwann im Lauf der vielen Jahre, als sie wie Bruder und Schwester waren. Sie haben vielleicht so gesessen wie wir jetzt, Seite an Seite, und sie hat mit wehmütigem Seelchengesicht von ihrer Kindheit erzählt.

»Nein«, sagt er. »Aber ich hab viel davon gehört.«

Wir hatten Stiefmütterchen auf dem kleinen Flecken trockener Erde vor dem Haus. Ich robbte immer die lange schräge Mauer, die oben gerundet war, hinauf und stellte mir dabei vor, es wäre der Hals einer Giraffe und ich ritte auf ihrem Rücken durch die afrikanische Savanne. An der Seite war ein hohes schwarzes Tor, aber das ist jetzt nicht mehr da, und die Gasse neben unserem Haus ist voller Abfälle, verrottende Pappe, dicke weiße Säcke, prall gefüllt mit altem Bauschrott. Seitlich von den Brettern, die über die Haustür genagelt sind, sind drei Klingelknöpfe.

»Komm«, sagt er und macht die Autotür auf.

Einen Moment lang betrachte ich ihn, seine hohe Gestalt, die nicht auf den Boden meiner fernen Vergangenheit gehört. Rauchkringel steigen von seiner Zigarette auf. Es ist, als wären seine dunklen, eckigen Schultern in einen alten Schnappschuß einkopiert. Er dreht sich herum und macht eine auffordernde Kopfbewegung. Ich steige aus, sperre ab und gehe zu ihm.

»Willst du nicht mal nach hinten schauen?« fragt er.

»Ich möchte reingehen«, sage ich. »Ich würde so gern noch einmal reingehen, bevor es verschwindet.«

Er nimmt mich bei der Hand. Da stehen wir.

»Jedesmal denke ich, es muß weg sein«, sage ich wieder. »Alle paar Jahre schau ich vorbei, überzeugt, daß es diesmal nicht mehr da sein wird, aber aus irgendeinem Grund ist es immer hier, hält die Stellung. Mit Müh und Not.«

Er lächelt und nimmt meine Hand fester. »Nicht mehr lang, vermute ich.«

Wir gehen den Weg hinauf, drei oder vier Schritte höchstens, und bleiben auf der großen Vortreppe stehen. Dieser Weg erschien mir damals sehr lang. Wenn es schneite, sprang ich von ganz oben in ein reines, weißes, weiches Bett und stapfte mit Riesenschritten zum Tor. Die Hand meiner Mutter, in einem roten Handschuh, war immer da. Aber es gibt hier nichts zu sehen, es gibt keine Tür und keine Fenster, es ist wie das eingebundene Gesicht einer Mumie oder eines Opfers von Verbrechern, dem man die Augen verbunden und einen Knebel in den Mund gesteckt hat. Sie sollten es aus seinem Elend erlösen, die lebenserhaltenden Maßnahmen einstellen. Oder ich werde es kaufen. Ich werde reich und kaufe es, stelle es wieder her, baue neue Fenster und eine Tür ein, stütze die morschen Wände ab, bessere das Dach aus, installiere Zentralheizung, streiche es, behandle es liebevoll um des langen Lebens willen, das es hinter sich hat, und der unauslöschlichen Eindrücke, die es in meiner Seele hinterlassen hat. Ich werde ihm einen schönen Lebensabend bereiten.

»Es ist so klein«, sage ich. »Als Kind bin ich von dieser Treppe gesprungen, und sie erschien mir riesengroß. Ich mußte mir immer erst ein Herz fassen, weil sie so hoch war.«

Er steht eine Stufe tiefer als ich, umfaßt meine Taille mit beiden Händen und hebt mich zu sich heran. Jetzt bin ich einen Kopf größer als er, ich schließe seinen Kopf in meine Arme und drücke ihn an meine Brust. Über seine Schulter hinweg sehe ich die endlosen langweiligen Häuser über der Straße, jedes mit einer Satellitenschüssel, einer pseudorustikalen Tür und einem kleinen grünen Rechteck wie ein fadenscheiniger Teppich unter dem Plastikfenster. Ich hebe sein Gesicht zu mir auf und küsse seinen Mund mit großer Zärtlichkeit, dann gehe ich weg von ihm, an der Fassade des Hauses entlang und durch die Lücke, die das verschwundene Tor hinterlassen hat, den schmalen grauen Weg entlang, der nach hinten führt. Er folgt mir, vorbei am schmutzigen Khaki-Creme-Gelb des hohen Fenstersimses, wo ich immer mit baumelnden Beinen auf meine Ellbogen gestützt hing, nachdem ich mich hochgezogen hatte, um ins dunkle Spielzimmer hineinzuspähen. Von außen sah es immer gespenstisch aus. Wenn ich jetzt durch die feuchten, gesplitterten Bretter hindurchsehen könnte, die das Fenster bedecken, wenn das Glas sich plötzlich in einen schwarzen Spiegel verwandelte, würde ich dann zwei kleine Mädchen mit Pferdeschwänzen sehen, die in einem Zimmer voller Kartons mit alten Sachen, voller Staub und vergessener Dinge spielen? Alle Spielsachen sind dort, Molly und Rex und Zwiebelkopf und Jo-Jo der Affe und die spanische Donna: Ich halte sie um die Taille und lasse sie tanzen, während wir singen, Veronica und ich:

Ein Lied liegt in der Luft
Aber die schöne Señorita hört nicht den Ruf
Meines Lieds in der Luft.

Sie treten aus den Schatten: die Prinzessin Verona, Jem der Zigeunerjunge, Lorna Lamorna, die boshafte Edle Doolily, der Riese Killyloo, der Radscha, Tabitha, Annabel, Little Girl Green, Mamie und Rowena und schwingen die Beine im flirrenden Staub.

Sie trägt rote Federn und einen Hula-Hula-Rock,
Sie trägt rote Federn und einen Hula-Hula-Rock,
Sie ißt frische Kokosnuß und Fisch aus dem Meer...

Es ist, als käme man als Gespenst zu sich selbst zurück.

Hinten ist nur Müll, undefinierbarer, schwarzer Müll, so hoch aufgehäuft, daß man nicht mal reinkommt, nicht mal unsere Hintertür sehen kann, die das Tor zu einer anderen Welt war, als ich das erstemal über ihre Schwelle kroch. Wir heben die Köpfe, recken die Hälse. Das Speicherfenster ist offen, ein schwarzes Loch.

»Da drinnen hab ich mal einen Schatten an der Wand gesehen.« Ich zeige hinauf. »Den Schatten eines Mannes mit Zylinder.«

»Wirklich?«

Er nimmt mich, umfaßt meinen Kopf und zieht ihn an sich, als hielte er jemanden beim Revers, und küßt mich auf den Mund, verschlingend, beinahe gewalttätig, mit flatternden Augenlidern. Die Welt um mich herum, aus den Augenwinkeln wahrgenommen, ist fern, naßkalt, faulig, verwischt. Eine Ahnung ungestümen Werbens gibt er mir, ein Versprechen.

Als wir gehen, lehnen wir uns aneinander wie zwei Betrunkene.

Wir fahren weiter, durch die Stadt zur Straße nach Süden, und halten unterwegs nach einem Laden Ausschau, wo man sonntags was zu essen kaufen kann. In der Manchester Road ist das alte blinde Essoldo-Schild verschwunden mitsamt seinen Flecken blätternden Rosts. Wir sind manchmal nachmittags, wenn Dad bei der Arbeit war, mit Mama und Tante Pearl da hingegangen. Wir haben alles gesehen. Wir sahen alle Filme mit Montgomery Clift, weil Mama für ihn schwärmte. Es war immer furchtbar peinlich mit Mama und Tante Pearl im Kino, dauernd scharrten sie rum, wechselten die Plätze, flüsterten laut und reichten Toffees in knisternden Papierchen rum. Die Leute sahen sich nach uns um und machten scht! Manchmal wäre man am liebsten in den Boden versunken.

»Da ist ein Laden«, sagt Stephen.

Es ist ein Spar, gegenüber der Kirche. Wir parken in einer Seitenstraße, kaufen lauter ungesundes Zeug, was andres gibt's nicht, Fleischpasteten und abgepackte kleine Kuchen und eine

Flasche Apfelsaft. Die Sonne scheint so schön; wir überqueren die Straße und steigen den kleinen Hang hinauf, der zum Friedhof führt. Dort gibt es Bänke, wo wir uns niedersetzen und unsere Sachen mit Blick auf die langen Kirchenglasfenster essen können. Hier ist meine Cousine Sandra getraut worden. Die Kirche ist alt. Sie steht auf einer Anhöhe, die einmal eine schöne Landschaft überschaute, aber jetzt blickt sie auf die schmutzige, holprige Straße hinunter, die selbst am Sonntag vielbefahren und laut ist. Einige der Gräber hier hatten Felder und Hecken und Schafe mit ihren zipfelschwänzigen Lämmern zu ihren Füßen. Ein Schatten dessen, was es einmal war, ist geblieben, wie immer noch schöne Augen in einem verwelkten alten Gesicht. Hier steht eine Zeder aus der Zeit Charles' I., und auf der anderen Seite fahren die Züge vorbei, tief unten in einer Schneise.

Drinnen singt die Gemeinde schwach und dünn, eine Gesangbuchmelodie, so banal, daß sie sich beim Hören verflüchtigt.

»Ich möchte beerdigt werden, wenn ich sterbe«, sage ich. »Ich möchte ein Grab mit einem Grabstein und Blumen und Trauerzedern mit einem Krähenhorst und Glockengeläut haben.«

Ich möchte nicht nur ein Name in einem Buch sein.

Er sieht einen Moment gedankenvoll drein, dann sagt er: »Trauern Zedern?«

Wir reichen uns den Apfelsaft hin und her.

Aber was, wenn man mich vergißt, und ich die ohne Blumen bin? Ich erinnere mich an meinen Besuch auf Sylvia Plaths Grab in Haptonstall. Es war schwer zu finden in den geraden Reihen, und als ich es entdeckte, war es ungepflegt, kahl, und man konnte sich dort nur hinsetzen und traurig sein.

»Weißt du eigentlich, was mir an Veronica Karen immer besonders gefallen hat?« fragt er, während er die Hülle seiner Fleischpastete zusammenknüllt und einsteckt.

Ich will es nicht hören.

»Du«, sagt er, als ich nicht antworte.

Er dreht den Kopf und sieht mich mit einem geraden, offenen Blick an. Oh, er kultiviert die freimütige Manier, aber es ist alles nur Fassade. Er versteht sich auf dieses Spiel. Ich rufe mir die Namen diverser Frauen ins Gedächtnis, mit denen er, soweit ich hörte, liiert war. Es war eine Erica darunter, glaube ich, und eine Jane.

»Ich konnte mein Glück nicht fassen«, sagt er. »Gleich *zwei* tolle Mädchen. Natürlich war ich damals in Veronica Karen verknallt, aber *du* warst wie ein Bonus.« Er lächelt. »Natürlich warst du immer mit irgend jemandem zusammen.«

Ich erinnere mich an Sonnenschein im Apfelbaum und Ambrose, der über den Rasen strich. Ich erinnere mich an uns vier auf den Holzbänken, ich und Robin McGeeney und Veronica Karen und Stephen.

»Weißt du, ich habe mir über Veronica Karen nie Illusionen gemacht«, fährt er fort. Er lehnt sich zurück und schaut zum Himmel hinauf. »Ich wußte immer, daß sie und ich nie im Leben ein – wie soll ich sagen? – ein normales Paar werden würden. Verstehst du? Mit jemandem wie Veronica Karen konnte man keine Familie gründen, das ging einfach nicht.«

Na bitte, selbst jetzt kann er nicht aufhören, von ihr zu reden.

»Sie wurde einmal richtig wütend auf mich, weil ich sagte, ich fände dich attraktiv.«

»Na klar.« Es ist mir egal. Ich stehe auf, fege Kuchenkrümel zu Boden, dieses Zeug hängt sich überall fest. Ich gehe ein Stück den Weg hinunter und sehe mir die Gräber an.

»Ich versteh nicht, warum ihr das so viel ausgemacht hat«, sagt er, »damals waren wir ja nicht mal mehr zusammen, das war längst vorbei. Sie war nicht bei allen so, nur bei dir.« Er bleibt mit der leeren Apfelsaftflasche stehen und sieht sich nach einem Mülleimer um. »Es war ein Tag, an dem wir nur so rumgeblödelt haben, du weißt schon, und dann kamen wir auf die Idee, wir sollten beide raten, wer dem anderen gefallen würde. Ich tippte alle richtig, und sie tippte völlig daneben. Es war nichts als ein Jux, bis ich sagte, daß du mir eigentlich gut gefallen würdest. Da wurde sie total komisch.«

Er geht zum Tor und wirft die Abfälle in einen Eimer, dann kommt er zurück. Ein schreckliches Gefühl schleicht sich ein:

Rache, Freude. Er steht nicht zu nahe. »Liebe zwischen Gräbern«, sagt er.

»Meine Urgroßeltern sind hier begraben«, sage ich.

»Wirklich?« Er sieht mich an, als hätte ich etwas Unglaubliches gesagt.

Ich nicke. »Da drüben.«

»Und sind deine Eltern auch hier begraben?«

»Nein, sie wurden eingeäschert.«

Ihre Asche ist fort, von einem Fremden über dem Garten des Gedenkens verstreut. Wir nehmen uns gegenseitig um die Taille und gehen zwischen den Gräbern umher, lesen die Inschriften auf den alten Steinen. Ehepartner liegen Seite an Seite. Auch sie sind einmal so gegangen, verschlungen, voll Staunen einer über den anderen. Meine Eltern sind im Tod nicht zusammen, ihre Asche wurde fortgeweht, sie sind jetzt nirgends. So viele Tote, eine riesige Menge. Hin und wieder das Grab eines Kindes, selbst nach so vielen Jahren noch herzzerbrechend.

»Da«, sage ich. Wir bleiben vor den beiden Steinen mit den Namen meiner Urgroßeltern stehen und blicken hinunter.

»Hast du eigentlich je dran gedacht, noch mal ein Kind zu bekommen?« fragt er in beiläufigem Ton.

Ein kleines Schweigen tritt ein.

»Manchmal, ja«, sage ich. »Manchmal, aber ...« und ich halte fröstelnd inne – »aber nein, im Grunde nicht, im Grunde habe ich nie daran gedacht –« Ich spreche nicht weiter, weil ich nicht erklären kann, daß ich nicht wünschen wollte und trotzdem wünschte, und daß ich mir geschworen habe, nie wieder die Möglichkeit eines solchen Verlusts zu schaffen.

»Bekomm eines mit mir, wenn du möchtest«, sagt er, als schlüge er vor, wir sollten uns die Kosten für ein Taxi teilen. Ich sage nichts, denn was kann man da schon sagen? Aber dann lacht er, ein auf gewisse Weise unterdrücktes, erstauntes Lachen. »Es würde gut werden.« Er lehnt seinen Kopf an meinen. »Ich denke wirklich, wir sollten es tun, es würde funktionieren. Ich würde dich nicht verlassen oder so was. Du kennst mich doch.« Er lacht wieder. »Treu wie Gold. Stinklangweilig. Du würdest mich nie mehr loswerden.«

So viele Tote und wir am Leben. Es erscheint wie ein Wunder. Ich küsse ihn.

Ein Zug fährt vorüber.

Down in the valley, valley so low,
Hang your head over, hear the train blow.

Drinnen singen sie ›Ein' feste Burg ist unser Gott‹. Die Züge, die Züge, hör das einsame Pfeifen. Aber die Züge pfeifen nicht mehr. Er zieht meine Hand an seine Lippen wie ein Kavalier der alten Schule. Ich liebe ihn, hier zwischen den Gräbern, unter den Toten, wie sehr ich ihn plötzlich liebe.

Wir gehen weiter zur Vorhalle.

»Berühr mich«, sagt er sehr leise, und in seiner Stimme ist so ein Flehen, so viel gedämpfte Verzweiflung, daß ich auf der Bank in der Vorhalle den Arm um ihn lege und ihn dort berühre, eine federleichte Berührung der harten Stelle in seinen Jeans. Er drückt sein Gesicht an meinen Hals und hebt stöhnend seinen Schenkel. Wir könnten es jetzt tun. Jetzt, hier, überall. Die Gemeinde macht sich zum Auszug bereit. Auf dem Weg sind Schritte. Wir setzen uns gerade, benommen.

Ein alter Mann und eine alte Frau treten von draußen in die Vorhalle und schicken sich an, die Anschläge zu lesen.

Wir gehen. Hand in Hand steigen wir zur Straße hinunter. Ein Lastwagen donnert vorbei. Wir gehen an einer Bushaltestelle vorüber.

»Ist das zu glauben!« Es ist eine alte, geschwätzige Stimme, heiser von Zigarettenqualm.

Ich sehe mich erschrocken um.

»Du bist es wirklich«, sagt sie. »Ich hab euch kommen sehen und dachte, nein, das kann nicht sein.«

Ich sehe eine dicke alte Frau mit zuviel Schminke im Gesicht und bete zu Gott, daß ich niemals so aussehen werde.

»Das ist Tante Pearl«, sage ich zu Stephen. »Erinnerst du dich an Tante Pearl? Hallo, Tante Pearl.«

Herrgott noch mal, wie kommen wir jetzt weg?

»Ich versuch seit Tagen, dich anzurufen«, sagt sie laut und anklagend. Dann wendet sie sich Stephen zu und erklärt in vertraulichem Ton: »Ich kann diese Maschine, die sie hat, nicht ausstehen. Mit der red ich nicht.«

»Du hast mich angerufen, Tante Pearl?«

»Ob ich angerufen habe? Ob ich angerufen habe?« Ihre Stimme schwillt an. Ihre Augen sind wäßrig blau und hervortretend, von gelblichen Äderchen durchzogen. Sie sind weit aufgerissen. »Natürlich hab ich dich angerufen! Wo bist du die ganze Zeit gewesen? Ich komm gerade aus dem Krankenhaus, sonntags ist das fürchterlich mit den Bussen.«

In meinen Ohren, in meinem Kopf beginnt feierlich eine Trommel zu schlagen.

»Wen hast du denn besucht, Tante Pearl?«

»Veronica«, sagt sie, »was denkst denn du?«

»Veronica Karen«, sagt Stephen in einem Ton tiefer Verwunderung.

12

Ich gehe durch diese langen cremegrünen Korridore und möchte nur davonlaufen. Ich hasse Krankenhäuser sowieso. Ich hasse *dieses* im besonderen. Ich hab genug. Mein Magen flattert, meine Eingeweide werden zu Wasser, Adrenalin rast durch meinen Körper, mir ist übel.

Seit drei Monaten ist sie hier, seit drei Monaten und nicht ein Wort. Na ja, was soll man machen, hat Tante Pearl gesagt. Unter diesen Umständen hat sie ein Recht darauf zu tun, was ihr beliebt. Gab es je andere Umstände für Veronica Karen? Sie ist abgehauen, um sich zu verstecken. Zurück in den Schoß der Familie, zu der ordinären alten Tante Pearl. Eigentlich ganz logisch, oder? Veronica Karen legte als erstes immer ihr Make-up auf, klopfte die Haut unter dem Kinn und dergleichen. Konnte es nie ertragen, häßlich auszusehen. Natürlich will sie so nicht gesehen werden. So? Wie denn? Lieber würde sie mutterseelenallein abtreten, mutterseelenallein leiden, als sich so sehen zu lassen.

Oder ist es einfach Verleugnung? Macht sie sich immer noch vor, daß dies nicht der GAU ist, daß sie sich wieder erholen und hier rauskommen wird?

Pearl sagt, sie hat sich's ganz einfach plötzlich anders überlegt. Sagte auf einmal nur: Warum geben wir nicht Cathy Bescheid? Emily Brontë auf ihrem Roßhaarsofa verkündend, daß sie den Arzt jetzt empfangen wird. Ich sehe sie vor mir, wie sie daliegt, das lange Haar auf dem Kissen ausgebreitet, mit gefalteten weißen Händen, bleichem Gesicht und umschatteten Augen, eine viktorianische Schönheit auf dem Sterbebett.

Vor der Tür bleibe ich zitternd stehen.

Ich bin ein Feigling, ich war immer ein Feigling. Ich werde umkehren und gehen, Stephen melden, der irgendwo unten herumlungert und auf seine Audienz wartet, falls sie ihm eine gewähren sollte. Sie läßt es sich offenbar durch den Kopf gehen. Ich werde im Aufzug abwärts schweben, in die herrliche frische Luft hinausstürzen, über die Straße zum Holly Tree Café laufen, Cappuccino trinken und ein Kirschtörtchen essen und mich triumphierend beglückwünschen, wie ich das früher immer tat, wenn es mir gelungen war, die Schule zu schwänzen, ha, ha, und die sitzen jetzt alle drin und sticheln Hohlsäume.

Aber ich öffne die Tür.

So. Sie ist wirklich so.

Sie ist geschrumpft. Sie ist wie ein junges Vögelchen, das ich einmal auf dem Weg zur Schule auf dem Bürgersteig liegen sah, tot und rosig, mit gebrochenem Hals, aus dem Nest gefallen. Sie ist alle Verhungernden, eine KZ-Überlebende, ein winzig kleines, altes Ding mit trockener weißer Kopfhaut, die durch helles, flaumiges Haar, das seltsam leblos und plattgedrückt ist, schimmert. Sie hat ein hübsches Nachthemd an, am Hals mit Rosen bestickt, mit einer Rüsche und einem schmalen lachsfarbenen Seidenband. Sie sieht darin aus wie eines dieser verhutzelten Kinder mit den mageren alten Gesichtern und den niedlichen Kleidern, von denen man manchmal Bilder sieht; die, die in sechs Jahren um ein Leben altern. Sie sieht an mir vorbei, wie eine Blinde, ein Lächeln in ihrem Totenschädel.

Sie ist es nicht.

Sie ist es nicht, sie ist schon fort, es ist eine andere, eine Fremde, eine arme, arme Fremde, die ich besuchen muß. Sie ist für mich bereit, sitzt aufrecht in den Kissen. Ich setze mich an das hohe Bett in dem hellen Zimmer mit seinem Geruch nach frischer Bettwäsche und Sauberkeit und dem Hauch von Kotgestank, der noch in der Luft hängt, als hätte jemand gerade einem Säugling die Windel gewechselt und aus dem Zimmer getragen.

Ihr Atem ist ein kaltes Pfeifen, wie Wind zwischen Eiszapfen im tiefsten Winter. Sie hat keine Wimpern, und ihre Augen sind mit Eiter verklebt. Nackt und voll Scham nach einem Leben in Kohlstift und Wimperntusche haben sie sich verkrochen, ausgelöscht.

»Hallo, Veronica«, sage ich.

Es ist die Art von Magerkeit, die man nicht glauben kann, die knotigen, hervorstehenden Handgelenke, die merkwürdigen, hervorspringenden Tiefen um das Schlüsselbein.

»Du wirst mich doch jetzt nicht ausschimpfen«, sagt sie mit dünner, rauher Stimme. Ihre Finger, die auf einer Sauerstoffmaske auf der zurückgeschlagenen Bettdecke liegen, sind zum Brechen dünn.

»Natürlich nicht. Was redest du da?«

Ich mustere sie von oben bis unten. Das Bett ist flach, als läge ein Kinderskelett unter der salbeigrünen Decke. Ihre andere Hand ist verschwunden unter einem dicken Verband, von dem Schläuche zu einem Tropf hinaufführen. Oh, Veronica Karen, dein Haar, was ist mit deinem Haar geschehen? Was ist mit deinen Augen geschehen? In mir stürzt wieder etwas ins Bodenlose.

»Ach, Veronica Karen«, sage ich, »was sollen wir denn nur mit dir machen?«

»Siehst du«, sagt sie, »du schimpfst mich *doch* aus.« Ihr kalt pfeifender Atem vibriert.

»Nein, das stimmt nicht. Wenn du glaubst, daß *das* Ausschimpfen ist!« Ich schaue mich im Zimmer um. »Stephen ist unten. Hat Tante Pearl es dir gesagt?«

»Ach, mein lieber, guter Stephen«, sagt sie und beginnt leise zu weinen, »er könnte es nicht ertragen, mich so zu sehen. Ich glaube, ich könnte es nicht ertragen.«

Ich weiß nicht, was ich ihr sagen soll. Wie läuft's denn so? Lange nicht gesehen? Erzähl, was gibt's Neues?

»Wir sind bis nach Schottland raufgefahren«, sage ich in einem Ton ungläubiger Verwunderung.

Sie lächelt, zieht die Lippen über dem buckligen weißen Zahnfleisch zurück. Ihre Zähne wirken sehr lang, und die Innenseite ihrer Unterlippe ist verklebt von einer gelblichen Kruste. Die Augen fallen ihr zu. Natürlich, ich nehme an, sie bekommt starke Schmerzmittel.

»Wir sind wie die wildgewordenen Hummeln rumgesaust deinetwegen.«

»Ich hab dich angerufen«, sagt sie. »Ich hab mir extra das Telefon bringen lassen.«

»Du hast mich angerufen? Wann war das?«

Aber sie lächelt nur matt, als verstünde sie mich nicht. Ich frage mich, ob sie angerufen hat, als ich in der Badewanne saß.

»Warum hast du Bobbie Alexanders Adresse gegeben?« frage ich.

»Hab ich das getan?«

»Wir sind bis rauf zu Alexander gefahren«, sage ich. »Wir haben ihn gesehen.«

Sie hustet. Das Wasser läuft ihr aus den Augen, röchelnd zieht sie Luft in sich hinein, hinein, nur hinein, nichts kommt heraus. Er macht mir angst, dieser Husten. Sie wird ersticken, denke ich, ihre Lunge wird zerreißen. Aber sie erholt sich zitternd, wie eine alte Maschine, die man abgestellt hat.

»Wie geht es ihm?« fragt sie.

Ich antworte nicht gleich.

»Es geht ihm gut«, sage ich dann.

»Ich wollte ihn vielleicht besuchen«, keucht sie, »aber dann hab ich's doch nicht getan.«

Sie gleitet davon. Ihre Augenlider senken sich anmutig flatternd wie sterbende Schwäne.

»Hör mal«, sage ich, »Stephen möchte dich wirklich gern sehen.«

Sie schüttelt den Kopf.

»Veronica Karen, du bist egoistisch. Er hat die ganze Fahrt auf sich genommen, nur um dich zu sehen. Findest du nicht, unter solchen Umständen –«

»Bild dir nicht ein, du kannst mich einfach abschreiben«, sagt sie wütend. »Noch bin ich nicht tot.« Sie will mehr sagen, fängt aber wieder zu husten an. Sie ringt um Atem, hebt mit fliegender

Hand die Sauerstoffmaske. Durchsichtig und glänzend, sitzt sie wie eine riesige Clownsnase auf ihrem Gesicht. Veronica Karen saugt den Sauerstoff mit der stirnrunzelnden Konzentration ein, mit der sie früher das Kokain sniffte. Sie hat Anfälle gehabt, sagte Tante Pearl, sie hatte vor zwei Wochen einen, bitte, Gott, laß sie nicht jetzt einen Anfall bekommen. Mein Blick sucht den Alarmknopf. Aber sie nimmt die Maske ab und verzieht das Gesicht.

»Ich will nicht mit dir streiten, Veronica Karen«, sage ich. »Bitte, laß uns nicht streiten, ich will es nicht.«

Nicht jetzt, wollte ich eigentlich sagen, nicht in so einem Moment, aber da würde es vielleicht gleich wieder losgehen.

»Geht es wieder? Oder soll ich eine Schwester holen?«

Sie schüttelt den Kopf. Sie gleitet schon wieder davon. Ich mustere das kleine Zimmer, die hellen Wände, die bis zu halber Höhe mit Ölfarbe gestrichen sind, die Geräte und Schläuche, das blitzende Chrom, den Beutel mit klarer Flüssigkeit, der über ihr hängt, oben flach, unten aufgeschwollen wie ein Euter. Ich frage mich, ob sie wohl in diesem Zimmer sterben wird. Ich sollte sie mit nach Hause nehmen und ihr ein Bett richten an meinem Kamin mit den roten Rosen auf den schwarzen Kacheln, die sie nie gesehen hat, und sie am Feuer mit der guten Bouillon füttern, die unsere Mutter immer gemacht hat. Aber ich bringe die Bouillon nicht so fertig. Ich hab's immer wieder versucht, aber ich krieg sie nie richtig hin, die klarste, reinste, köstlichste Bouillon, die je ein Mensch gekostet hat. Ich habe Veronica Karen mal danach gefragt, vor Jahren am Telefon, als wir noch Kontakt hatten: Hast du sie jemals so hingekriegt? Sie sagte, nein, das ist unmöglich. Ich wünsche mir diese Bouillon, ich kann sie schmekken, riechen, ich kann unsere Suppenschalen sehen mit dem Baummuster innen und zwei kleinen Vögelchen in Kindermanier gemalt, Amorbögen am Himmel. Ich erinnere mich, wie genau wir aufpaßten, daß jede Schale bis auf den Tropfen gleich viel enthielt.

Ab und zu öffnen sich zuckend ihre Lider. Ich denke daran, daß dieses Zimmer das Letzte im Leben ist, was sie sehen wird. Weiß sie das?

»Ich wollte ihm verzeihen.« Sie versucht zu lachen. »Ich war hochherziger Stimmung.«

»Dann tu's«, sage ich. »Er ist hier.«

Sie hebt einen streichholzdünnen Finger zum Mund und fährt sich dann über das gelbe Zeug in seinem Inneren. »Was?« sagt sie stirnrunzelnd.

»Er ist hier.«

»Alexander?«

»Nein, nein. Stephen.«

»Ach so.« Und sie ist wieder fort.

»Warum hast du es mir nicht gesagt?« flüstere ich nach einer Weile. Ich dachte, sie schliefe, aber sie öffnet die Augen und sagt: »Was?«

»Daß du krank bist.«

»Schimpf mich nicht aus.« Wieder runzelt sie die Stirn. »Du sollst mich nicht ausschimpfen.«

»Das tu ich doch gar nicht. Wirklich nicht.«

Sie schluckt, und ein Schmerzkrampf verzerrt ihr Gesicht. Aus ihrer Brust kommt ein seltsam hohes, zischendes Geräusch, ich glaube, sie lacht. »Ihr seid überall gewesen, hat Tante Pearl gesagt, du und Stephen ...« Ein langer, pfeifender Atemzug unterbricht sie und wird zum Husten. Sofort bin ich angespannt. Aber sie erholt sich. Sie kratzt mit einem Fingernagel an der Kruste in ihrem Mund und sagt: »Das Zeug ist lästig.«

»Aber so bringst du's zum Bluten«, sage ich.

»Hm.«

»Brauchst du irgendwas? Kann ich dir was holen?«

»Wo ist er?« fragt sie.

»Stephen? Unten.«

Sie seufzt. »*Muß* ich ihn sehen?«

»Du mußt gar nichts tun, was du nicht willst, Veronica Karen.«

Sie driftet wieder weg, kehrt aber dann zurück. »Er macht immer solches Theater.« Über ihren Augen liegt ein Schleier, und sie zwinkert immer wieder, als täten sie ihr weh. »Er ist die reinste Glucke. Ich wollte, ich hätt's ihm nie gesagt.«

»Macht doch nichts«, sage ich, »du brauchst ihn ja nicht zu sehen.«

Doch sie wendet ihr Gesicht ab und murrt: »Wahrscheinlich bleibt mir nichts anderes übrig.«

»Veronica Karen«, sage ich, »warum willst du ihn nicht sehen?«

Langsam dreht sie den Kopf wieder zu mir herum. »Weil er mich liebt«, antwortet sie, »und ich ihn nicht. Ich meine, ich liebe ihn, aber nicht so. Auf die Weise hab ich ihn nie geliebt.«

Dann fallen ihr die Augen zu und sie schläft ein. Ich lausche dem matten Sang ihres Atems, dem Quietschen ferner Türen, dem leisen Klopfen des Regens am Fenster. Ich starre auf eine kleine Blase, die einen dünnen Schlauch hinunterwandert. Diesmal schläft sie wirklich. Ich berühre ihre Hand, sie ist kalt. O Freiheit! O Leben! Ich werde ganz leise aufstehen und gehen. Aber kaum denke ich auch nur daran, öffnet sie die Augen.

»Er soll kommen«, sagt sie. »Eigentlich wollt ich's nicht, aber jetzt will ich. Aber laß mich nicht mit ihm allein, sonst gehen die Emotionen mit ihm durch. Ich kenne ihn.«

Er geht schnurstracks zum Bett und umfaßt ihre freie Hand, küßt sie auf die Wange und setzt sich dann hin und lächelt, als wär das ein ganz normaler kleiner Krankenbesuch.

»Schimpf mich jetzt bitte nicht aus!« sagt sie gereizt. Sie hebt den Arm zu seiner Schulter, und als er sich vorbeugt, um ihr entgegenzukommen, fällt der Ärmel ihres Nachthemds zurück. In der Ellbogenbeuge ihres spindeldürren Arms nässen offene Geschwüre durch eine dünne Puderschicht. Ich schaue zu meinem eigenen Ellbogen hinunter, fühle sie dort, bin versucht zu kratzen, zu reiben. Sie kann nicht so sein, niemand kann so sein, meine Schwester kann nicht so sein.

Stephen hält ihre Hand in seinen beiden Händen und streichelt sie. »Dummkopf«, sagt er.

»Du hast mir die Luft genommen«, erklärt sie ihm. »Dauernd bist du aufgekreuzt.«

Er wirft mir einen Blick zu. Ich glaube, echte Erheiterung in seinen Augen zu sehen. »Ich weiß«, erwidert er gar nicht entschuldigend, »aber du hast mir's ja heimgezahlt, nicht? Es war die reinste Schnitzeljagd.« Er lacht. »Wir sind von John o' Groats bis Land's End hinter dir hergepest. Du bist vielleicht eine Marke, du solltest mit deinen Freunden Kontakt halten.«

»Es ist deine eigene Schuld«, sagt sie. »Du bist abgehauen.«

Er rückt seinen Stuhl näher heran. »Ja, gib nur mir die Schuld«, sagt er mit leichter Ironie, als wäre sie nicht ein Totenkopf, dann lächelt er, ein Lächeln, das sie ganz umfaßt, mit seinen Augen, seinem Mund, seiner ganzen Person. Mich hat er nie so angesehen. »Es ist so schön, dich zu sehen«, sagt er leidenschaftlich.

Ich blicke zu den gewienerten Fliesen hinunter, weiße Schlieren wie Zirrhuswölkchen durch Grau gezogen. Das Licht vom Fenster spiegelt sich in ihnen. Sie brauchen mich hier nicht. Ich will aufstehen, aber sie dreht langsam den Kopf und wedelt vage mit der Hand. »Geh nicht weg«, sagt sie.

»Na ja, umwerfend ist das Zimmer nicht gerade«, bemerkt Stephen, der sich umsieht. »Kannst du nicht ein paar Poster an die Wand hängen? Das würden sie doch bestimmt erlauben.«

Er sieht mich an.

»Ich weiß nicht«, sage ich.

»Wir besorgen dir welche«, sagt er zu ihr. »Wir besorgen dir ein paar Bilder für die Wände.«

»Eine andere Musik wär ganz schön«, sagt sie. »Ich hab nur ein paar alte Reggae-Kassetten mit. Erinnerst du dich an das alte Al-Green-Band, das wir hatten? Hast du es noch?«

»Ja«, antwortet er, »aber es ist in London. Weißt du was, ich muß am Dienstag sowieso hin, wegen eines Vorstellungsgesprächs, dann hol ich's.«

Sie lächelt und schließt die Augen, an deren unteren Rändern sich eine schleimige Absonderung sammelt. Sie gleitet wieder davon. Das Geräusch ihres Atems füllt den Raum zwischen uns. Sein Gesicht ist müde und angestrengt, als er mich ansieht, sein Blick ist kalt, nervös, abwehrend.

»Ich glaube, sie kann sich nicht lange konzentrieren«, sage ich leise.

Er blickt in ihr Gesicht, ein langer, forschender Blick, bis ihre Augen sich wieder öffnen, ganz langsam wegen des Eiters. Sein Gesicht ist dem ihren so nahe, seine Lippen sind so geöffnet, daß ich denke, daß er sie küssen wird, aber statt dessen sagt er: »Komm, bringen wir das mal in Ordnung«, und geht zum Waschbecken und dreht das Wasser auf.

»Er ist ein Schatz«, flüstert sie mir schläfrig zu und schließt zufrieden ihre Lippen, aber ich bin fort, langsam davongeschwebt wie ein entkommener Ballon, und hänge wie eine Lampe irgendwo in der Höhe, unbemerkte Beobachterin.

Er kommt mit warmen feuchten Tupfern zurück. Wie die Frauen in der Wöchnerinnenstation ihren Säuglingen die Augen säubern, so wischt er geduldig die Klebrigkeit weg.

»So ist es besser«, murmelt er.

»Du mußt sie da reinwerfen.« Sie deutet mit der Hand auf einen gelben Beutel.

»Ich hasse Krankenhäuser«, sagt er, die Tupfer wegwerfend. »Wann kommst du raus?«

Sie versucht zu lachen, aber sie kann nicht.

»Ich kann mich um dich kümmern«, sagt er und setzt sich wieder. Er lehnt sich lässig auf seinem Stuhl zurück. »Ich kann das, glaub mir.«

»Nein, das könntest du nicht.« Sie hustet. Ihre Hand, eine erschöpfte Spinne, kriecht ihm rastlos entgegen. »Du könntest es nicht ausstehen.«

»Nein, wirklich«, versichert er, »es ginge prima. Auf jeden Fall wäre es besser als hier.«

»Nein, du könntest es nicht. Ich würde es gar nicht zulassen.«

Völlig ernst beugt er sich wieder ganz nahe zu ihr hinunter. »Warum nicht?«

Sie hustet wieder. Ihre Augen tränen, und sie greift nach der Maske.

»Es ist doch nicht etwa so was Dummes wie Scham? Wie lange kenne ich dich jetzt, Veronica Karen? Es sind genau einundzwanzig Jahre, ist dir das klar? Ich könnte mich um dich kümmern.«

Und um mich. Um mich. Mich kennt er auch seit einundzwanzig Jahren.

»Glaubst du im Ernst, daß nach so langer Zeit irgendwas an dir was ändern könnte?« fragt er.

Sie setzt die Maske auf und atmet eine Weile Sauerstoff. Ihre Brust hebt und senkt sich mühevoll und bewegt das hübsche Seidenband mit der Kleinmädchenschleife, das zwischen den schattenhaften Kanten ihrer Rippen liegt. Dann legt sie die Maske weg, hebt die Hand und berührt seine Wange. »Ich wollte dich nicht sehen«, sagt sie.

»Warum nicht?«

Seine Hand, riesengroß, bedeckt die ihre und hält sie an sein Gesicht gedrückt.

»Ich wollte nicht, daß du mich so siehst.«

»Dumme Person!« Ich bin gar nicht hier, ich bin überflüssig. Ich werde gehen, sie brauchen mich nicht. Ich stehe auf, um mich auf Zehenspitzen davonzuschleichen, aber sie dreht ein wenig den Kopf und streckt ihre ausgebreitete Hand nach mir aus.

»Könnt ich?« fragt sie kläglich. »Könnt ich nach Hause kommen?«

Wo ist das?

»Natürlich kannst du«, flüstert er mit glänzenden Augen. »Du kannst alles, was du willst.« Er hebt ihre kleine Vogelklaue an seine Lippen und küßt sie. »Wir könnten uns auch so ein Ding besorgen«, sagt er und deutet auf den Sauerstoffbehälter. »Wir würden uns um dich kümmern. Cathy auch. Wir wären für dich da.«

Sie dreht den Kopf und sieht mich lange an. Und da nichts in ihren Augen es ahnen läßt, ist es ein großer Schock, als sie zu weinen anfängt, ein leises Schluchzen, das erst eine Weile tief in ihrer Brust arbeitet, ehe es in langen, qualvollen, ächzenden Lauten aus ihr herausbricht. Sie versucht, ihre freie Hand zu ihrem Gesicht zu heben, um seine Nacktheit vor uns zu verbergen, aber sie schafft es nicht.

»Aber«, sagt Stephen, zieht seinen Stuhl vorwärts und bedeckt sie mit seinem schützenden Schatten, »aber, aber, was soll denn das? Was sollen die Tränen, Kleines?«

»Ich will nicht, daß es passiert«, stößt sie hervor und beginnt wieder zu husten.

Lieber Gott.

Er schiebt eine Hand unter ihren Kopf und wischt ihr mit der anderen das Gesicht. »Aber es passiert«, sagt er, »und darum sind wir hier.«

»Ich hab Angst!« ruft sie.

»Natürlich hast du Angst.«

»Ich hab Angst«, schluchzt sie und schluchzt es immer wieder. Ich hab Angst, ich hab Angst, ich hab Angst, ich hab Angst, und er sagt: »Ja, ja«, und hebt sie hoch und hält sie sehr behutsam, aus Furcht, ihre kleinen, dünnen Knochen könnten brechen. Sie weint mit zusammengepreßten Augen, ihre Lippen glänzen. »Ist ja gut, ist ja gut«, murmelt er.

Sie sagt etwas, das ich nicht mitbekomme.

»Natürlich bist du das«, sagt er, »natürlich. Du bist eine tapfere Frau, Veronica Karen, eine tapfere Frau.« Mit seiner großen Hand hält er ihren Hinterkopf. Beide Gesichter sind verborgen.

»Mach, daß es weggeht!« fleht ihre erstickte Stimme.

»Sch«, sagt er. »Sch.«

Er war nie für mich. Ich sehe sie durch einen schwachen Nebel der Müdigkeit, zusammengeschweißt, sachte wiegend. Vielleicht schlafe ich. Meine Hände sind kalt. Alles an mir ist nutzlos und kalt. Es ist ein schrecklicher Traum, lieber Gott, laß mich aufwachen.

Ihre Gesichter lösen sich voneinander.

»Ich liebe dich«, sagt er, küßt sie ungeschickt und läßt sie auf das Kissen hinuntersinken, als wäre sie kostbarstes Porzellan. Mit einem Fingerrücken streicht er ihr über das Haar. Ihre Augen schließen sich und sinken tief in ihr Gesicht wie die Augen einer Osterinsel-Skulptur. Die Wellen branden tosend an die verlassenen Strände all ihrer Inseln, der Osterinsel und St. Kilda und Holy Island und Flannan Isle und der Isle of the Blest. Sie geht vierzig Tage und vierzig Nächte in die Wüste, in die Dunkelheit, die ihr in unserem alten dunklen Haus so große Angst gemacht hat. Ich sehe sie dort, ein Kind. Ihr war kein langes Leben vergönnt. Ich hätte netter sein sollen. Ich hätte netter sein sollen. Die Luft pumpt pfeifend durch ihre Schläuche. Ihr Atem macht mich wahnsinnig. Wie eine Autosirene, die die ganze Nacht durch heult. Ich möchte meinen Kopf unter ein Kissen stecken, mir die Ohren abschneiden, aus dem Fenster springen, schreien, alles in Stücke schlagen.

Sie macht die Augen auf und dreht sich zu mir. »Cathy«, sagt sie. Schon sammelt sich der Eiter wieder.

»Ja?«

»Bring morgen die Fotos mit.«

Aus irgendeinem Grund denke ich an die Bilder von Saskya, aber dann sagt sie: »Bring das von Ambrose auf dem Zaun mit.«

Sie meint unsere Familienfotos, zu Hunderten in einem alten Karton: zwei kleine Mädchen in Southport und Blackpool und Torquay, in gleichen Kleidern, die Pfingstspaziergänge, Mama im Garten, Daddy in seiner Uniform, Ambrose mit der Patriziernase auf einem Zaun thronend.

»Okay«, sage ich.

»Ich weiß noch, einmal ...«, murmelt sie und verstummt. Sie hat vergessen, was sie sagen wollte, und sieht mich fragend an, als müßte ich es wissen.

»Wir haben uns unser altes Haus angesehen«, erzähle ich.

»Ach ja?«

»Ja. Man kann nicht mehr durch die Fenster reinschauen. Ich wollte ins Spielzimmer schauen, aber es geht nicht.«

Unsere Blicke begegnen sich. Gestern nacht war ich mit ihm zusammen. Ich habe Jahre vor mir, Jahre, und du keine. Ich hätte netter sein sollen. Ich verstehe ihren Ausdruck nicht, es ist nichts da, was ihn erhellt, nichts, was einen wissen läßt.

Sie lächelt. »Erinnerst du dich an Mamie und Rowena?«

»Aber natürlich.«

»Erinnerst du dich an ›Sie trägt rote Federn‹?«

»›Rote Segel im Abendrot‹«, sage ich.

»Sie waren alle rot, nicht?«

Stephen lächelt. Ich sehe ihn verwirrt an; er lächelt, als wäre alles in Ordnung, als befänden wir drei uns nicht hier in diesem Alptraum.

»Spiele, die wir gespielt haben«, erkläre ich.

»Was bedeutet rot?« fragt sie.

»Zorn.«

»Ich weiß noch, einmal«, sagt sie, und in ihrer Kehle bildet sich ein Lachen, das den Worten in den Weg kommt. »Ich weiß noch, einmal als wir hinten in der Küche waren ...« Sie stemmt sich zappelnd gegen das Kissen, als wolle sie sich aufrichten, aber es nützt nichts, ihr fehlt die Kraft, und sie sinkt immer noch lachend zurück. Aber dann wird aus dem Lachen Husten, und sie drückt die Maske an ihre Brust, schon in Bereitschaft. »Erinnerungen«, keucht sie mit mühsam zwinkernden Augen, »man weiß es gar nicht. Sie sind gut, selbst wenn sie schlecht sind. Man weiß es nur nicht.«

»›Der Fänger im Roggen‹«, sagt Stephen.

Ich schaue ihn an. »Was?«

»›Der Fänger im Roggen‹«, wiederholt er, »am Ende. Holden Caulfield sagt es. Erinnerst du dich daran, Veronica Karen?«

Aber, merke ich plötzlich, sie ist kaum noch bei Bewußtsein. Sie gähnt wie ein Kind, und das löst neuen Husten aus.

»Setz die Maske auf, Veronica Karen«, sagt Stephen ängstlich.

Auf einmal ist der Husten grauenvoll. Innerhalb von Sekunden hat er völlig von ihr Besitz ergriffen und fällt über sie her. Ich packe die Maske und drücke sie auf ihr Gesicht, und sie schnappt keuchend und würgend wie eine Halbertrunkene nach dem Sauerstoff.

»Hol die Schwester«, sage ich.

Er springt taumelnd auf und läuft los. Tränen strömen Veronica Karen aus den Augen und sammeln sich um die Ränder der Maske.

»Es wird schon wieder, Veronica«, sage ich, »es wird schon wieder, es ist gleich wieder gut«, weil man nichts anderes sagen kann, auch wenn es eine Lüge ist. Dies hier, all dies, denke ich, ist, als sähe ich mir selbst beim Sterben zu. Ich fühle ihr Gehen durch und durch, als verlöschten kleine Lichter in meinem ganzen Körper, als verlöre sich ein großer Wolkenkratzer langsam in der Dunkelheit, als gingen in ganz Europa die Lichter aus. Die Lichter sind unsere gemeinsamen Erinnerungen, vorbei, vorbei, vorbei für immer. Als ich den Mund öffne, um etwas darüber zu sagen, geht ein gewaltiges Ziehen durch mich hindurch und ein schrecklicher Schmerz bricht in meiner Brust auf, und ich erkenne, daß es Trauer ist, denn ich bin ihr früher schon begegnet. Ich respektiere sie und nehme Veronica Karen bei der Hand und sage: »Friede, Kleine.«

Die Schwester kommt herein, gefolgt von Stephen. Ruhig und energisch, unerschütterlich wie ein Holzklotz, geht sie zum Bett. »So, da bin ich«, sagt sie mit schottischem Akzent, während sie den Tropf neu einstellt, »ist es ein schlimmer, Veronica Karen?«

Wie durch ein Wunder, aber vielleicht ist es ja auch nur ein Aufschub der Qual, läßt der Anfall nach. Veronica Karen nickt, sie hustet immer noch, aber sie gewinnt langsam die Kontrolle. Ihre Brust hebt und senkt sich zitternd wie die Flanken der Fische, die die Fischer sterbend an den Kanalufern in Moorcop liegenlassen, und in der tiefen Grube ihres Halses hat sich ein Tränenbecken gesammelt. Stephen wischt ihr das Gesicht mit einem kühlen Tuch. Schau ihn dir an. Hast du je solche Liebe erlebt? Ich gewahre ein anderes Selbst, meine geisterhafte Doppelgängerin, die im Hintergrund des Zimmers lauert, mit verächtlichem Blick über verschränkten Armen ihre Häme aussendet. Schau dir das an! sagt sie, schau's dir an! Sie muß ihre große Sterbeszene haben, hm? Hauptsache, sie hat Publikum. Adieu! Adieu! Adieu!

Ich schrumpfe, einsam, ein kalter, immer kleiner werdender Punkt.

Die Schwester schüttelt ihr Kissen auf. »So«, sagt sie. »Jetzt. Gleich viel besser, nicht wahr, Veronica Karen?«

»Friede«, keucht Veronica Karen mit pfeifendem Atem.

Ihre Augen schließen sich. Mit der Sauerstoffmaske auf dem

Gesicht schläft sie ein. Wir sitzen stumm da. Seltsam, wie der Geist arbeitet. Blitzartig überfällt mich eine Erinnerung, die Erinnerung an einen besonderen Lutscher, den wir als Kinder gern mochten, so real, daß ich ihn sehen und schmecken und sogar riechen kann. Er war wie ein kleines Törtchen am Stiel geformt und in geriffelte Silberfolie verpackt, die man abmachen mußte, um ihn in seinem satten, tiefen Burgunderrot, auf dem Kristallzucker glitzerte, genießen zu können. Ich würde alles dafür geben, mir jetzt eine zuckrige Süßigkeit in den Mund stopfen zu können, alles. Ich möchte Süßigkeiten, Schokolade, süße Limonade. Ich möchte einen Whirligig. Erinnerst du dich an die Whirligigs, Veronica Karen? Weißt du noch, wie wir uns, als wir klein waren, heimlich mit Mänteln über unseren Nachthemden rausgeschlichen haben? Es fing gerade an, dunkel zu werden, und die Welt erschien uns riesengroß und gefährlich, auf der Straße waren Männer, die, die Hände in den Hosentaschen, nach Hause gingen, und wir rannten über zwei große Straßen zum Kiosk und kauften Lutscher und Whirligigs, diese kleinen Windräder mit ihren übereinandergreifenden Schokoladenrädchen. Du hast deinen Whirligig immer fein säuberlich auseinandergebrochen, ohne die Rädchen kaputtzumachen.

13

Eine Rampe mit zwei Pfosten am unteren Ende führt hinaus, durch eine adrette kleine Stadt mit rauhverputzten Fertigwänden, Wegweisern mit Pfeilen zu ›Radiologie‹ und ›HNO‹. Männer in weißen Overalls arbeiten auf einem Gerüst. Am Ende der Rampe weicht Stephen aus und prallt mit dem Kopf ziemlich spektakulär gegen den einen Pfosten, schlägt sich beinahe selbst k.o. Er springt zurück und funkelt den Pfosten so wütend an, als hätte er ihn angegriffen. Sein ganzer Körper ist starr vor Zorn.

»Stephen!«

Mit düsterem Blick und verdrossenem Mund sieht er mich an.

»Alles in Ordnung?«

»Es ist grauenhaft«, sagt er schluckend. »Es ist einfach grauenhaft, was da abläuft. Ich kann nicht damit umgehen, ich weiß nicht, was ich tun soll.«

»Ich auch nicht.«

Er schüttelt bitter den Kopf, packt mich bei den Schultern und drückt mich so heftig an sich, daß mir die Luft wegbleibt, eine wilde Umarmung der Verzweiflung. Zu Tode gedrückt, denke ich, während ich versuche, mit dem Gesicht zur Luft durchzustoßen, aber er erstickt mich an seiner Brust, mein Kopf dröhnt wie von Hammerschlägen, und ich kann nicht atmen. Ich wehre mich, aber er packt nur fester zu. Ich muß strampeln und stoßen, um mich zu befreien.

Ich umschließe sein Gesicht mit meinen Händen. Auf seiner Stirn beginnt sich schon eine Beule zu bilden, genau in der

Mitte. »Es ist ja gut«, sage ich. »Du schaffst es schon. Man glaubt, man wird es nicht schaffen, aber dann schafft man es doch.«

Die Männer beobachten uns.

Er verzieht den Mund, aber ein richtiges Lächeln ist es nicht.

»Sie wollte uns das alles ersparen«, sagt er. »Sie wäre eine schöne Erinnerung gewesen, so wie sie war. Aber jetzt ist sie so was. Und wird es immer bleiben.«

Er macht auf dem Absatz kehrt und geht. Ich hole ihn ein, und gemeinsam, aber getrennt, kehren wir zum Wagen zurück. Er geht mit schleppendem Schritt, ein Steinchen vor sich her stoßend, den Kopf gesenkt, die Hände in den Taschen. Wie soll ich zu ihm sein? Ich weiß nicht mehr, was wir beide einander sind. Ich möchte ein Zeichen. Aber ich sehe keines. Wir steigen in den Wagen, und ich fahre uns zu Tante Pearl zurück. Ständig befeuchte ich meine Lippen, die so trocken sind, als hätte ich schwer getrunken. Es ist wie eine Krankheit, ja, so fühle ich mich. Besser kann ich es nicht beschreiben. Meine Nerven sind unangenehm gereizt, alles in mir bebt. Stephen starrt zum Fenster hinaus. Den ganzen Weg zu Tante Pearl nehme ich all die belanglosen kleinen Dinge wahr, die mein Körper tut, wie schlucken und blinzeln und so.

Tante Pearl hatte früher ein hübsches kleines Reihenhaus draußen in Richtung Manchester Road; jetzt wohnt sie in einer modernen Doppelhaushälfte in einer Art Großraumsiedlung. Alles, was man tut, parken, den kleinen weißen Weg zwischen den zwei Rasenstücken hinaufgehen, ist eine öffentliche Angelegenheit. Sie macht die Tür auf, noch ehe wir aus dem Wagen gestiegen sind, und wartet, wie eingerahmt: Hausschuhe, eine rote Schürze mit weißen Herzen und einer großen Tasche vorn, die offenhängt wie Kangas Beutel in ›Pu der Bär‹. Sie sieht aus wie die Herzdame, wie Mrs. Pig aus dem Bilderbuch, dick und rosig, mit gräßlich blondiertem Haar, das nicht zu ihrem Alter paßt und auf ihrem Kopf sitzt wie ein grelles Signallicht, das blinkend seine Botschaft aussendet: Alte Nutte. Noch ehe wir das Haus erreichen, stürzt sie sich von der Türstufe auf Stephen und kreischt: »Was ist denn mit Ihrem Kopf?«

Er macht ein etwas verblüfftes Gesicht. »Ich hab ihn mir nur angestoßen«, sagt er. »Es ist nicht schlimm.«

Aber sie zerrt ihn ins Wohnzimmer, drängt ihn, sich an ein loderndes Gasfeuer zu setzen, während sie unablässig redend in die Küche hinkt, um Butter zu holen. Ihr Bein scheint besser zu sein, aber sie trägt immer noch einen ziemlich breiten Verband unter ihrem rosaroten Strumpf. Rosarot! Man sollte meinen, sie würde versuchen, es zu vertuschen, statt dessen dieser rosarote Schweinelook. In dem kleinen Zimmer stehen drei Sessel, die nicht zusammenpassen, zweckmäßig aufgereiht vor dem blauen Webpelzvorleger und dem Feuer. Ihn hat sie in den mittleren gesetzt, einen unförmigen Klotz, rissiges braunes Leder, mit tiefem Sitz und hohen Armlehnen, so daß jeder darin aussehen muß wie geschrumpft. Ich setze mich in den zu seiner Linken mit dem roten Stretchbezug. Der Fernseher läuft, irgendwas über den Seen-Distrikt, und der Geruch nach irgendwas, das auf dem Herd lang und langsam vor sich hin köchelt, durchzieht die Luft, vertraut und drückend wie unendlich viele Sonntagnachmittage.

»Na, und wie fandst du sie, Cath?« schallt ihre Stimme durch zwei offene Türen. »Sieht furchtbar schlecht aus, nicht? Und man gewöhnt sich auch nicht daran.«

Sie kommt mit der Butter, verschmiert sie auf seiner Stirn, klopft sie energisch ein.

»Sie ist ein dummes Ding. Ja, wirklich! Das alles war doch überhaupt nicht nötig!«

Er sieht aus wie einer, der gerade einen Schlag auf sein drittes Auge bekommen hat. Seine beiden anderen, jetzt wieder ruhig, sind klar und blicken mich unter ihrem schlaff schwabbelnden Arm hindurch an. »Cathy«, sagt er, »was machen wir jetzt?«

Ich wollte, er würde nicht immer mir diese Entscheidungen aufhalsen. Die Deckenbeleuchtung hat keinen Schirm, sie brennt grell auf den verschnörkelten Silberrahmen des Bildes von Onkel Vincent und Tante Pearl mit Sandra, Claire und David, das auf dem Fernseher steht.

»Ich habe nicht die blasseste Ahnung«, antworte ich.

»Ich hab auf jeden Fall mal einen Eintopf gemacht«, sagt Tante

Pearl in resigniertem Ton und richtet sich auf. »Ihr *bleibt* doch zum Abendessen. Ihr *müßt* bleiben, ich hab extra den Kuchen aus der Tiefkühltruhe genommen.«

Stephen und ich sehen einander an, und seine Augenbrauen senken sich, als er plötzlich lächelt. »Mir ist alles recht.« Er zuckt die Achseln.

»Vielen Dank, Tante Pearl«, sage ich. Ich werde mein Haus nie wiedersehen. »Das ist nett. Aber so gegen sechs sollten wir fahren, denke ich.«

»Ja«, stimmt Stephen zu.

»Gut«, sagt sie entschlossen und stapft aus dem Zimmer, um die Butter hinauszutragen. Stephens Stirn glänzt wie ein abgelutschtes Bonbon. »Was wollen wir tun?« sagt er hastig zu mir. »Wir können doch nicht einfach so abfahren, was wollen wir tun?«

Im ersten Moment denke ich, er spricht von Tante Pearl. Ich gebe auf.

»Keine Ahnung. Sag du's mir.«

»Wir könnten sie zu dir nach Hause bringen. Wir könnten sie dort pflegen.«

»Ja«, sage ich, »gut«, und bin wie betäubt.

Ich starre auf den Bildschirm, in die grelle afrikanische Sonne, die auf einen einsamen Baum herabbrennt, unter dem ein kleines Rudel Löwen döst. Es ist zu heiß hier drinnen, viel zu heiß. Ich muß diesen Becher bis zur Neige trinken. Ich kann es nicht aushalten. Ich möchte zu Hause sein wie vorher, ich möchte, daß Sally Wilcock wie immer zu ihrer Klavierstunde kommt, ich möchte am Dienstag morgen aufstehen und zur Arbeit gehen, ich möchte, daß die Sonne auf die Tische draußen scheint, wenn ich die Blumen hinstelle. Ich möchte, daß Veronica Karen irgendwo weit fort ist und ihren eigenen Mist macht, wie sie das immer getan hat.

Ach, hätten wir sie nie gefunden.

»Wir könnten morgen früh zurückkommen und alles klären«, sagt er. Seine Augen sind rund und ein bißchen irre. »Frag doch mal deine Tante Pearl. Komm schon!«

»Möchte jemand einen Sherry?« ruft sie aus der Küche.

»Nein, danke, Tante Pearl.«

Aber keine Chance, da ist sie schon mit den Gläsern.

»Tante Pearl«, sage ich, als sie mir ein randvolles Glas reicht, »glaubst du, sie würden sie raus lassen?«

»Sie ist keine Gefangene«, sagt Stephen. »Sie kann tun, was sie will.«

Tante Pearl wirkt gequält, wie sie da steht, die eine weiße, feiste Hand in ihrer Riesentasche, in der anderen mit abgespreiztem Finger ihr Glas haltend. »Oh, sie ist im Krankenhaus besser aufgehoben«, sagt sie. »Die können sie richtig pflegen.«

Er ist entsetzt. »Aber sie liegt im Sterben«, jammert er. »Sie braucht ihr Zuhause.« Seine Augen werden feucht, aber er weint nicht.

Tante Pearl preßt die Lippen aufeinander und schüttelt den Kopf, als hätte er etwas Geschmackloses gesagt. Sie setzt sich nicht in den sehr flachen schwarzen Sessel auf Stephens anderer Seite, was uns zu den drei weisen Affen machen würde, sondern auf einen geradlehnigen Stuhl im rechten Winkel zu uns und gegenüber dem Fernseher. Wir schweigen alle drei und trinken. Es ist ein billiger Sherry, mit einer Farbe wie Henna-Shampoo.

»Tja«, sagt sie, die Beine ungraziös gespreizt, ihren dicken Bauch vorgewölbt wie die Schallblase einer Kröte, »dich bekommt man ja dieser Tage kaum zu Gesicht, Cathy, nicht wahr?«

»Nein«, sage ich, »schlimm, nicht? Wir sollten engeren Kontakt halten.«

»Na ja, ich bin nicht sehr beweglich. Mit diesem Bein. Nicht so wie früher. Das wirst du auch noch erfahren, wenn du alt wirst.«

Sie babbelt weiter von ihrem Bein und ihrer Arthritis und der Mammographie meiner Cousine Claire, die Gott sei Dank in Ordnung war. Dann kommt sie wieder mit dem Sherry. Stephen trinkt ihn ohne ein Anzeichen von Unbehagen.

»Für mich nichts mehr, Tante Pearl«, sage ich und decke mein Glas zu. »Ich muß noch fahren.«

»Ach, was, setz dich hin und trink ein Schlückchen«, erwidert sie, obwohl ich doch schon sitze. »Du brauchst was für deine Nerven.«

»Nein, wirklich nicht, Tante Pearl.«

Aber sie schiebt ganz einfach meine Hand weg und kippt den Flaschenhals über mein Glas.

Tja, ich scheine ganz allgemein nicht mehr viel zu sagen zu haben. Ich möchte nach Hause. Wenn ich dieses widerliche Zeug ganz, ganz langsam trinke, jeden Schluck hinauszögere, dürfte ich eigentlich nach dem Essen nichts mehr davon spüren. Stephen und sie beginnen ein Gespräch über afrikanische Jagdhunde, die jetzt, in einem Rudel durch die Serengeti flitzend, auf dem Bildschirm zu sehen sind. Er hat ein Talent dafür, ein Gespräch in Gang zu halten. Tante Pearl ist angetan von ihm, das merke ich. Sie springt auf und ab und füllt mit dem gnadenlosen geschäftigen Eigensinn der Senilität, der keinen Widerspruch duldet, immer wieder die Gläser auf, verschwindet von Zeit zu Zeit in der Küche, zweifellos, um ihr eigenes aufzufüllen, und kehrt mit Taschen voll nützlicher Utensilien wie Löffel und kleinen, eiförmigen Salz- und Pfefferstreuern zurück, die sie alle sehr ordentlich auf den marmorierten braunen Kacheln rund um den offenen Kamin verteilt.

Wir halten unsere Teller auf dem Schoß. Feierlich werden sie herumgereicht, randvoll mit wäßrigem, salzigen Eintopf. Tante Pearl ist keine gute Köchin, ganz im Gegensatz zu unserer Mutter. Wir essen mit großen Löffeln, schöpfen rasch die Soße ab, damit es nicht so leicht überschwappt. Die Löwen fressen auch, die Köpfe tief im aufgerissenen roten Leib eines armen Zebras. Tante Pearl und Stephen scheinen es nicht zu bemerken, aber ich sehe fasziniert zu und denke, wie komisch es ist, daß wir alle zur gleichen Zeit essen. Ich frage mich, was Veronica Karen zum Abendessen bekommt. Kann sie überhaupt noch etwas genießen? Ich wünschte, sie wäre tot; ich wünschte, sie wäre alles andere, nur nicht das, was sie jetzt ist.

»Iß«, sagt Stephen zu mir.

Ich hebe den Kopf und sehe ihn an, und er lächelt kurz und senkt gleich wieder den Blick. Er will mir nicht in die Augen schauen. Was sind wir jetzt, er und ich? Stellen Sie sich uns alle zusammen in meinem Haus vor! Ich, die Oberpflegerin, Mrs. Danvers, die Verrückte, die im Hintergrund herumschleicht. Sie, Humphrey Bogart und Ingrid Bergman, Cathy und Heathcliff, Carmen und Don Wie-heißt-er-gleich. Ach, es war alles nur Quatsch, oder nicht? Dieses ganze Getue. Die Hitze des Augenblicks. Er hat mich in einem schwachen Moment erwischt. Es ist doch so, man braucht einem Mann nur den kleinsten Wink zu geben, und schon versucht er's.

»Iß«, sagt er.

Tante Pearl schlürft ihren Eintopf in sich hinein, erzählt schmatzend lange, verwickelte Geschichten von ihrer Nachbarin, die wir nie kennengelernt haben und wahrscheinlich auch nie kennenlernen werden. Sie stellt ihren Teller nieder und kommt wieder mit dem Sherry an.

»Nichts mehr!« rufe ich.

Kann leicht sein, daß mir am Ende noch schlecht wird, mir wird oft schlecht bei Tante Pearl.

»Stell dich nicht an«, poltert sie und schwenkt die Flasche wild vor meinem Gesicht.

»Nein!«

Ich schreie, lauter als beabsichtigt.

»Lassen Sie sie doch«, mischt Stephen sich ein. »Sie muß doch nicht trinken, wenn sie nicht will.«

»Nein, natürlich nicht«, sagt Tante Pearl beleidigt und verzieht sich mit ihrer Flasche.

»Ich muß fahren«, sage ich.

Sie prustet verächtlich.

Wie soll ich fahren? Wie soll ich jetzt noch nach Hause kommen? Ach, dieses fürchterliche Weib, ich muß diesen ganzen Fraß essen, um den widerlichen Sherry zu neutralisieren. Meine Wut ist ein giftiger Wurm, der in meiner Kehle anschwillt. Ich möchte schreien. Ich muß weg hier, ich muß weg hier. Schau ihn dir an, er ist überhaupt keine Hilfe, hat mehr getrunken als ich und hat schon wieder einen dastehen. Trinkt wie ein Fisch. Wer ist er denn schon? Mir zu sagen, daß ich essen soll! Dabei stochert er selbst nur in seinem Eintopf rum. Ich stelle meinen Teller weg.

»Du hast überhaupt nichts gegessen«, sagt sie gekränkt. »Ihr habt alle beide kaum was gegessen.«

Wir senken die Köpfe wie Kinder.

»So geht das nicht«, sagt sie leise, im Begriff, die Teller hochzunehmen. Aber Stephen ist schon aufgesprungen und besteht darauf, alles einzusammeln und in die Küche rauszutragen.

»Tun Sie sie einfach in die Maschine«, ruft sie. Tante Pearl ist eigentlich nicht der Typ, der eine Geschirrspülmaschine hat, aber was ist heutzutage noch normal?

»War wirklich gut, der Eintopf, Tante Pearl«, lüge ich.

»Es war immer dein Lieblingsessen.« Sie zupft an einem Fädchen an ihrem Ärmel und seufzt. »Ist er der, dem damals schlecht geworden ist?«

»Richtig.«

»Dacht ich mir schon. Ich hab ein gutes Gedächtnis für Gesichter. Du hättest bestimmt nicht geglaubt, daß ich mich nach so langer Zeit noch an den Jungen erinnern würde, hm? Netter Kerl, ja? Sie hätte bei ihm bleiben sollen. Sie hätte bei ihm bleiben sollen, heiraten, ein paar Kinder kriegen, dann wär das alles nicht passiert.« Mißmutig fährt sie sich mit der Zunge über ihre Zähne. »Er tut mir leid. Sie hat keinen Funken Verstand.«

Er kommt zurück.

»Ich hab gerade gesagt«, erklärt sie, die Arme verschränkend und den Kopf zur Seite neigend, »sie hätte bei Ihnen bleiben sollen, wenn sie gescheit gewesen wäre.«

Stephen lächelt. »Ach, ich weiß nicht«, sagt er. »Am Ende kommt es doch immer so, wie es kommen soll.«

»Stimmt nicht«, sagt sie finster. Dann steht sie schwankend auf und schlurft hinkend in die Küche, um den Kuchen zu holen.

Er beugt sich über die Riesenseitenlehne seines Sessels zu mir. »Was ist los?«

»Wieso?«

»Ich meine, du wirkst – ich weiß auch nicht.« Er bedeckt Nase und Mund, als wäre ihm kalt und er wolle sich in die Hände blasen.

Ich lache kurz. »Es ist schließlich kein normaler Tag«, fahre ich ihn an. »Wie sollte ich denn deiner Meinung nach wirken?«

Er dreht den Kopf und sieht mich voll an, und seine Augen sind so kalt, daß ich weiß, ich habe ihn verloren. Er will gerade etwas sagen, da kommt Tante Pearl mit einer großen blau-goldenen Platte, auf der ein bombastischer Schokoladenkuchen thront, mit einer Verzierung wie ein stürmisches Meer aus weißen, klebrigen Schaumkronen, glänzend und zuckrig. Da hast du deine Süßigkeiten, stopf dich voll. Augen und Gaumen brennen mir. Hunger und Ekel kämpfen miteinander wie Hokusai-Wogen. Sie stellt die Platte geübt in der Mitte des leuchtend blauen Webpelzvorlegers ab und zieht aus ihrer riesigen Schürzentasche ihr grausames schnelles Schwert, eine monströse Waffe, blitzend und vibrierend wie die Klinge eines Wahnsinnigen in einem Horrorfilm. Einen Moment lang warte ich darauf, daß sie sich wie ein Roboter herumdrehen und sie mir in die Brust stoßen wird, ich wußte ja immer, daß sie verrückt ist, aber statt dessen sagt sie: »Das mußt du machen, Cathy, ich kann mich nicht hinknien.«

Ich nehme das Messer, laß mich auf die Knie runter und fang an zu schneiden, wobei ich die Platte langsam drehe und genau darauf achte, daß ein Stück so groß ist wie das andere. Als hinge jemands Leben davon ab. Das Feuer verbrennt mich, und sein Blick liegt auf meinem Gesicht. Endlich setze ich mich wieder.

»Toll«, sagt Stephen. »Ein richtiges Kunstwerk.«

Tante Pearl, dick und rosa, rennt schon wieder mit der Flasche rum. Der Pegel ist sichtlich gesunken, aber sie hat zweifellos noch eine zweite irgendwo versteckt. Sie hat tatsächlich die Frechheit, mein Glas aufzufüllen, aber ich ignoriere es. Ich schaue auf meine Uhr.

»Nach dem Kuchen sollten wir aber fahren«, sage ich.

»Immer hat sie's eilig«, beschwert sich Tante Pearl bei Stephen, während sie sich ein Stück Kuchen nimmt. Er ist ekelhaft und klebrig, so eine Pampe, die sich in der Hand in ihren ursprünglichen Zustand auflöst. Obwohl sich mein Magen zusammenkrampft, als wäre morgen meine Hinrichtung, giert er danach. Ich muß es essen, in mich reinstopfen, hinunterwürgen wie eine Strafe. Ich sollte nichts essen, sollte gar nicht essen wollen an so einem Tag. Sie bringt keine Teller; am Ende sitzen wir alle da und lecken uns die Creme von den Fingern und Händen wie pingelige Katzen. Und die ganze Zeit redet sie, ein monotones Geleiere, eine endlose Berieselung mit Geschichten von Leuten, von denen kein Mensch je gehört hat, von ihren Hochzeiten und Krankheiten und Geburten, Belanglosigkeiten.

»Komm schon«, drängt sie. »Nimm noch ein Stück. Na los doch. Du bist sowieso zu dünn.«

Na schön. Dann esse ich eben Kuchen.

»Finden Sie nicht auch, daß sie zu dünn ist?« fragt sie Stephen. »Sie waren beide immer so. Striche in der Landschaft.«

Sie nimmt viele manierliche kleine Schlucke von ihrem Sherry, die ihren Redefluß in keiner Weise stören. Nichts kann sie jetzt aufhalten. Bomben, Kriege, Liebesaffären explodieren von Zeit zu Zeit im Fernseher, der laut durch das saunaheiße Zimmer plärrt, aber sie rollt über alles hinweg wie ein gewaltiger Strom. Sie nimmt ihre Schürze ab und berichtet von den mannigfachen Vorteilen all der neuen Geschäfte, die in der Gegend aufgemacht haben, und wohin die Pflegerin, die regelmäßig vorbeikommt, um ihr Bein zu verarzten, in Urlaub fährt, daß Claire an ihrer Arbeitsstelle Schwierigkeiten hat und Sandra Probleme mit dem Abfluß in ihrem Haus, und von irgendeiner Nor, deren Ehemann seit zwei Jahren an Depressionen leidet.

Ich esse noch ein Stück Kuchen und mir fängt an, übel zu werden. Sie hätte eine großartige Drogendealerin abgegeben, die gute Tante Pearl, denke ich, während ich sie betrachte, in ihrem engen blauen Rock, der sich über der Kugel ihres Bauchs spannt, obenauf das Sherryglas wie ein Leuchtturm auf einem ungewöhnlichen runden Felsen. Wir sind ihre Gefangenen, zwei Gänse, die um ihrer Lebern willen gemästet werden. Mein Magen rebelliert. Sie kommt auf die Familie zu sprechen, erzählt die Geschichte, wie Veronica sich ihren Po am Kamingitter verbrannte, dann die von mir, wie ich den Hund gebissen habe, von unserem Streit um die spanische Donna, die Tante Pearl mir wegnahm und *ihr* gab. Sie kritzelte der spanischen Donna das ganze Gesicht voll. Ich sehe mir so eine Sendung über Zeitschriftenverlage im Fernsehen an, um mich von der Übelkeit abzulenken.

Sobald sie nachläßt, fahren wir.

Die spanische Donna hat *mir* gehört.

»In Kunst war sie in der Schule natürlich immer sehr gut, wissen Sie«, sagt sie gerade zu Stephen. Erst denke ich, sie spricht von Veronica Karen, dann wird mir klar, daß sie mich meint. »Ich versteh nicht, was sie sich dabei denkt, in einem Café zu bedienen. Das ist doch keine Arbeit für eine Frau, die studiert hat. Sie macht nichts aus sich. Da sind sie beide gleich. Nie haben sie sich was sagen lassen.«

»Das ist wahr.« Er wendet sich mir vorwurfsvoll zu. »Wann schreibst du mal wieder was?«

»Gar nicht.«

»Und was willst du *dann* tun?«

»Wenn ich mal groß bin, meinst du?« Ich fange an zu lachen, und eine Riesenwelle der Übelkeit überschwemmt mich, so daß ich aufspringen und aus dem Zimmer laufen muß. Ich renne die Treppe hinauf, werfe mich im Badezimmer vor Tante Pearls Toilette nieder und speie den ganzen widerlichen Kuchen und den Eintopf in die weiße, kalkverkrustete Schüssel. Ich gönne mir ein paar dumme kleine Tränen, während ich mich übergebe, weil es so ein scheußliches Gefühl ist und ich am liebsten sterben würde, und dann denke ich: Und was ist mit ihr? Wie fühlt sie sich wohl? Es tut mir leid, es tut mir leid, es tut mir leid, Veronica. Ich hänge da eine Weile, spüle zweimal, klapp den Deckel runter und setze mich hin, den Rücken an den Spülkasten gelehnt, um zu sehen, ob mir jetzt besser ist oder ob es gleich noch mal losgeht. Ein Alptraum ist das. Ich fühle mich mehr tot als lebendig. Ich werde heute abend nicht nach Hause kommen, und ich *will* doch nach Hause, ich *will* nach Hause. Und wenn ich dort wäre, was würde ich dann tun? Mich wieder an meinen Schreibtisch setzen. Ich könnte ja mal was andres versuchen. Ich könnte was für Erwachsene schreiben. Oder was ganz andres, weder für Kinder noch für Erwachsene. Könnte ich es illustrieren? In Erwachsenenbücher nehmen sie keine Illustrationen auf, es sei denn, man ist Thackeray oder irgend so ein Supertalent. Immer wieder spüle ich mir den Mund.

Eine Erinnerung klopft leise bei mir an: die Fata Morgana süßen Vergessens, so nahe, meine verlorene Hoffnung, meine Rückversicherung, das klare Pitsch, Patsch des Wassers aus den Dachtraufen wie das Tropfen des Wasserhahns. Ich muß zurückkehren und mich an den Rand des Abgrunds stellen, wo ich stand, bevor er kam, hinunterblicken zu meinem Fuß, der kurz vor dem Abrutschen ist.

Ich schließe die Augen. Bitte, lieber Gott, bitte hilf mir hier durch.

Ich steige vorsichtig die Treppe hinunter, gehe vorsichtig zu meinem Sessel zurück und setze mich. Mir ist schwindlig. Tante Pearl beklagt sich bei Stephen über Sandra: »Sie kommt hin und wieder, aber wissen Sie, wenn sie wieder weg ist, bin ich nur noch ein Nervenbündel. Diese Kinder sind verrückt.«

»Trotzdem«, meint Stephen, »ist es doch sicher schön, sie zu sehen.«

»Oh, ja, natürlich, ich freu mich immer, sie zu sehen, aber ich bin auch froh, wenn sie wieder abziehen, wenn Sie verstehen, was ich meine. Emma ist ein verwöhntes Ding, wissen Sie, aber das darf man unserer Sandra nicht sagen. Und mit dem Bein hier kann ich nicht aus dem Haus, um sie bei sich zu besuchen.«

»Ich kann nicht fahren«, sage ich.

Sie schauen mich an.

»Mir war schlecht«, füge ich hinzu.

»Tja, dann müßt ihr hier übernachten«, sagt sie augenblicklich, als wäre das alles geplant gewesen und sie hätte nichts andres erwartet. »Du kannst in der Kammer schlafen, das Bett ist gemacht, und der junge Mann kann hier unten schlafen. Das Ding kann man ausziehen.«

»Aber ich muß nach Hause«, murmle ich in Panik. »Ich hab Veronica Karen versprochen, die Fotos mitzubringen.«

»Was für Fotos?«

»Nur Familienfotos. Die alten. Ich hab ihr versprochen, daß ich sie morgen mitbringe.«

»Geht es dir jetzt wieder besser?« fragt Stephen besorgt.

»Nein«, antworte ich, »ich glaube nicht.«

»Ach was, du wirst doch heute abend nicht mehr durch die Gegend kutschieren«, sagt Tante Pearl gemütlich. »Warum fährst du nicht einfach morgen früh schnell rüber, während ich im Krankenhaus bin? Dann kannst du sie am Nachmittag besuchen, wenn du willst.«

Ich sehe Stephen an. Er zuckt kaum merklich die Achseln. »Hauptsache, ich bin am Dienstag nachmittag zu diesem Gespräch in London«, sagt er.

»Na gut«, sage ich. »Gut.«

Ich lehne mich zurück und starre in die Glotze, während sie dieselben alten Geschichten herunterleiert, Dinge, die sie schon tausendmal erzählt hat. So vieles erzählt sie falsch. Wenn ich sage, nein, Tante Pearl, das war nicht Veronica, das war ich, oder, nein, das war nicht dort, das war in Rhyl, weißt du nicht mehr, schreit sie mich nieder, als wären wir im Parlament.

»Jetzt gäb ich was für eine Tasse Tee«, sage ich.

Stephen springt auf und saust in die Küche, noch ehe einer was sagen kann.

»Netter Kerl, nicht?« bemerkt sie sachlich, kratzt sich an der Nase, läßt sich kaum unterbrechen in ihrem steten, beschaulichen Fluß, in dem jetzt weiter Zurückliegendes emporgespült wird, was Onkel Alan damals beim Ausflug nach Lymn Fields zu Onkel Vincent sagte, das Picknick in Clitheroe, wie Celia einmal Janet an den Haaren zog. Dann steht sie mit einem müden Seufzer auf und schlurft, ihr Sherryglas fest in der Hand, aus dem Zimmer. Ich höre sie leise ächzen, als sie die Treppe in Angriff nimmt.

Stephen stürzt herein und fällt auf die Knie. »Willst du überhaupt nicht mit mir reden?« zischt er drängend.

»Wie meinst du das?«

»Du bist plötzlich ganz komisch.«

»Mir ist nicht gut«, sage ich.

»Das ist es nicht allein!«

»Ich weiß nicht, was du meinst.«

Er blickt mir lange forschend ins Gesicht. Merkwürdig, ich fühle mich ganz distanziert. Ich habe fast Lust zu lachen. Was für ein lächerliches Leben mir doch gegeben worden ist. »Stephen«, sage ich ruhig, »was für ein Verhalten erwartest du von mir? Sag's mir.«

Aber er fährt nur fort, in meinem Gesicht zu suchen. »Wohin bist du verschwunden?« sagt er.

»Ich bin hier.« Ich lache. »Ich bin immer hier, die anderen sind es, die immer verschwinden.«

Von der Treppe her ist Tante Pearls schwerer Schritt zu hören. Er steht auf. Zerknittert und zerzaust steht er da und starrt böse zur Tür, durch die sie in einem langen geblümten Nachthemd eintritt, das sich rund um sie bauscht. Wie Mrs. Tiggywinkle sieht sie darin aus. »Ihr habt doch nichts dagegen, daß ich mein Nachthemd angezogen hab?« fragt sie und läßt sich in den schwarzen Sessel fallen. »Ich zieh immer um diese Zeit mein Nachthemd an.«

»Nein, natürlich nicht.«

Ach, du meine Güte, die arme alte Seele.

»Natürlich nicht.«

Sie lädt Stephen und mich und alle unsere Freunde ein, sie jederzeit zu besuchen und bei ihr zu übernachten.

»Danke«, sagt Stephen, »das ist sehr nett von Ihnen.«

»Ich meine, sie müßten sich natürlich drüber klar sein, daß es ziemlich einfach zugeht, aber sie wären jederzeit willkommen, wenn sie mal Tapetenwechsel brauchen.«

Sie fängt jetzt ein bißchen an zu lallen.

»Einfach«, sagt sie. »Einfach.«

Wir sind seit hundert Jahren hier und werden niemals abfahren.

Tante Pearl steht zwischen uns und der Glotze und singt ›Yesterday‹, eine kugelrunde kleine Frau, die langsam und schwer ihre Arme schwenkt. Ihr breites Gesicht schaut zur nackten Glühbirne hinauf, ihre kleinen Augen sind geschlossen. Ihre Stimme zittert bei den tiefen Tönen. Ich hab mal gedacht, nicht wahr, ich hab mal gedacht, wie schön es wäre, mich dem Suff zu ergeben, Bessie Smith, Blanche DuBois, Edie Sedgewick und so, obwohl es ja bei ihr nicht der Suff war. Der ganze tragische Glanz, der damit einhergeht. Aber man muß jung sein. Da kann's einem gut zu Gesicht stehen. Aber werd bloß nicht alt, werd ja keine alte Säuferin.

Ich sehe Tante Pearl an und schaudere.

Stephen liegt tief in seinem Sessel, eine lange Hand über der verletzten Stirn. »Sie haben keine schlechte Stimme«, sagt er.

»Oh, ich mache mir keine Illusionen«, versetzt sie stolz und wendet sich ihm mit einem kleinen Lächeln zu. »Ich hatte nie eine Stimme.«

Sie setzt sich wieder auf den hochlehnigen Stuhl und streckt ihre Beine vor sich aus. »Ich hab mich ganz gut gehalten für mein Alter«, sagt sie. »Schaut euch diese Fesseln an«, und sie rollt ihre weißen Söckchen herunter, damit wir besser sehen können. »Schau«, sagt sie, auf ihre großen Zehen weisend, die nach innen gebogen sind, »alle Frauen in unserer Familie kriegen solche Füße. Deine Mama hatte sie und Großmama und Tante Violet.« Sie reibt den glänzenden roten Knubbel seitlich an dem einen Fuß mit den Zehen des anderen. »Veronica ist deinem Vater nachgeschlagen, aber du bist wie unsere Seite der Familie«, sagt sie nachdenklich. »Du wirst das auch kriegen. Du wirst genauso werden wie ich und deine Mama, glaub mir.«

Am liebsten würde ich aufspringen und sie anschreien: Alte Scharteke! Alte Schachtel! Ich werde niemals so wie du! Es ist zuviel. Wir kommen fast um vor Hitze, unsere Gesichter sind rot und glänzend, und Veronica Karen liegt im Krankenhaus im Sterben.

»Tante Pearl!« Ich springe auf. »Kann ich jetzt ein Bad nehmen und dann schlafen gehen? Hast du heißes Wasser?«

»Natürlich hab ich heißes Wasser.« Es klingt beleidigt, als hätte ich sie gefragt, ob sie eine Toilette im Haus hat.

»Oh, gut!«

Ich laufe hinaus, Anweisungen fliegen mir hinterher, über Badetücher, Badeschaum und dergleichen, aber ich halte nicht inne, um sie mir anzuhören, ich muß weg. Meinetwegen kann sie ihn zu Tode quatschen.

Das Badezimmer ist grün und aufdringlich parfümiert, so klein, daß es im Nu zugedampft ist. Ein riesiger gebogener Spiegel nimmt die Wand über der Wanne ein, so daß man gar nicht umhin kann, sich beim Ausziehen und beim Einstieg in die Wanne zuzusehen. Bei mir ist das ganz in Ordnung, schaut her, die Geburt der Venus aus dem Nebel, eine Hand hier – aber wenn ich Tante Pearl wäre, würde ich es nicht wollen. Steht sie hier und sieht sich an?, frage ich mich. Wie dem auch sei, der Spiegel ist bald blind vom Wasserdampf. Auf den Kacheln stehen eine Muschel mit einem Stück Imperial Leather, drei kleine Töpfchen mit Deckeln und eine hohe, schmale Flasche mit durchsichtigem lila Badeöl, das ich unter dem fließenden Wasser in die Wanne kippe. Es kommt in großen Klumpen raus, die wie Steine auf den Grund sinken und dort liegen bleiben wie drei anämische lila Mollusken, die langsam schneckenartig im wirbelnden Wasser umhergleiten. Ich wollte, ich hätte mein Clary Sage. Ich mach das Wasser richtig heiß, dann lasse ich mich langsam hinunter und lehne mich zurück. Die Feuchtigkeit legt sich wie feiner Sprühregen auf mein Gesicht, und die Wärme durchdringt mich ganz.

Stille und pitsch, patsch.

Süßes Vergessen.

Regen, der vom Dach tropft, mein stilles Haus, das um mich herum leise tickt. Meine gespreizten Beine steigen im Wasser in die Höhe. Ich spinne eine erotische Phantasie um Stephen. Ich träume, daß er sich mir von hinten nähert und mich überall mit seinen großen, bedächtigen Händen berührt, so wie er mein Klavier berührte, an dem fernen, lang vergangenen Abend, als er in meinem Zimmer stand.

Ich träume lange vor mich hin. Als ich die Augen öffne, fühle ich mich entsetzlich einsam, und das Wasser ist kühl.

Das Badetuch klebt an mir, als ich aus der Wanne steige. Ich betrachte mich in dem großen Spiegel und begutachte das Resultat. Während ich meine Augenbrauen glattstreiche und den flauschigen Stoff enger um mich ziehe, um mein Gesäß besser zur Geltung zu bringen, denke ich daran, so hinauszugehen und ihm in dem engen, kleinen Flur zu begegnen. Ich sehe überhaupt nicht wie meine Mutter oder Tante Pearl aus, Gott sei Dank. Ich suche nach Frauen in meiner Bekanntschaft, die keinerlei Ähnlichkeit mit ihren Müttern haben, aber die einzigen, die mir einfallen, sind die, die schlimmer aussehen. Na großartig. Ich sammle meine Kleider ein und überquere mit zwei Schritten den schmalen Flur zu Tante Pearls Kammer, wo ich mich mit zwanghaften, forschenden Bewegungen abtrockne und an seine Hände denke. Es ist wie in einer Kajüte auf einem Schiff. Unter das Fenster gequetscht ist die alte Wäschetruhe mit einer Häkeldecke darüber und um die Ecke ein Bücherregal mit eselsohrigen Taschenbüchern, Tante Pearls Porno- und Horrorbibliothek. Manches Stündchen habe ich mir in meiner Jugend zwischen diesen Seiten vertrieben, bei den Samstagnachmittagsbesuchen, während meine Mutter und Tante Pearl über diese oder jene Familienintrige klatschten. Neben dem Bett ist ein freier Raum von ungefähr dreißig Zentimetern; dort stehe ich nackt, kämme mein nasses Haar und überlege, was ich für die Nacht anziehen soll. Mir gehen allmählich die Sachen aus. Ich öffne die Truhe und finde gleich obenauf eine Menge Zeug von Veronica Karen, ein paar Briefe und Fotos und zwei zerfledderte alte Schulhefte. Mir stockt der Atem, weil ich weiß, daß ich sie lesen muß. Ein kleines, mit Glitzersteinen besetztes Täschchen ist da, sein Boden mit alten Make-up-Resten verschmuddelt, und ein altes grünes Kleid, das sie, ich erinnere mich, vor Jahren trug, eines dieser Stücke, in denen man sie eine Zeitlang ständig sah, heißgeliebt. Es ist auf Fotos einer bestimmten Zeit zu sehen, als wir alle zusammen in London waren, die ganze Bande. Sie hatte es an dem Tag an, als sie mit Alexander aufkreuzte, an dem Tag in Franks alter Wohnung, als Tonto da war und sie reingerannt kam und rief: »Schaut mal, wen ich aufgestöbert habe!« Alexanders Augen waren schläfrig und rundherum von Fältchen umgeben, als er lächelte, und mein Herz machte poch, poch, wie es in den Schlagern immer heißt.

Auf dem Bett liegend wie ein anmutiger Geist, zeigt sich das Kleid fadenscheinig und verwaschen, die Nähte unter den Armen und am Busen sind zerschlissen. Oh, sie sah hinreißend darin aus, wirklich, wie eine Märchenprinzessin. Damals konnte man es sich erlauben, so auszusehen, wenn man entsprechend auftrat, und das tat sie, ja, sie schwebte in diesem eleganten grünen Ding, von der Farbe verblaßten Mooses, so weich wie sehr alter Musselin. Es brachte ihre schmale Taille zur Geltung und den weichen Ansatz ihres Busens.

Ich kann nicht anders. Ich werfe das Badetuch weg und schlüpfe in das Kleid, und es sitzt wie angegossen, paßt wie Aschenputtels Schuh. Einen Spiegel gibt es hier nicht, aber ich weiß, wie ich aussehe. Bei meinem Anblick würde ihm wahrscheinlich das Herz stehenbleiben, ich werde sein wie die zweite Mrs. De Winter, die auf der Treppe im Kleid der ersten Mrs. De Winter erscheint. Einen Moment lang wird er von Glück überwältigt sein, er wird glauben, sie sei es, wiederhergestellt, gesund und schön wie eh und je. Dann wird er erkennen, daß ich es bin, und mit einem kleinen Schock der wahren Tiefe seiner Enttäuschung gewahr werden.

Ich reiße es mir wieder runter. Ich kann Veronica Karens Sachen nicht tragen. Ich lege alles zurück, wühle in der Truhe und finde ein oder zwei komische dünne Flanellnachthemden und ein sehr langes weißes T-Shirt mit einem dieser blöden ›Liebe ist ...‹-Aufdrucke, wo so ein kleiner dicker Junge und ein Mädchen sich mit Herzen um die Köpfe gegenseitig anschmachten. Ich ziehe es über und krieche ins Bett. Hier hat sie geschlafen, denke ich. Hier muß es ihr von Tag zu Tag schlechter gegangen sein. Schließe meine Augen. Atme langsam. Nichts denken, nichts fühlen.

Es klopft leise an der Tür.

»Ja?« rufe ich mit gepreßter Stimme.

Stephen kommt rein und setzt sich aufs Bett. »Die redet wirklich wie ein Wasserfall, deine Tante Pearl«, sagt er.

»Wem sagst du das.«

Er lächelt, müde, mit hängenden Schultern. »Und du«, sagt er, »du bist Lichtjahre entfernt. Ich kann dich nicht erreichen. Wirst du je zurückkommen?«

»Ich wollte nach Hause«, sage ich. »Wir hätten gar nicht erst zum Abendessen bleiben sollen, wir hätten einfach fahren sollen. So läuft das immer.«

»Was?«

»Der Sherry! Dieser grauenvolle Sherry! Wo holt sie sich den nur? Er kostet wahrscheinlich ungefähr zweieinhalb Pfund die Flasche.«

Er lacht. »Ich weiß. Mir ist selbst ein bißchen komisch. Ich möcht nicht wissen, wie ihre Leber aussieht. Aber manchmal, weißt du, muß man einfach mit dem Strom schwimmen.«

»Ja, ja. Das Schlimme ist nur, daß es ihr Strom ist. Und kein andrer zählt.«

»Na ja . . .« Er zuckt die Achseln.

»Wie kann man unter solchen Umständen rumsitzen und irgendwelchen Mumpitz reden.«

Er betastet seine Beule. »Würde es denn was helfen, wenn wir alle jammern und weinen würden?«

»Ich weiß, aber das geht endlos bei ihr, immer weiter und weiter und . . . «

»Sie ist einsam«, sagt er einfach.

Und ich bin eine Kuh.

»Ich finde es wirklich gut, daß sie so natürlich ist, wenn Leute da sind«, fährt er fort. Er lehnt sich zurück und verschränkt die Hände hinter seinem Kopf. »Wie sie einfach ihr Nachthemd anzieht, weil sie es so gewöhnt ist, und den Kuchen auf den Boden stellt. Kein Getue. Mir gefällt das wirklich.«

»Und was hast du jetzt vor?« frage ich. »Kommst du nach deinem Vorstellungsgespräch wieder?«

»Natürlich.«

»Und was hast du vor?«

»Warum bist du so zornig?«

»Ich bin nicht zornig, nur durcheinander.«

»Weswegen?«

»Deinetwegen«, antworte ich. »Ich bin deinetwegen durcheinander.«

Sein Gesicht ist unergründlich. Je länger wir nicht miteinander sprechen, desto schlimmer wird alles. Das, was ich mir wünsche, wird mir bewußt, ist, daß er mir alles verspricht, keinen Deut weniger, daß er mir jetzt und hier seine Seele verspricht, statt dessen aber beugt er sich vor und versucht ungeschickt, mich in seine Arme zu ziehen.

»Nicht jetzt«, sage ich und schiebe ihn weg, nicht grob, »nicht hier.« Seine Augen weiten sich, und er steht auf.

»Ich hab keine Lust«, sagt er leise, »ich hab ganz einfach keine Lust, Cathy. Du spielst nur Spielchen. Glaubst du denn, ich hätte all diese Dinge gesagt, das von einem Kind und so, wenn es mir nicht todernst wäre? Ich hab genug davon, Cathy, ich brauch das nicht, ich hab das alles schon gehabt. Das Leben ist zu kurz.«

»Ich kann's nicht mitansehen, wie du Veronica Karen anschmachtest«, sage ich und bedaure es sofort. »Ich halt das nicht aus.«

Er streicht mit der Hand über sein Gesicht und sitzt da wie das Ding aus ›Alien‹.

»Als Ersatz bin ich mir zu schade, Stephen. Das kommt für mich nicht in Frage.«

Er packt mich beim Arm.

»Ich kann das nicht glauben«, sagt er. »Ich glaub's einfach nicht.«

Im ersten Moment denke ich, er wird jetzt wieder seine Heathcliff-in-Seelenqualen-Nummer bringen, doch er steht auf, geht zur Tür und kehrt wieder um. »Sie liegt im Sterben, und ich muß ihr alles jetzt sagen, bevor sie stirbt, okay. Sie ist meine älteste Freundin, das ist alles. Gib mir nicht das Gefühl, daß ich ständig über meine Schulter schau. Ach, Cathy!« Er läßt sich wieder aufs Bett fallen. »Ihr macht mich wahnsinnig, ihr beiden!«

»Was ist mit mir?« frage ich. »Du redest ständig nur von ihr.

Was ist mit mir?« Gleich werde ich zu weinen anfangen. Nein, werd ich nicht.

Er umfaßt meine Schultern. »Küß mich«, sagt er in feindseligem Ton. »Küß mich.« Er schüttelt mich. »Ich brauch einen Kuß.«

Wir küssen einander. Sein Gesicht ist groß und heiß, und sein Atem riecht schal. Seine Zunge läßt mich frösteln.

Er zieht sich mit einem unterdrückten Laut des Zorns zurück. »Zwing dich nicht«, sagt er und küßt mich noch einmal auf den Mund, so fest, daß es weh tut. Dann steht er auf und geht zur Tür. »Als liebte ich dich nicht!« murmelt er erbittert, als er geht.

Ich werfe mich mit dem Gesicht nach unten ins Kissen und bleibe eine Weile so liegen. Ich glaube, meine Lippe ist aufgerissen, von seinen Zähnen; ja, ich kann Blut schmecken. Da spielt er hier die Unschuld vom Lande, ach, ich bin ja so einfach und unkompliziert, aber in Wirklichkeit, wenn man sich's mal überlegt, ha! – was für eine Raffinesse, was für ein Abgang! Den Braten schmoren lassen, nennt man das.

Ich öffne die Augen und sehe Veronica Karens Stiefel, die zwischen Wand und Bücherregal eingequetscht stehen.

Es müssen ihre sein; Tante Pearl mit ihren Knubbelfüßen gehören sie bestimmt nicht. An den Knöcheln kippen sie schlaff, und sie haben weiße Wasserränder, als wäre sie mit ihnen durch Matsch oder Wasser gewatet, ohne sie hinterher zu putzen. Sie sind spitz und haben flache Absätze, und über den Zehen ist das Leder rissig.

Ich springe vom Bett und laufe zur Truhe. Ich muß es tun. Ich muß alle ihre Sachen rausholen und aufs Bett schleppen und mich aufs Kopfkissen hocken und sie durchsehen.

Briefe: nichts Besonderes, von Leuten, von denen ich nie gehört habe, aus Ländern wie der Türkei, Indien und Marokko geschrieben, über andere Leute, von denen ich ebenfalls nie gehört habe. Eine alte Valentinskarte mit einem roten Seidenherzen. Von Stephen, das sagt mir der Stich, der durch mein Herz geht, von Stephen, als er ein Junge war. Während ich schaue und lese, faucht und knurrt etwas, ein entartetes, rasendes, wildes Tier, das sich die klaffenden Flanken leckt, Kind von Wut und angstvoll zitternder Schuld. Es will diese Dinge zerfetzen, zermalmen, in Stücke reißen. Zwei kleine eselsohrige Schulhefte, blau, liniert, eines mit einem Weihnachtsaufkleber, leuchtend grünes Laub und rubinrote Beeren. Seitenweise gefühlsduselige Ergüsse über Leute, die sie anschwärmt, wie von einer sentimentalen Dreizehnjährigen. Kosmisches Gesülze über Einssein, Tarotkonstellationen, Listen (wieder »Katsenfutter«), Namen, Rezepte, massenhaft schnörkelige Zeichnungen romantischer Landschaften mit gewundenen Flußläufen, wieder und wieder schraffiert, bis sie glänzend schwarz sind. Ungeschickt gefaltet mein Brief: Dad geht es immer schlechter. Er würde sich so freuen, Dich zu sehen. Manchmal frage ich mich, wie lang er noch zu leben hat.

Sie hat ihn behalten.

Fotografien: eine Gruppe von Leuten, die vor zwei Zelten um ein Lagerfeuer sitzen; jemands Wohnung, viele Menschen, einer in einem Buch lesend; eine schwarze Katze auf einer Kommode; der Camden-Markt, ein Stand mit lauter Trödel, eine lachende schwarzhaarige Frau in dicker Winterkleidung; Veronica Karen vor Desmond's Hip City in Brixton mit einer frischen Kräuselhaardauerwelle und in einer sehr engen Hose. Von mir nichts außer diesem Uraltfoto, sie als Baby mit Lätzchen, ich als kleines Mädchen in Mäntelchen und Mützchen. Nichts von Stephen. Aber sieh da – Veronica Karen und Alexander, engumschlungen und lachend unter einem dichtbelaubten grünen Baum, sie in einem langen schwarzen Umhang. Ach, Mensch, sieh ihn dir an, sieh ihn dir an. Er war gut genug für jede, mein holder, dem Untergang geweihter Jüngling.

Seine weiche, klare Stimme erklingt über die Jahre hinweg:

Oh, Peggy Gordon, you are my da-a-a-arling,
Come sit you down upon my knee
And tell to me the very re-e-e-eason
Why I am slighted so by thee.

Wut. Hier sitzt sie in einem kurzen Rock auf einer Mauer und zeigt ihre Beine.

Soll ich Ihnen mal sagen, für wen sie sich hielt, als sie für diese Bilder Modell stand, für die, die Frank von ihr gemacht hat? Für Marilyn Monroe, nackt hingegossen auf rotem Satin, auf dem Weg zum Ruhm.

Ich lege die Sachen weg, unversehrt, mache das Licht aus und strecke mich zitternd in der Dunkelheit aus, die sie gehaßt hat; in der Dunkelheit, in die ich sie gestürzt habe. Ich höre von ferne schwaches Rumoren, ahne das dumpf hallende Donnern der Züge, die über die Hog's-Head-Brücke fahren.

Tüüütüüüt.

Aber die Züge pfeifen nicht mehr.

Nur die Züge, Veronica, nur die Züge.

14

Gestern und vorgestern abend bin ich früh schlafen gegangen und um Mitternacht aufgewacht und konnte dann stundenlang nicht wieder einschlafen. Und jetzt ist es wieder so. Es müssen wohl die Nerven sein, obwohl ich gar nicht das *Gefühl* habe, besonders nervös zu sein. Ich fühle eher gar nichts. Ein großer Tag morgen. Meine Gedanken schießen hierhin und dorthin. Auf jeden Fall ist es schön, wieder in meinem eigenen Bett zu liegen. Es ist furchtbar, meine Schwester ist tot, und das einzige, woran ich denken kann, ist, daß ich ihn morgen bei der Beerdigung wiedersehen werde. Ich weiß nicht, ob wir Fremde sein werden. Ich weiß gar nichts. Zwei volle Tage sind es jetzt. Den ganzen Tag, während ich mit Claire in Shugden rumrannte und alles erledigte, was erledigt werden mußte, konnte ich ihn an mir riechen. Ich bin verloren. Ich weiß es. Es war mir klar, sobald er weg war, ich begann nämlich sofort, mir um ihn Sorgen zu machen: Noch ehe er zur Tür raus war, machte ich mir Gedanken darüber, daß er die ganze weite Fahrt allein würde machen müssen, in diesem Schock. Er war bleich und still und wußte nicht, was er sagen sollte, wohin er schauen sollte. Er hat nie vorher solchen Schmerz erlebt, der arme Kerl, und es *war* ja wirklich ein Schock, daß sie so plötzlich starb, wo wir doch alle glaubten, wir würden sie wiedersehen. Niemand hatte uns gesagt, daß ihr Herz versagen würde. Uns blieb nicht einmal die Zeit, die Poster für die Wände zu besorgen, vielleicht das mit Narziß und den Nymphen, vielleicht die Desiderata, sie mochte dieses Hippyzeug. Mir blieb keine Zeit, die Fotos zu holen, das von Ambrose auf dem Zaun. Sie starb allein in diesem farblosen Zimmer mit den Schläuchen und den blitzenden Apparaten, während wir, höflich und gezwungen, bei Tante Pearl frühstückten.

Als ich zu Hause in Moorcop ankam, war mir, als wäre ich weit fort gewesen, am Ursprung des Orinoko oder in einem vergessenen Tal in Tibet, so irgendwo. Viele Jahre waren vergangen, seit ich mein Haus das letztemal gesehen hatte. Ich stand benommen im Flur, als das Telefon läutete. Es war ein Priester, der etwas über Veronica Karen wissen wollte.

»Wie würden Sie Ihre Schwester charakterisieren?« fragte er anteilnehmend. »Welche Wörter kommen Ihnen in den Kopf, wenn Sie an sie denken?«

Ich mußte konzentriert nachdenken und schloß die Augen dabei.

Ich sagte, sie sei sehr intelligent gewesen.

Ich sagte, sie habe Tiere geliebt.

Ich sagte, sie sei sehr feinfühlig und phantasievoll gewesen.

Mit immer noch geschlossenen Augen legte ich auf und streckte im Dunkeln meine Hand aus. »Es ist gut«, sagte ich. »Ich bin hier. Ich war immer hier.«

Dann zog ich meinen dunkelgrünen Body an, bei dem der Verschluß am Zwickel kaputt ist, meine guten Leggings und mein rotes Chenilleding und ging in die Stadt, kaufte mir ein Stück Wensleydale mit Aprikose, ein großes Glas Garner's Silberzwiebeln und eine Flasche Norfolk Punsch. Danach ging ich runter in die Patacake Alley ins Connor's und erzählte, was passiert war. Sie waren sehr nett. Erst wollte ich sagen, es sei ihr Herz gewesen, was ja nicht ganz gelogen ist, und es dabei belassen, weil man bei jemandem wie Mrs. Crowe nie weiß, wie sie auf so was wie AIDS reagiert, aber dann dachte ich, warum nicht die Wahrheit? Mrs. Crowe war ganz in Ordnung. Sie kam von hinten raus und klopfte mir auf die Schulter und gab mir den

Rest der Woche frei. Dann mußte ich mich in die Ecknische setzen und eine Tasse Costa-Rica-Kaffee, in dieser Woche im Angebot, auf Kosten des Hauses trinken. Und danach sprach sich die Geschichte herum, schließlich sind wir in Moorcop, und seitdem rufen mich alle möglichen Leute an und schicken mir Karten.

Die Leute sind wirklich sehr nett.

Es ist merkwürdig, mein Haus ist dasselbe, aber ich bin nicht dieselbe. Ich laufe hin und her und bitte es, mich zu beruhigen, aber es legt nur wortlos seine Arme um mich, nicht bereit zu leugnen, daß das Leben schwer sein kann. Aber du hast immer noch mich, sagt es, und das ist alles, was es sagen kann. Ich muß so schnell wie möglich zurück ins normale Leben. Wohin zurück? Die Vergangenheit. Diese Dinge sind geschehen. Du kannst nicht zurück in die Vergangenheit. Mein Zimmer ist zu still. Ich kann die vielen feinen Stimmen meiner Gedanken hören; ich kann daliegen und zusehen, wie sie sich endlos gespiegelt in den Kosmos entfernen. Mein Herzschlag ist das einzige, was ich habe. Ich muß schlafen. Ich muß Veronica Karen zu all den anderen gehen lassen, dorthin, wo sie sind.

Er hat nicht angerufen. Er hat nicht gesagt, daß er es tun würde. Er hat überhaupt nicht viel gesagt. An der Tür hat er sich herumgedreht und mir förmlich die Hand geschüttelt, eine seltsame, beunruhigende Geste, und gedrückt, daß es weh tat, und als ich zu seiner Hand hinuntersah, zitterte sie. »Waren wir es?« flüsterte er. »Glaubst du, es war der Schock, uns zu sehen?«

»So eine Frage bleibt immer«, sagte ich. Weil es so ist.

Tante Pearl war dabei; wir küßten einander nicht.

Mitternacht.

Wieder ein Tag vorüber, und ich bin immer noch hier.

Es ist eigenartig, wenn jemand gestorben ist, denkt man ihn immer noch in Zeit und Raum, als befände er sich auf einer endlichen Reise. Ich nehme an, sie ist jetzt schon längst unterwegs, denkt man. Zwischenlandung in Singapur.

Dunkel hier drinnen. Ich strecke meine Hand aus. Wie kann ich so weit greifen?

»Es ist ja gut«, sage ich.

Zwischenlandung auf den Ringen des Saturn.

Ach ja. Die Menschen sterben einem einfach weg. Das ist Tatsache.

15

Ich habe meine Blumen selbst gesteckt. Gemischte Rosen. Ich liebe gemischte Rosen. Es ist der schönste Kranz, den ich je gemacht habe, eine herrliche Symphonie aus matten Kupfer- und Tiziantönen mit gerade dem richtigen Maß an blutroten Glanzlichtern. Es sind Märchenrosen, genau das Richtige für die Prinzessin Verona, und sie nehmen den Ehrenplatz ein auf dem cremeweißen Sarg, der vor uns in dem großen schwarzen Leichenwagen fährt. Wir folgen durch die Sonne und den Regen von Shugden, kriechen vorüber an den Menschen, die ihre Einkäufe machen, an den Banken und am Markt und all den kleinen Straßen, auf dem Weg zum hochgelegenen, hellen Krematorium.

Hier oben kann man die Luft der Hochmoore riechen.

Da ist er.

Er ist nicht an meiner Seite, er ist bei ihnen, den Londonern. Aus zwei Autos steigen sie gemeinsam zur Vorhalle des Krematoriums hinauf. Bobbie lächelt mir unsicher zu, und ich lächle zurück. Gut gekannt habe ich sie nie. Sie gehört in jene Periode, als Veronica Karens Leben sich von meinem zu lösen begann, um mit jener anderen Welt zu verschmelzen. Die anderen kenne ich gar nicht. Da ist ein fast kahlköpfiger Bösewicht mit roten, unglücklichen, unsteten Augen, ein kleiner Hippie mit langem schwarzen Haar und einer braunen Samtjacke, eine große, hagere Frau mit dicken Lippen und kurzgeschorenem braunen Haar und ein ernst dreinblickendes Paar, sie hübsch und stark geschminkt, er ein stämmiger Schwarzer im Anzug. Und da ist Stephen, auf der Stirn noch den Bluterguß, Abzeichen seines Schmerzes, wenn er auch etwas verblaßt ist. Unsere Blicke begegnen einander kurz, aber ich kann es nicht ertragen, den seinen nicht lesen zu können, und sehe hastig weg.

Meine Cousine Sandra, eine langgliedrige, dunkle, magere Frau, nimmt meinen Arm. »Komm«, sagt sie.

Wir gehen rein und nehmen in den windigen Kirchenbänken aus Fichtenholz Platz. Tante Pearl, Sandra und ich sitzen vorn, weil wir die nächsten Angehörigen sind. Hinter uns sitzen Onkel Alan und Tante Violet mit Cousine Claire und Vetter David. Es sind eine ganze Menge Leute da, viele, die ich nicht kenne. Simon und Patch haben eine Karte geschickt. Frank und Tonto sind zusammen gekommen. Russell und Patti sind da. Ich habe Alexander geschrieben, aber er ist nicht hier. Na ja, ich habe sowieso nicht geglaubt, daß er kommen würde. Während wir hier in diesem kalten kleinen Saal sitzen und auf den Sarg schauen, der so klein aussieht ganz allein da draußen, frage ich mich, wo in der Menge Stephen ist. Kann er mich sehen mit meinen gemalten Lippen und meinem zurückgenommenen Haar, in diesem schönen schwarzen Kleid, das ich stets zu Begräbnissen aus dem Schrank hole? Ich würde einen Schleier tragen, wenn ich es wagte.

Er müßte hier sein, hier vorn. Er hat sie mehr geliebt als alle anderen.

Susannah hat mir vor Jahren mal erzählt, wie es war, als ihre Mutter gestorben war. Susannah war fünfzehn. Sie war in einen Jungen verliebt, und als man ihr sagte, ihre Mutter sei tot, konnte sie einzig daran denken, daß sie jetzt etwas Besonderes war, anders als alle anderen, und daß sie das für ihn interessant machen würde. Sie sagte, er habe sie beobachtet, und sie habe zu weinen angefangen, ganz mechanisch. Ob ich ihm wohl leid tue, dachte sie. Dabei fühlte sie fast nichts.

Damals.

Der Pfarrer, ein hochgewachsener junger Mann mit plattgedrücktem schwarzen Haar und einer Brille, steht am Pult und spricht und vermittelt ein Gefühl von mühsam unterdrückter Nervosität. Er preist Veronica Karens Witz und Charme und Schönheit, sagt, was für eine gute Freundin sie so vielen gewesen sei, wie sie das Leben derer, die sie kannten, bereichert habe. Er spricht von ihrer Kreativität, sie habe Schmuck gemacht, gute Kuchen gebacken, ganz ausgezeichnet das sechssaitige Hackbrett gespielt. Das sechssaitige Hackbrett? Was redet er da? Es stimmt, sie hatte ein Hackbrett bei sich rumliegen, aber sie konnte nicht drauf spielen. Und überhaupt, es hat doch gar nicht sechs Saiten, oder? Und er spricht von ihrer nie nachlassenden Liebe zu diesem Ort, zu Shugden, wo sie geboren wurde und aufgewachsen ist; erzählt, mit wieviel Wärme sie stets von ihren frühen Jahren hier gesprochen hat, und wie sehr ihre ganze Familie sie vermissen wird.

Ich schwebe irgendwo in der Höhe, eine schwarze Witwe mit Schleier, losgelöst.

Ich wünschte, wir wären in einer Kirche mit gotischen Fenstern, in düsterste Trauer gekleidet mit Schleiern und allem, mit Sargträgern und Statisten. Das wäre mehr ihr Stil gewesen, ein bißchen Theater. Und wir würden in langer Prozession hinausmarschieren und über den Friedhof gehen, und sie würden sie unter Zedern und Weiden zu Grabe legen, und wir würden jeder eine Handvoll Erde hinunterwerfen, vielleicht auch Blumen, und mit gesenkten Köpfen dastehen, die Männer ihre Hüte in den Händen drehend.

Aufgestiegen in die Welt des Lichts.

Aufgepaßt jetzt. Sie entschwindet. Ihr kleiner cremeweißer Sarg mit den schönen Blumen gleitet davon, der rote Vorhang öffnet sich mit tänzerischem Kräuseln.

Sie hat meine gemischten Rosen mit fortgenommen.

Die Blumen liegen alle aufgereiht draußen auf einem merkwürdigen kleinen Betonweg, einem Tunnel ähnlich. Wir nehmen die Parade ab wie die Queen bei der Truppeninspektion. Ich rieche Regen. Stephen sieht mich nicht an. Patti und Russell und

Tonto küssen mich. Mein geckenhafter Vetter David, ein Baustoffhändler, begrüßt mich und macht mich mit seiner Freundin Inge bekannt. Tante Pearl, zwischen Sandra und Claire, sieht sehr alt aus. Er sollte hier bei mir sein und mir beistehen, nicht da drüben bei diesen Fremden. Hatte es denn alles nichts zu bedeuten? Bin ich nur eine von vielen? Wir gehen langsam zum Parkplatz hinaus und lassen sie zurück, die schönen Gebinde mit ihren breiten seidigen Bändern, in Farben wie festliche Kleinmädchenschleifen, die sich im aufkommenden kalten Wind leicht bewegen. Bald wird der Wind Regen in den Betontunnel blasen, der auf die grauen Steine platschen wird. Ich denke an ein Mandala im Sand, Möwen auf einem Dachfirst, Pflastermalereien, die der Regen fortgespült hat.

Im Auto zündet sich Sandra eine Zigarette an, fährt sich durch die Haare und bläst Rauch in die Luft. »Es ist eben ein Weg voller Hürden, Cath«, sagt sie, sich zum Rücksitz umdrehend, wo ich sitze. Die Konturen ihres Kinns sind wie gemeißelt, stahlhart. »Und jetzt ist wieder eine genommen.«

Das Leben, nehme ich an.

Stephens roter Fiesta, voller Leute, überholt uns auf dem Weg zur langen gebogenen Auffahrt hinaus. Sandra seufzt tief, richtet sich auf und fährt los. »Geht's dir gut, Mama?« fragt sie Tante Pearl.

Tante Pearl kleidet sich seit Jahren in eine gewisse bittere Unerschütterlichkeit. Jetzt hat sie sich damit gepanzert. Mit steinerner Miene starrt sie vor sich hin. »*Mir* geht's gut«, antwortet sie ungeduldig. »Die hier macht mir Sorgen.«

Sie deutet mit dem Daumen auf mich.

»Keine Angst, Tante Pearl«, sage ich lächelnd. »Mir geht's auch gut.«

Aber sie prustet nur verächtlich, wie sie das gern tut, wirft ein wenig den Kopf zurück, abschätzig.

Warum ist er nicht zu mir gekommen? Warum hat er kein Wort gesagt?

In Sandras Haus ist die Flügeltür weit geöffnet und auf dem Tisch warten kleine Brötchen, die hübsch in braunen und weißen Kreisen angerichtet sind, Lachs und Eier mit Mayonnaise und kaltes Huhn, mit Kresse und gedrehten Gurkenscheiben garniert. Sandra, Claire und ich schenken in der Küche Getränke aus. Wer bekommt das Begräbnis, das er verdient? Wo sind die Kuchen und das Bier? Die meisten von uns sind vorsichtig, weil sie noch fahren müssen. Ich bringe Tante Violet einen Eierlikör, und unterwegs hält Tonto mich auf.

»Sie war ein ganz besonderer Mensch«, sagt er.

»Ja, Tonto.«

Er lächelt, ein scheues, mutiges Lächeln. Seinen großen schönen Kopf, der jetzt grau zu werden beginnt, umweht noch ein Hauch des Romantischen.

»Wir bleiben doch jetzt in Verbindung, nicht wahr, Cathy?« fragt er. »Ich finde, wir sollten.«

»Werden wir auch, Tonto.«

Mir schießt der Gedanke durch den Kopf, daß ich Tonto wahrscheinlich haben könnte, wenn ich wirklich wollte, und was für ein Trauerspiel es am Ende werden würde.

»Da bist du ja, Tante Violet«, sage ich und beuge mich mit dem Glas Eierlikör zu ihr hinunter.

Sie zappelt herum, wie ein auf dem Rücken liegender Käfer, der versucht, auf die Beine zu kommen. Ein Ausdruck flüchtiger, tiefer Qual in ihrem Gesicht weicht einem Lächeln. »Danke dir, Kind«, sagt sie müde.

Ich lächle. Ich möchte wissen, wann alle diese Menschen sich verändert haben. Ich habe nicht hingeschaut. Wie sind sie so alt geworden? Wie ist Tante Pearl so dick geworden? Wo sind Mama und Daddy und Veronica? Warum ist Sandras Gesicht so verhärmt? Stephen sitzt mit Bobbie und der großen, kurzgeschorenen Frau und dem fast kahlköpfigen Bösewicht zusammen, einem angespannten, gefährlich aussehenden Mann mit verletzlichem unsteten Blick, der sich von Zeit zu Zeit mit beiden Händen das Gesicht reibt. Einer ihrer Liebhaber offensichtlich. Seine Augen sehen aus wie entzündet von zurückgehaltenen Tränen.

Frank tritt mir in den Weg. »Tilly läßt dich grüßen«, sagt er feierlich, »und dir ausrichten, daß wir Vergangenes ruhen lassen wollen.«

»Oh, natürlich, Frank. Mach dir deswegen keine Gedanken.«

Er trägt einen Anzug und sieht aus wie ein Kellner. Nur das Geschirrtuch über dem Arm fehlt.

»Hör mal, Cathy«, sagt er, sich nahe zu mir neigend, »es tut mir echt leid, daß du diese Szene bei uns erleben mußtest, aber du weißt ja, wie es ist, manchmal brennen einfach die Sicherungen durch.«

»Das macht doch nichts, Frank. Ich weiß, wie das ist.«

»Tilly und ich haben etwas für dich. Wir möchten es dir gern schenken. Du bist doch mit dem Wagen hier?«

»Ja.«

Er macht eine kurze Kopfbewegung, eine verstohlene Geste, die nach Heimlichkeit riecht.

Ich folge ihm in den Flur hinaus. »Was ist denn?«

»Komm«, sagt er, noch immer mit dem Kopf deutend, »komm mit raus zum Wagen.«

Der kleine, feierlich gekleidete Frank geht mir voraus, an den Hortensien vorbei zum Törchen und führt mich zu seinem alten schwarzen Käfer. Fröstelnd zündet er sich mit der einen Hand eine Zigarette an, während er mit der anderen zum Kofferraum greift. »Das gibt bestimmt später noch Regen«, sagt er. Die fahle Haut um seine Augen ist krakeliert wie sehr altes Porzellan. Plötzlich bin ich überzeugt, daß es Fotos sind. Wahrscheinlich noch schlimmere als die letzten, die wirklich dreckigen. Eigentlich haben wir uns nie richtig gekannt, Frank und ich. Wir schweigen, als er den Deckel des Kofferraums öffnet und eine riesige Einkaufstüte heraushievt, deren Gewicht ihm die Arme zum Boden zieht. Das schwache Klappern einer Schlange dringt aus der Öffnung.

»Irre schwer das Ding«, sagt er. Dann bückt er sich und hält die Tüte auf, so daß ich hineinschauen kann. »Komm, mach deinen Kofferraum auf, dann schmeiß ich's dir rein.«

Es ist der Perlenvorhang, der daliegt wie ein Nest weißer Knöchelchen, Windung um Windung, massig und schwer, schmutzig vom Schmutz der Jahre. Uroboros der Wurm im Schlaf.

»Ach Frank ...«, sage ich schwach, und die bleiche Schlange hebt ihr Haupt, steht als besitzergreifender Geist in mir auf, drängt sich in meine Kehle hinauf. »Der Vorhang!«

Das Verhängnis dröhnt in meinen Ohren. Ich kann nicht sprechen.

»Wir fanden, daß du ihn haben sollst.« Er blinzelt durch Zigarettenqualm, während er ihn hochstemmt.

Ich laufe zu meinem Wagen und öffne den Kofferraum. Es schüttelt mich vom Herzen bis zu den Fußsohlen hinunter. Der Vorhang bewegt sich, als er ihn niederlegt, fällt aber augenblicklich wieder in Schlaf.

»Ich freu mich so, daß ihr mir den schenkt«, sage ich, meinen Oberkörper mit beiden Armen umfangend, mit törichtem Lächeln. Ich verschlucke die Silben, als meine Zähne anfangen aufeinanderzuschlagen. Mir ist kalt.

Wieso? Wieso bin ich so froh, diesen nutzlosen Vorhang zu sehen, diese Albernheit?

»Er gehört dir«, sagt er und tätschelt meinen Arm.

Sie hat ihn gemacht, sie hat ihn Stück für Stück am Flußufer zusammengesucht, im Schlamm gestochert, gewaschen, gespült. Ich sehe die Schrift auf den Stielen, die Herstellernamen. Diese Kälte ist Angst, fühlt sich an wie Angst, tiefe Angst vor ihr, die für immer dasein wird.

»Was für ein Tag!« sagt Frank, zieht an seiner Zigarette und schaut zum Himmel hinauf. »Was für ein furchtbarer Tag, hm, Cathy?«

Die ersten Regentropfen fallen auf die Steinplatten.

Drinnen im Haus kommt Patti mir entgegen, so frisch und gesund aussehend in ihrem altmodischen flaschengrünen Kleid ohne allen Firlefanz, als hätte sie gerade eine Wanderung über das Hochmoor gemacht. »Ein Gutes hat das alles wenigstens«, sagt sie mit ihrem breiten Lächeln und lachender Stimme, »es war wirklich schön, dich wiederzusehen. Du kommst uns doch sehr bald mal besuchen? Du mußt. Unbedingt. Okay? Ich will das jetzt geregelt haben, weil Russell und ich bald fahren müssen.«

Wie schön, einfach so abfahren zu können, wann immer einem danach ist! Ich wollte, ich könnte auch einfach hier verschwinden, wenn gerade niemand schaut, und weitergehen, bis ich zum Moor hinaufkomme, und dann immer noch weitergehen, Kilometer um Kilometer, bis nach Moorcop.

»Natürlich komme ich«, sage ich, »aber ihr müßt mich auch mal besuchen.«

Das sind die Dinge, die man bei Beerdigungen sagt. Ich bin in Ordnung. Mir geht's gut. Ich kann damit umgehen.

»Du kommst Weihnachten zu uns«, sagt sie bestimmt. »Abgemacht. Wenn du kannst. Und natürlich nur, wenn du willst. Du kannst auch jemanden mitbringen, wenn du möchtest.«

Ich denke an die kleine Kirche im tiefen Schnee, heißen Punsch und Glühwein und loderndes Feuer; Schokoladenlikör, sehr teuren natürlich. Russell und Patti machen alles mit Stil.

»Weißt du was«, sage ich, »das wäre herrlich.«

Wir gehen ins Wohnzimmer. Stephen ist nirgends zu sehen, obwohl einige der Londoner noch da sind. Tante Pearl hat sich den stämmigen Schwarzen geschnappt und erzählt ihm, wie sie damals, in den vierziger Jahren, Garderobenmädchen in Blackpool war.

»Ach ja?« sagt er im Ton tiefster Verwunderung. »Ach *ja*?«

Sie packt mich beim Arm.

»Er ist beim Fernsehen!« verkündet sie.

Der Schwarze grinst.

»Ist das wahr?« frage ich.

»Na ja«, antwortet er, »manchmal.«

»Er hat in ›Children's Ward‹ mitgespielt«, ruft sie.

Gläser müssen nachgefüllt werden. Ich gehe in die Küche, um noch eine Flasche Wein aufzumachen, und es ist genau wie bei einer Party; die Küche wie alle Küchen aller Partys, auf denen ich in meinem Leben schon war, mit Tischen voller Flaschen und Plastikbechern und schmutzigen Geschirrstapeln und Stimmengewirr. Stephen kommt herein, als ich gerade mit dem Flaschenöffner kämpfe. »Dieses Mistding«, schimpfe ich. »Dieser verdammte blöde Öffner.«

Er bleibt mit verschränkten Armen stehen und schaut mir zu. Mit Müh und Not krieg ich den Korken halbwegs raus und kämpfe mit ihm wie Jakob mit dem Engel.

»Geht's dir gut?« fragt er.

»Mir geht's gut, ja.«

»Ich hab mir gedacht, ich warte mal ab, wie lang du es schaffst, mich zu ignorieren.«

Mir verschlägt es einen Moment die Stimme.

»Ich hab dich nicht ignoriert. Du warst die ganze Zeit mit diesen fremden Leuten zusammen. Da konnte ich doch nicht einfach zu dir hingehen.«

»Warum nicht?«

Russell erscheint an der Tür. »Hast du einen Lappen da, Cathy?« fragt er, die nassen Hände ausgestreckt.

Ich schau mich gehetzt um. Das ist nicht mein Haus, woher soll ich wissen, wo hier ein Lappen ist? Ich gebe ihm den aus dem Spülbecken.

»Du hast mich nicht mal nach dem Vorstellungsgespräch gefragt«, sagt Stephen.

Meine Cousine Claire kommt mit einer leeren Kuchenplatte voller Krümel herein.

»Und – wie war's?« frage ich ihn.

»Gut.«

»Hast du die Stelle?«

»Vorsicht, könnten Sie mal einen Moment aus dem Weg gehen?« sagt Claire und schiebt ihn auf die Seite wie ein Möbelstück.

»Ja«, antwortet er kurz.

»Oh, gut.«

Claire läßt Wasser ins Spülbecken laufen.

»Was soll ich eigentlich tun?« fragt er bitter. »Mich unter dein Fenster stellen und singen?«

Ist er verrückt geworden?

Nicht hier. Während sie mit gespitzten Ohren an der Spüle

steht. Ich gehe in den Flur hinaus, um Claire zu entkommen und mit ihm reden zu können, aber er kommt nicht mit. Wie kann er sagen, ich hätte ihn ignoriert, wo es doch genau umgekehrt war? Er kommt nicht. Tante Pearl schleppt sich in den Flur hinaus. Das ist ja hoffnungslos. Ich gehe wieder ins Wohnzimmer und setze mich neben Tante Violet. Als er hereinkommt, geht er ohne einen Blick an mir vorbei und setzt sich zu dem fast kahlköpfigen Bösewicht, der jetzt offen weint, verzweifelt, ohne Scham wie ein Kind. Es ist schon komisch, man kann nie vorhersagen, wer weinen wird. Ich hätte gedacht, Tonto würde in Tränen ausbrechen, aber er ist ganz würdevolle Anteilnahme und tapferer Vorsatz. Würde mich interessieren, was sie in dem Bösewicht gesehen hat, aber als ich hinschaue, stelle ich fest, daß er ein nettes Gesicht hat. Genau der Typ, auf den sie immer geflogen ist, butterweich, aber kaputt, einer, der nichts als Ärger macht.

Der arme Mann, der arme Mann, er ist verloren.

Ich nicht. Ich halte mich.

Stephen steht plötzlich auf und geht durch das Zimmer, um sich vom Beistelltisch beim hinteren Fenster noch ein Brötchen zu holen. Eine schreckliche Wallung steigt in diesem Moment in mir hoch, das Fehlen jeglichen Glaubens an Liebe und Glück, ein tödliches Unvermögen zu glauben. So ziemlich alle Paare, die ich kenne, haben sich getrennt. Denk an die Ozeane, die ihren Schlund aufreißen, um dich zu verschlingen. Denk an die ewige Macht des Verlusts. So ein Gefühl ist das, ihn durch das Zimmer gehen zu sehen und zu wissen, es ist hoffnungslos, das Irrlicht, das dich in das nächtliche Moor lockt. Denn nun weiß ich ohne jeden Zweifel, daß er der Rock ist, das Wunderbare, das hin und wieder kommt. Er ist ein neues Partykleid mit Bändern und einer Schärpe, meine erste Verliebtheit, ein Spaziergang an einem irischen Strand, die gezupfte Saite einer Geige, ein Feuerwerk vom Hinterfenster aus gesehen, mein erster herrlicher Schwips, das beste Speed, das du je genommen hast. Er ist ein Magnet. Er ist meine Wonne, mein süßer Genuß, türkischer Honig für die kleine Prinzessin. Unmöglich, daß mir das geschieht, und noch dazu in solchen Stunden. Wieder bin ich gefallen, tödlich getroffen.

O Gott, dieses Mal, dieses Mal, dieses Mal, fleht die kleine Jammerliese tief drinnen, nur dieses Mal bitte, wenn du ihn mir läßt, verspreche ich, daß ich mich nie wieder über irgendwas beklagen werde.

Ich gehe mit Sandra und Claire nach oben, weil sie mir einige Sachen zeigen wollen, die Veronica gehört haben und von denen sie meinen, ich würde sie vielleicht haben wollen: ein Puppenhausstuhl aus Streichholzschachteln, ein Adreßbuch, der goldene Trauring meiner Mutter mit einem Band daran, ein silberner Kinderarmreif. Und dann möchten sie eine Weile Erinnerungen nachhängen, wie wir nach Lymn Fields gefahren sind und Frösche gesehen haben und in die Brennesseln gefallen sind und Veronica auf dem Lenker von Onkel Vincents altem Fahrrad durch die Straßen unseres Viertels kutschiert haben.

An all diese Dinge erinnere ich mich. Unablässig drehe ich den silbernen Armreif in meinen Fingern. Er schmückte einmal ein schmales kleines Handgelenk, niemals würde man ihn jetzt überstreifen können. Ich werde ihn vielleicht in meiner Tasche mit mir herumtragen, und meine Finger werden ihn berühren, während ich umhergehe.

Und als ich wieder hinunterkomme, sind die Londoner gefahren.

Panik erfaßt mich, wie ein Kind, das sich auf der Straße herumdreht und nicht mehr weiß, wo es ist. Er ist mit ihnen gefahren, ja, ja, tatsächlich, der gemeine Kerl, ich hasse ihn, wie kann er mir das antun. Immer niedergeschlagener werde ich, während ich vom Wohnzimmer ins Eßzimmer gehe und von dort in die Küche, sogar aus dem hinteren Fenster hinausspähe, als wäre da draußen nicht Sandras kleines Fleckchen Garten mit dem Gras und dem Löwenzahn und der Wäscheleine, sondern der Park eines großen Landsitzes, in dem sie alle gerade verschwunden sind, um einen Spaziergang zu machen.

Im Flur begegne ich Tante Pearl. »Wann ist Stephen gefahren?« frage ich sie.

Sie hat einiges getrunken, ihr Gesicht hängt schlaff. »Wer?« fragt sie, reckt den Hals und kneift die Augen zusammen, um besser zu hören.

»Stephen.«

»Ist er gefahren?«

Davids neue Freundin drängt sich auf dem Weg zur Toilette an mir vorbei. Gleich fange ich an zu weinen. Gleich fange ich an zu weinen. Wie bin ich nur wieder so schwach geworden? Aber ich werde nicht weinen, sie werden alle glauben, der Kummer um Veronica Karen hätte mich überwältigt und mich trösten, und dann werde ich ewig hier sitzen mit heißem süßen Tee und Tante Pearls Sherry.

Jetzt ist der richtige Moment.

Während sie da drinnen reihum gehen und Küßchen geben und sich verabschieden. Bald werden sie sich nach mir umsehen.

Ich reiße meine Jacke und meine Handtasche vom Haken und fliehe.

16

Der Fisch-und-Fritten-Laden hat an diesem Abend geöffnet, seine Gerüche mischen sich in den Regen, der in Strömen fällt, als ich zu Hause ankomme. Meine Straße hat einen heimeligen Glanz, das Licht aus dem Laden liegt gelb auf dem nassen Pflaster. Hinter dem schweren grauen Himmel, aus dem es wispert wie das Rascheln von Seide, scheint ein weißes Licht. Ich hole den Vorhang aus dem Kofferraum, schleppe und schleife ihn ins Haus und mache überall Licht, ziehe die Vorhänge zu und setze den Wasserkessel auf, um sein tröstendes Brummen zu hören. Ich könnte mich jetzt betrinken, über die Straße laufen und mir eine Flasche Hardy's Stamps holen. Ach, du meine Güte, die kleine Madame von Ch'ing-Ch'i ergibt sich dem Suff. Für ein Feuer ist es zu warm. Das Licht des Anrufbeantworters blinkt im Dreiertakt. Ich drücke auf den Knopf. Sally Wilcock möchte ihre Klavierstunde auf Montag verlegen. Sandra fragt, ob es mir gut geht. Ruf uns kurz an, sagt sie, damit ich Mama sagen kann, daß du gut zu Hause angekommen bist. Ich bin's nur, sagt Susannah, äh, ich ruf später noch mal an.

Ich lege den Vorhang unter der Treppe ab. Weiß der Himmel, wo ich ihn aufhängen werde, ich weiß gar nicht, ob ich ihn die ganze Zeit vor mir haben möchte. Ich hab so ein Gefühl, wie wenn man siebzehn ist und die Liebe eine unerträgliche Last, die man nicht aushalten kann. Aber man hält sie aus, man hält sie immer wieder aus, das ganze Leben lang, bis man meint, jetzt wäre es ausgestanden, jetzt wäre man immun, jetzt krieg ich's nie wieder, denkt man, alles ist bestens, man wurstelt so vor sich hin und peng!, da trifft's einen, so grausam wie eh und je. Ist das nicht ein Witz? Ich wollte mich umbringen, weil ich nicht fühlen konnte, und jetzt kann ich fühlen, und es bringt mich um. Ich hätte es nie getan. Das weiß ich jetzt. Niemals in einer Million Jahren. Das Tropfen aus den Dachtraufen ist einfach zu schön, um es zurückzulassen. In ihm sind Symphonien enthalten, ein ungeheurer Reichtum an Minimalismen, eine Serie von Oms.

Ich stehe in der Küche und lausche. Ist jemand da? fragte der Reisende. Ach Gott, gibt es denn gar nichts Süßes für mich?

Ich hole den Wensleydale mit Aprikose und mein scharfes Messer heraus und schneide mehrere sehr dünne Scheiben ab, die ich fächerartig auf meine alte Rosenuntertasse lege. Gut. Kleine Dinge, kleine Dinge, kleine Schritte, mein Kind. Du schaffst es schon. Ich setze den Kaffee auf. Mach es richtig. Ruf besser an.

Ich erwische David. »Du bist einfach verschwunden«, sagt er. »Nein, nein, ist schon in Ordnung, sie haben sich nur ein bißchen Sorgen gemacht. Sandra fährt gerade Mama nach Hause. Onkel Alan und Tante Violet sind –«

Claire ruft etwas aus dem Hintergrund.

»Herrgott noch mal, hier hat man keinen Moment Ruhe«, sagt David.

Ich hätte bleiben und beim Aufräumen helfen sollen. Wofür halte ich mich denn? So hätte *sie* sich verhalten. »Ach, das tut mir leid, David. Aber weißt du, alle waren im Aufbruch, und mir ging's nicht so gut und . . .«

»Ist schon in Ordnung«, sagt er. »Kein Problem. Paß gut auf dich auf. Melde dich bald mal bei der alten Pearl, sie macht sich Sorgen um dich.«

»Okay.«

»War schön, dich mal wiederzusehen«, sagt er. »Das nächstemal treffen wir uns wahrscheinlich in ungefähr zehn Jahren.«

»Wahrscheinlich. Und – sind jetzt alle weg?«

Ich höre ihn an seiner Zigarette ziehen. »Ja.«

Schweigen.

»Ja, also, es war nett, dich wiederzusehen, David. Wenn ihr mal nach Moorcop kommt, du und Inge ...«

»Ja, danke. Wir könnten ja mal einen Ausflug machen.«

Klick.

Die Stille im Haus und der Regen: Ich esse den Käse mit den Fingern. Er weiß, wo ich bin. Er weiß es. Ich geh rüber und mache Feuer, hole den silbernen Kinderarmreif aus meiner Tasche und drehe ihn zwischen meinen Fingern. Ich hätte netter sein sollen. Als der Mann von der Schulbehörde kam, legte sie den Arm um mich. Sie sagte: »Es ist doch nicht so schlimm, Cath, es wird schon wieder gut, es wird bestimmt wieder gut, Cath.« Ich lege den Armreif in mein Kästchen auf dem Kaminsims. Hm, Sally Wilcock will jetzt also regelmäßig kommen. Wenn sie jetzt noch mit einigen ihrer reichen Freundinnen redet und ich noch ein paar feste Schülerinnen an Land ziehe, kann ich's mir vielleicht leisten, mein Buch zu schreiben. Aber ich habe nichts im Kopf, absolut nichts. Ich wandere zurück in die Küche, sehe mein scharfes Messer liegen und verstaue es in der Besteckschublade, ganz automatisch. Ich packe es immer weg, für den Fall, daß ein Serienmörder einbricht, oder auch nur ein gemeiner Feld-Wald-und-Wiesen-Verbrecher in Panik. Ich schiebe meine Hand in die Dunkelheit unter der Treppe und berühre die schlafenden Windungen ihres sinnlosen Perlenvorhangs. Also wirklich, was ist das für eine Idiotie, das Messer wegzupacken? Ich mein, was soll das schon helfen? Wenn man ein Serienmörder ist, kommt man vermutlich mit seinem eigenen Messer, und wenn nicht, wo schaust du dann als erstes nach? In der Besteckschublade. Wär gescheiter, es in die Waschmaschine zu stecken. Ich werde eine traurige alte Frau im Nachthemd werden, die jeden Abend vor dem Zubettgehen ihre Messer in der Waschmaschine verstaut.

Ich schiebe meine Hand tiefer in die Dunkelheit unter der Treppe und flüstere: »Es tut mir leid, Veronica Karen. Es tut mir leid.«

»Es ist doch nicht so schlimm, Cath, es wird schon wieder gut, es wird bestimmt wieder gut, Cath«, sagt sie.

Ich fange an zu weinen. Sie sollte nicht dort oben sein, wo der

Regen in ihren Betontunnel platscht. Sie sollte unter Zedern liegen und den Zügen lauschen, die über die Hog's-Head-Brücke fahren.

Ich kuschele mich in meinen Sessel und lasse den langen Strom lautlos fließen.

Es läutet, und ich springe auf. Schnell! Schnell! Schickt mir eine Sternschnuppe, und ich wünsche mir was. Es ist meine alberne Schwester, die mit mir spielen will. Es ist der dämonische Liebhaber, oh, wo bist du gewesen, mein lang, lang Geliebter, in diesen sieben langen Jahren? Es ist der Engel des Todes mit einem Lächeln, das sagt, warte nur, warte nur, du hast gerufen und ich bin gekommen.

Wieder läutet es, nachdrücklich, und ich gehe endlich mit klopfendem Herzen zur Tür und mache mich am Schloß zu schaffen, um die Tür zu Blaubarts Zimmer zu öffnen.

Halleluja!

Er steht mit der Schulter an den Türpfosten gelehnt, die Arme über der Brust gekreuzt, das tropfnasse Haar im Gesicht. Rette mich aus diesem Sturm und nimm mich bei dir auf, sagen seine Augen. »Ich hab gleich oben am Hang geparkt«, murmelt er. »Darf ich reinkommen?«

Ich trete zurück, und er drängt sich an mir vorbei.

Halleluja! Halleluja!

Im Zimmer stehen wir unsicher herum. Der Bluterguß auf seiner Stirn ist gelb.

»Hattest du es so nötig, mich im Regen stehenzulassen?« fragt er angespannt.

»Ich dachte, du wärst gefahren.«

»Ach, sei nicht blöd. Sei nicht *blöd*.«

Er fängt an zu weinen. Ach, Kind, komm zu mir. Ich umfasse seinen Kopf mit meinen Händen und küsse sein Gesicht und sage ihm, er soll nicht weinen, obwohl mir sein Weinen gut tut, das Gefühl, das es in mir weckt. Wir legen uns nieder und weinen zusammen auf dem Kaminvorleger, dicht und warm aneinander, und als wir uns ausgeweint haben, küssen wir einander, und es bleibt nichts andres mehr zu tun.

Drei- oder viermal habe ich jetzt einen Hahn krähen gehört, aus einem der Gärten am Kanal, da draußen in der Dunkelheit. Es regnet nicht mehr. Bald werde ich wieder einschlafen, aber vorher muß ich noch etwas aufschreiben. Jetzt, schnell, etwas, woran ich mich erinnere und das ich aufschreiben möchte. Ich erhebe mich aus dem warmen Nest, dem Balsam seines tiefen Schlafs, ziehe einen Finger über seinen nackten Rücken, taste nach meinem rosaroten Bademantel und schlüpfe hinein, schleiche in den Flur hinaus, in mein Arbeitszimmer und mache Licht.

Ich sehe den ersten, langen, braunäugigen Blick meiner Schwester, als sie neugeboren war, und denke: Ich weiß, was ich tun werde, ich lasse Jem den Zigeunerjungen und den Riesen Killyloo und die Edle Doolily und all die andren weg und schreibe nur dies auf, nur dies eine. Berge von Staub bedecken meinen Schreibtisch, meinen Computer, mein großes Lexikon, mein kleines braunes Schälchen mit den Büroklammern. Berge von Staub, aber das macht nichts, hierfür brauche ich nur einen Stift und Papier. Es ist meine erste bewußte Erinnerung, dieser erste lange braunäugige Blick meiner Schwester, nachdem mein Vater damals, als Tante Pearl mit ihrem dicken hennaroten Haar und den scharlachroten Lippen noch eine tolle Frau war, mich in seiner Uniform bei ihr und Onkel Vincent abgeholt hatte. Er trug mich nach Hause, und wir gingen hinein. Meine Mutter saß in einem Sessel, im Arm das Baby ganz in weißen Spitzen, und sie sagten: »Das ist deine kleine Schwester.« Und sie sah mich mit ihrem langen, braunäugigen, unverwandten Blick an, nur weiß ich jetzt natürlich, daß ihre Augen blau gewesen sein müssen, schieferblau, weil die Augen von Säuglingen immer blau sind. Aber ich habe sie braun in Erinnerung, weil sie braune Augen hatte, Veronica Karen hatte immer braune Augen.

So. Das reicht erst mal. Morgen wird es schon klarer werden.